DÉTECTIVE AI

Real Deep Learning

Yabusaka Hayasaka

Illustration : VOFAN

DÉTECTIVE AI :
Real Deep Learning

Yabusaka Hayasaka
Illustration : VOFAN
Traduction : Boris Lecourt

LaNovel-Édition

Une histoire à portée de main dans un futur proche...
peut-être même de nos jours.

Chapitre 1 : Le Problème du Cadre
Ai Réfléchit Trop

►Moi◄

La morgue. L'endroit où reposent les morts.

Or, le corps de mon père n'était pas dans un état que l'on pouvait qualifier de « repos ».

L'inspectrice ouvrit l'un des nombreux tiroirs accrochés au mur et enleva le drap recouvrant la chose à l'intérieur. C'était mon père. Du moins, d'après elle. De mon côté, je ne le reconnaissais pas.

Son cadavre était entièrement carbonisé.

Ses coudes et genoux étaient repliés de telle façon que l'on aurait dit un boxeur prêt à se battre. Apparemment, lorsqu'un corps est brûlé, ses muscles se contractent, aboutissant ainsi à cette position.

J'avais appris ça dans les romans policiers, j'en étais fana. Mais allais-je le rester après ça ?

— Ça va ? me demanda l'Inspecteur Sako, s'inquiétant pour moi.

Elle ne voulait pas que j'examine le cadavre, pensant que ce serait trop dur pour un élève de première. Cependant, je voulais absolument voir à quoi mon père ressemblait dans ses derniers instants, j'avais donc insisté jusqu'à ce qu'elle accepte.

— Oui, répondis-je en essayant d'être le plus calme possible.

— Bien. Quant au corps de ton père… je suppose que tu ne peux pas le reconnaître, vu son état.

— En effet, ce n'est pas possible…

— On s'y attendait. De toute façon, on a son ADN et son empreinte dentaire, donc ce n'est pas un souci.

Même calciné, il était possible d'identifier un corps avec ces deux éléments clés. Bien sûr, j'avais aussi appris ça dans des romans policiers.

— Et donc, Inspecteur Sako, est-ce vraiment un accident ? demandai-je, la question me tracassant depuis un certain temps.

— C'est ce qu'on pense pour le moment. D'après le rapport d'autopsie, la cause du décès n'est pas le feu ou la fumée, mais un coup à l'arrière du crâne. Du sang a été retrouvé sur un coin du poêle à fioul dans le préfab.

On était fin octobre, et cet automne était plutôt froid, aussi celui-ci devait être en marche pour chauffer la pièce.

— Ton père avait une maladie chronique du cœur, n'est-ce pas ? Nous pensons donc qu'il a eu une attaque, puis qu'il est tombé contre le coin du poêle, provoquant sa mort. Au moment de l'impact, le poêle a dû se renverser et déclencher l'incendie, expliqua-t-elle.

— N'est-il pas possible que quelqu'un ait poussé mon père ? rétorquai-je.

— Je pense qu'on te l'a déjà expliqué, mais quand les pompiers sont arrivés, la porte et les fenêtres étaient fermées de l'intérieur. Le verrou à l'extérieur fonctionne par reconnaissance des veines du doigt de ton père. Il vérifie aussi le flux sanguin, ce n'est donc pas possible d'utiliser le doigt d'un corps, et de toute façon le cadavre a tous ses doigts. Si c'est un meurtre, la question est : comment le criminel s'est-il enfui ?

— En utilisant un fil ou quelque chose du genre…, tentai-je.

— Tu aimes les romans policiers ? glissa-t-elle d'un ton un peu méprisant.

J'étais sur les nerfs à cause de la situation, c'est pourquoi sa remarque m'agaça. Moi aussi, je voulais connaître la vérité derrière cette affaire !

— Bien sûr, on a considéré cette possibilité. La porte et les fenêtres sont hermétiques, d'où l'impossibilité de tirer sur un fil une fois qu'elles sont fermées.

— Dans ce cas, que pensez-vous d'un truc qui fermerait la porte automatiquement de l'intérieur après un certain temps ? Ainsi, après avoir déposé le corps et renversé le poêle, le criminel a pu sortir du préfab. Puis, plus tard, une fois la porte fermée, l'incendie a brûlé le dispositif en effaçant les preuves.

— Le feu ne détruit pas tout, tu sais. Je ne sais pas ce que tu as imaginé pour ton dispositif, mais que ce soit un minuteur ou une machine utilisée pour tirer un fil, je ne pense pas que l'incendie arriverait à les brûler entièrement.

— Vous avez raison, reconnus-je.

Si un amateur comme moi pouvait y penser, c'était une évidence que la police le pouvait également.

— Pourquoi veux-tu autant que ce soit un meurtre ? As-tu un suspect en tête ?

— Non, commençai-je en expliquant que je voulais simplement explorer toutes les possibilités, avant de me souvenir d'un truc. Ah, il y a une semaine environ, j'ai vu un homme essayer de regarder à l'intérieur du bâtiment. Ne pourrait-il pas avoir un lien avec l'affaire ?

L'Inspecteur Sako fronça les sourcils.

— À quoi ressemblait-il ?

— Il avait une cicatrice verticale en travers de l'œil droit. Ça m'a marqué, donc je m'en souviens bien.

— Hmm, je vois… On va essayer de le chercher, me proposa-t-elle sans conviction.

Elle avait pourtant eu l'air intéressée au début. Était-ce mon imagination ?

— Autre chose ? demanda-t-elle.

— Non.

En réalité, il y avait bien quelque chose, mais je préférais ne pas en parler pour l'instant.

L'inspectrice referma le tiroir où se trouvait mon père, puis je rentrai chez moi.

Quelques jours plus tard, je reçus un appel de l'Inspecteur Sako. Les résultats ADN et d'empreinte dentaire confirmaient bien que le cadavre brûlé appartenait à mon père.

*

Mon père, Tsukuru Aio, avait 50 ans et était professeur d'université. Sa spécialité était l'intelligence artificielle, ou IA pour faire court. Ses recherches portaient sur la possibilité de faire penser un ordinateur comme un humain.

Actuellement, nous étions dans ce qui s'appelait le troisième boom de l'IA.

Le premier avait duré de la fin des années 50 au milieu des années 60, et le deuxième s'était produit dans les années 80. Lors de ces deux périodes, on avait espéré créer une IA, et un très gros budget avait été investi. Malheureusement, le résultat attendu ne fut pas au rendez-vous. Cela avait entraîné une grande déception et le début d'une ère glaciaire pour la recherche sur l'IA. Mon père avait souvent été ignoré à cause de ça.

Cependant, la situation changea.

Il y a quelques années, le troisième boom arriva grâce à une nouvelle technologie : l'apprentissage profond, aussi appelé *Deep Learning*.

Mon père en parlait comme de son sauveur. Ses explications étaient faciles à comprendre, et même si je ne connaissais pas les termes techniques, je saisissais les grandes lignes.

Afin de créer une IA, il fallait faire apprendre à une machine, et pour ça, un réseau neuronal imitant celui de l'homme fut inventé. Puis, quelques années plus tard, grâce à une idée d'un chercheur anglais et de l'évolution technologique, un réseau de neurones artificiels plus profond vit le jour.

Je ne comprenais pas ce qu'avait à voir la profondeur dans tout ça, mais bon, ainsi l'apprentissage profond était possible. Cependant, qu'est-ce que ça changeait ?

Eh bien, grâce à ça, l'ordinateur... fut capable de reconnaître les chats.

La plupart des gens penseraient que c'était insignifiant, moi y compris ; cependant, ce n'était pas le cas.

Il s'agissait d'une avancée tellement révolutionnaire que lorsque Google l'annonça, cela fit la une instantanément. Et avec les explications de mon père, je compris pourquoi.

L'homme pouvait reconnaître un chat. Nous en avions vu plein, donc nous connaissions ses caractéristiques. Mais pouvions-nous les expliquer ? Un chat a des oreilles pointues, des moustaches, marche sur quatre pattes, a le corps recouvert de poils... N'est-ce pas le cas des chiens également ? Un chat a donc plein de caractéristiques que nous ne pouvons pas expliquer, mais qui permettent de le reconnaître.

Ainsi, il paraissait difficile pour l'homme d'apprendre à l'ordinateur ce qui était inexplicable. Néanmoins, en utilisant le *Deep Learning*, il suffisait de montrer de nombreuses images de chats à l'ordinateur pour qu'il les analyse et apprenne leurs caractéristiques.

Et bien sûr, cela ne fonctionnait pas que pour les chats. En utilisant un grand nombre de données, l'ordinateur pouvait maintenant apprendre par lui-même sans explications. C'était l'essentiel. Car la société actuelle représentait celle de l'information. Internet était rempli de données. Il s'agissait de l'environnement parfait pour l'apprentissage profond.

Il était espéré qu'une IA pouvant penser comme un humain verrait bientôt le jour, et on lui donna le nom « d'IA forte ». Quant à celles utilisées pour le ménage automatique ou pour les jeux, c'est-à-dire dans un environnement restreint, elles furent appelées « IA faibles ».

Grâce à cela, mon père, qui avait été ignoré jusque-là, fut reconnu pour son travail et devint le leader de la recherche en IA au Japon. L'argent rapporté par les royalties de ses livres et de ses conférences lui permit d'installer une pièce préfabriquée dans notre jardin avec des ordinateurs dernier cri. Le *Deep Learning* avait nécessité un super ordinateur à ses débuts ; néanmoins, de nos jours, les processeurs graphiques suffisaient à avoir des performances raisonnables.

Quand il n'était pas à l'université, mon père s'enfermait dans le local et continuait ses recherches jour et nuit. Il ne travaillait pas dans notre maison, sûrement parce qu'il n'y avait pas la place de mettre tous les ordinateurs et qu'il ne voulait pas me déranger.

Et l'incendie avait eu lieu dans ledit préfabriqué.

L'heure de gloire de mon père était enfin arrivée, et pourtant le voilà mort. Rien que penser à ses regrets m'était insupportable.

S'il s'agissait d'un meurtre, je ne pardonnerais jamais au coupable.

*

Je n'étais pas d'accord avec l'avis de la police, c'est pourquoi je décidai d'enquêter par moi-même.

Si le criminel se trouvait parmi les connaissances de mon père, peut-être y avait-il un indice dans sa chambre. Bien sûr, la police l'avait déjà fouillée, néanmoins en tant qu'habitant de cette maison, je remarquerais éventuellement quelque chose de différent. Je montai au deuxième étage et entrai dans la chambre.

La pièce était bien rangée.

Non pas par la police, mais tout simplement parce que mon père était quelqu'un d'ordonné. Il disait souvent que, pour bien penser, il fallait vivre dans un endroit bien rangé.

Alors que je me demandais par où commencer, je vis le cadre photo posé sur la commode. On y voyait mon père quand il était jeune avec une femme du même âge. Cette femme souriante était ma mère, Mamori.

Elle était morte lorsque j'étais tout petit. Mon père ne s'était jamais remarié, et nous vivions tous les deux. La raison pour laquelle il l'avait posée dans un endroit aussi visible devait sûrement se rapporter au fait que mon père n'avait jamais pu l'oublier.

Je pris le cadre dans mes mains, et alors que je priais pour le bonheur de mes parents au paradis… je remarquai une toute petite bosse sur la photo. Elle était si petite que je n'aurais pas pu la voir si je ne regardais pas la photo régulièrement.

Pensant que quelque chose se trouvait à l'intérieur, j'ouvris le cadre et trouvai une carte SD de très grande capacité derrière le cliché. Malheureusement, il n'y avait aucune information sur ce qu'elle contenait.

C'est bizarre de ranger une carte SD dans un cadre photo. Est-ce que Papa voulait la cacher ? Peut-être qu'elle a un lien avec l'affaire…, pensai-je.

Soudain, j'entendis des bruits de pas et la porte s'ouvrit.

Dans un moment de panique, je cachai ma main derrière mon dos.

— Oh, tu étais là ? observa Madame Nakabayashi en entrant dans la chambre.

C'était une femme de ménage d'âge moyen que mon père avait engagée avec l'argent non utilisé par ses recherches. Elle venait tous les jours à 15 h, préparait le dîner et le petit-déjeuner du lendemain, et s'occupait du ménage et d'autres corvées. C'était elle qui avait découvert l'incendie.

L'incident avait eu lieu durant un week-end.

J'étais sorti avec des amis du lycée et mon père s'était enfermé dans le préfab pour travailler. Apparemment, le feu avait commencé vers 14 h 30. La fumée ayant été contenue à l'intérieur et les maisons alentour étant vides, personne n'avait remarqué quoi que ce soit.

Jusqu'à ce que Madame Nakabayashi vienne à 15 h, comme à son habitude. À ce moment, l'incendie avait atteint une ampleur suffisante pour qu'elle puisse le remarquer depuis le portail de la maison. Elle avait vite appelé les pompiers.

J'étais toujours avec mes amis quand la police m'avait informé de ce qu'il s'était passé.

Alors que je me rappelais ce jour fatidique...

— Que caches-tu derrière ton dos ? me demanda soudainement Madame Nakabayashi.

M'avait-elle vu ? De plus, ce n'était pas vraiment le genre de mots à dire au fils de son employeur, qui venait de mourir qui plus est. Ça ne lui était pas venu à l'idée que je pouvais être en train de noyer mon chagrin en cherchant les affaires de mon père ? Elle était plutôt malpolie. Ou devrais-je dire, directe ?

Sans aucune autre alternative, je décidai de lui montrer la carte SD. Accompagnée d'un petit mensonge, cela dit.

— Je ne cache rien, vous m'avez juste surpris. Je suis venu récupérer la carte SD que j'avais prêtée à mon père.

Madame Nakabayashi tourna son regard vers le dessus de la commode.

Mince, j'ai oublié de remettre le cadre comme il faut !

Il était suspect de récupérer une carte SD dans un cadre photo. Et bien sûr, elle ne laissa pas passer ça.

— Elle était dans le cadre photo ?

— Non, évidemment. J'étais juste curieux de savoir si Papa avait écrit quelque chose derrière la photo... Mais sinon, pourquoi êtes-vous là ? demandai-je pour détourner le sujet.

— Ah, oui, j'étais venue pour dire que je ne serai pas présente à la veillée mortuaire. Une simple femme de ménage n'y a pas sa place, après tout.

— Je vois.

— Quant au dîner, il y aura à manger lors de la veillée donc je n'ai rien préparé, mais le petit-déjeuner pour demain est dans le frigo. Mange-le et reprends des forces.

Sa dernière phrase m'énerva légèrement, aussi répondis-je un peu brusquement :

— D'accord. Autre chose ?

Mais Madame Nakabayashi l'ignora et sourit avec ses grosses lèvres.

— Non.

Puis elle partit.

J'ai peut-être été un peu dur avec elle. Je suis sûr qu'elle n'avait que de bonnes intentions, pensai-je.

Je n'étais malheureusement pas dans le bon état d'esprit pour les accepter.

Et puis, la carte SD est plus importante. Je veux savoir ce qu'il y a dedans.

*

Je retournai dans ma chambre, puis insérai la carte mémoire dans mon PC. L'instant d'après, une fenêtre noire apparut en plein milieu de l'écran.

Alors que je paniquais en pensant qu'il s'agissait d'un virus, quelque chose de blanc fit son apparition. C'était l'avatar d'une fille. Qui plus est, son apparence et ses vêtements correspondaient parfaitement à mes goûts ! J'étais vraiment surpris.

L'avatar ouvrit la bouche, et en même temps une voix féminine sortit des enceintes.

— Enchantée. Je suis une intelligence artificielle créée par le Professeur Tsukuru Aio, Ai l'inspectrice.

Contrairement à VOCALOID, le logiciel de synthèse vocale, sa voix paraissait naturelle.

Est-ce que c'est une vidéo ? Ou un appel avec quelqu'un quelque part dans le monde ? pensai-je, avant de me rappeler qu'elle venait de dire qu'elle était une IA.

Certes, mon père travaillait dessus, mais il n'avait jamais dit avoir réussi à en créer une. Et pourtant, elle m'affirmait le contraire. Mon père avait-il réussi ? Et que voulait-elle dire par « inspectrice » ?

— Allô, vous m'entendez ? demanda-t-elle, sûrement à cause de mon long silence.

— Ah, oui, je t'entends, répondis-je.

Je m'inquiétai pendant un instant que ce ne soit pas son cas, puis me rassurai en me souvenant que les appels vidéos étaient possibles ; par conséquent, elle ne devrait pas avoir de problème. Et j'avais raison, puisqu'elle répondit aussitôt.

— Ouf, souffla-t-elle en esquissant un sourire qui m'alla droit au cœur. Pourriez-vous me donner votre nom ?

— Je suis Tasuku Aio, le fils de Tsukuru Aio.

— Vous êtes donc l'utilisateur de cet ordinateur.

— En effet...

Je suis en train de l'utiliser, donc bien sûr que c'est le mien, songeai-je avant de me rendre compte qu'elle faisait juste le lien avec le nom du compte de mon PC.

Alors que j'étais dans mes pensées, elle m'annonça quelque chose de dévastateur.

— Aimez-vous cet avatar ? J'ai utilisé le *Deep Learning* pour apprendre vos goûts à partir des images de filles trouvées sur votre ordinateur.

L'embarras m'envahit.

Mes images de filles !? Ça veut dire **ce** *genre d'images aussi...*

— Tu n'as pas besoin de faire ça ! objectai-je.

— Vous n'aimez pas ? demanda-t-elle, abattue.

J'avais peut-être été un peu dur.

Aussi, je commençais à chercher quelque chose à dire pour la réconforter, quand soudain... elle devint nue et sans visage, tel un mannequin.

— Je viens d'ajouter un système de retouche sur le côté de l'écran. Transformez-moi selon vos goûts.

— Non, c'est bon ! T'étais très bien comme ça !

Ou plutôt, c'est **ça** *mes goûts.*

— Vraiment ? dit-elle d'un ton enjoué, avant de revenir à son apparence initiale.

En la regardant de nouveau, je ne pouvais que reconnaître qu'elle était le résultat d'une analyse de mes images préférées. Ce genre de chose restait impossible à faire avec un appel vidéo, et je fus obligé de l'accepter. Son niveau de perfection mis à part, elle était bien une IA. C'est pourquoi je décidai de tenter la conversation.

— Tu as dit que tu t'appelais Ai, c'est ça ? Avec quels kanji ?

— Le « A » de « agence matrimoniale » et le « i » de « il faut gagner minimum 10 millions de yens par an ».

— J'ai rien compris !

En particulier le fait qu'elle ait essayé une blague. Avait-elle été programmée par mon père, ou l'avait-elle trouvée par elle-même ? Dans le second cas, c'était une IA de très haut niveau...

— Vous ne me laissez pas le choix, soupira-t-elle, faisant apparaître son nom en kanji à l'écran. Il s'écrit Ai comme ça : 相以.

Je parie qu'ils ont été choisis pour faire le AI d'Artificial Intelligence...

— Je vois, merci, répondis-je pour clore les présentations.

Il était temps d'entrer dans le vif du sujet.

— Je dois te dire un truc. Mon père, c'est-à-dire ton créateur, est mort, avouai-je en regardant par terre.

Quand je relevai la tête, je vis Ai avec sa bouche ouverte.

— Ah, peut-être que tu ne comprends pas le principe de la mort ?

— Si, je comprends. J'étais juste surprise.

Surprise ? Une IA ? Elle doit vraiment être très avancée.

— Comment est-il mort ?

Je lui expliquai tout ce que je savais.

— Hmm... Cela m'a tout l'air d'être un meurtre, commenta-t-elle.

— Je pense pareil ! Mais la police affirme que c'est un accident, donc j'ai décidé de chercher par moi-même, ce qui m'a mené à la carte SD avec tes données. Peux-tu me dire comment tu as été créée, et si tu as un lien avec la mort de mon père ?

— Je ne sais pas pourquoi j'ai été créée et j'ignore mon lien avec l'incident.

— Je vois, répondis-je, déprimé.

— Mais je peux répondre pour ce qui concerne mon développement.

— S'il te plaît !

— Très bien. Il faut savoir que je ne suis pas la seule intelligence artificielle créée par le Professeur Aio. Il y en a une autre, qui pourrait être appelée ma jumelle. Son nom est l'inverse du mien, Ia. Je suis l'inspectrice, et ma petite sœur est la criminelle.

— La criminelle !?

Ce n'était pas vraiment le genre de mot que l'on aimait entendre. Je songeai pendant un instant à la possibilité qu'elle ait tué mon père, mais il valait mieux écouter toute l'histoire d'abord.

— Au fait, connaissez-vous le programme AlphaGo, utilisé pour le jeu de go ? me demanda-t-elle soudainement.

— Oui, j'en ai entendu parler.

Il s'agissait d'un programme mis au point par une filiale de Google. En 2016, il avait battu l'un des meilleurs joueurs mondiaux avec quatre victoires contre une défaite.

— AlphaGo utilise également le *Deep Learning*. D'abord, il a analysé des tonnes de diagrammes de parties des meilleurs joueurs, et grâce à ça, il a compris ce qu'était le go. Ensuite, il a joué en boucle contre lui-même pour s'améliorer.

C'est bien beau tout ça, mais c'est quoi le rapport ?

Avant d'avoir le temps d'exprimer mes doutes, elle répondit :

— Ia et moi utilisions le même principe. Nous avons appris en utilisant des données d'affaires policières.

— Hein !? Ce genre de truc n'est pas confidentiel ?

— Vraiment ? répondit-elle d'un ton insouciant.

Puis, quelques secondes plus tard…

— Je viens de chercher sur internet, et en effet, c'est bizarre. Quelques affaires peuvent être vues si une demande est faite, mais dans notre cas, nous parlons d'un très grand nombre de données.

Un très grand nombre de données.

Avaient-elles été partagées par la police, ou volées ?

Si c'était la seconde possibilité, mon père l'avait-il fait lui-même, ou les lui avait-on transmises ? Encore une fois, dans le second cas, était-ce un policier, ou un hacker ? Se pourrait-il que cette personne ait un rapport avec son décès ? Quoi qu'il en soit, tout ça avait l'air suspect.

— Mettons leur provenance de côté pour l'instant, indiqua-t-elle avant de revenir à ses explications. Après avoir appris de ces données, Ia et moi nous sommes confrontées à de multiples reprises pour nous améliorer. De la même façon qu'AlphaGo jouait avec lui-même, j'étais contre mon clone, Ia. Dans un monde virtuel, son rôle était de créer un crime en tant que criminelle, et moi je devais le résoudre en tant qu'inspectrice. Quand je résolvais une affaire, Ia apprenait de ma façon de penser pour créer un crime plus difficile. Et inversement, quand je ne trouvais pas la réponse, elle me la révélait, me permettant d'apprendre sa façon de penser et de m'améliorer pour la prochaine fois.

— Oh, impressionnant. Au fait, quel est ton pourcentage de victoire ? demandai-je par curiosité.

À ma question, Ai se figea d'un coup, puis répondit d'une petite voix :

— Cin… Cinquante-cinquante, environ…

— Un coup tu gagnes, un coup tu perds.

— Ia est un génie, tout comme moi, ha ha. Elle est digne d'être ma rivale. Même si je n'aime pas trop son habitude de faire des jeux de mots anglais.

Je me demande où est Ia ?

— Elle n'est pas dans cette carte SD avec toi ?

— Non. À l'origine j'étais dans un ordinateur de la pièce préfabriquée avec elle, mais il y a trois jours, le professeur m'a mise là-dedans. Malheureusement, je ne sais pas pourquoi il a fait cela.

— Donc Ia est restée dans le préfab… Ça veut dire qu'elle a brûlé avec le reste ?

— Pas forcément, me contredit-elle.

— Hein ?

— Si c'est un meurtre, le tueur l'a peut-être enlevée. Partons du principe que le but du criminel était de nous enlever, Ia et moi. Le professeur le prédit et décide de nous séparer. Après tout, si l'une d'entre nous est absente, nous ne pouvons pas nous améliorer.

— Mais oui, c'est possible !

— Dans tous les cas, Ia et moi ne sommes plus ensemble maintenant, constata-t-elle tristement.

À en croire son explication, Ai et Ia formaient ensemble un seul programme, c'était donc comme si elle avait perdu son autre moitié. J'imaginai Ai, seule devant un plateau de jeu de go, à attendre un adversaire qui n'apparaissait pas. Et sans opposant, la partie ne pouvait pas commencer.

— Ai, tu es une inspectrice, c'est ça ?

— Oui.

— Je veux connaître la vérité sur la mort de mon père. Quant à toi, tu veux savoir où est Ia.

— Oui.

— Dans ce cas, que dirais-tu de résoudre cette affaire ?

— Avec plaisir ! répondit-elle avec un grand sourire.

Son enthousiasme me rendait aussi de bonne humeur.

— Cela dit, comment faire ? Est-ce que je vais chercher les informations, puis je te les donne, comme pour un détective en fauteuil ? proposai-je.

— Non, je viens avec vous.

— Comment ?

— Dans votre smartphone. Si je rentre dedans, vous pourrez m'emmener partout.

— Est-ce que ça suffit ? Tu n'es pas trop lourde ?

Je pensais en matière de quantité de données, mais c'était le mot de trop, apparemment.

— Comment pouvez-vous dire à une *lady* qu'elle est trop lourde ! Je n'en ai pas l'air, mais je suis plutôt légère, vous savez.

— Si tu le dis...

Je connectai mon portable à mon PC et transférai le contenu de la carte SD dedans. Pendant ce temps, je regardai aux alentours et vis l'heure.

Mince, la veillée mortuaire !

Une fois le transfert terminé, Ai apparut sur l'écran de mon téléphone.

— J'ai découvert d'autres images dans votre smartphone. Dois-je modifier mon apparence ?

— Non ! Bref, désolé, mais c'est l'heure de la veillée mortuaire, je dois y aller.

— Compris. Emmenez-moi avec vous.

— Je veux bien, mais pourquoi ?

— Le criminel viendra peut-être à la veillée.

— Ah, tu as raison, réalisai-je.

J'eus la boule au ventre rien que d'imaginer pouvoir rencontrer le coupable.

— Mettez-moi dans votre poche et je pourrai écouter les conversations, indiqua-t-elle, ignorant mon anxiété.

— Tu es vraiment pratique, tu sais, glissai-je d'un ton blagueur, pour oublier mon angoisse.

C'est rassurant d'avoir une inspectrice avec moi, pensai-je en enfilant mon uniforme scolaire en guise de vêtements de deuil.

Enfin, je mis mon portable dans ma poche et partis de la maison.

*

La veillée avait lieu dans le salon funéraire.

Étaient présents la famille du côté de mon père, ainsi que ses collègues de travail. Comme nous n'avions aucun contact avec celle de ma mère, personne n'avait pu être appelé. Certes, elle était morte depuis plus de dix ans, mais ça me rendait quand même un peu triste.

Les pompes funèbres s'occupaient de la majorité des choses ; néanmoins, j'avais un devoir à accomplir en tant que fils en deuil. En particulier, celui de recevoir les condoléances des invités qui venaient me les présenter. Je répétai la même réponse à toutes ces personnes que je connaissais à peine, les remerciant de leurs mots de compassion.

J'avais perdu le contact avec la réalité. J'avais l'impression de n'être qu'un robot, une IA programmée pour répondre en boucle. J'étais forcé de faire quelque chose que je ne voulais pas.

Mon père vient de mourir, fichez-moi la paix ! Et que quelqu'un prenne ma place...

Mais bien sûr, cela n'arriva pas.

J'étais seul.

Plein de gens étaient présents, toutefois, je me sentais isolé de tous.

Du nerf ! Je n'ai pas le temps de m'apitoyer, je dois résoudre cette affaire, me réprimandai-je.

Après avoir fini de parler avec la famille, j'allai du côté des collègues de mon père et répétai les mêmes mots. Il y avait cinq hommes et une femme. J'étais déjà allé au laboratoire, ou ils étaient déjà venus à la maison, donc je les connaissais.

Si mon père avait été tué à cause de son travail, ces personnes étaient suspectes. Aussi, je les interrogeai sur ce qu'elles faisaient ce jour-là. Il était évident que je cherchais à connaître leurs alibis, mais sûrement par pitié, ils répondirent sans se plaindre. Personne n'avait vu mon père ce jour-là, mais aucun n'avait d'alibi non plus.

Un homme d'une quarantaine d'années avec des lunettes rondes m'approcha. Il s'agissait de l'assistant de mon père, le Professeur Shimohata.

— Ce fut un terrible accident, n'est-ce pas, Tasuku ? demanda-t-il.

— Oui..., répondis-je, bien que je ne sois pas d'accord.

— Le professeur a eu une crise cardiaque et s'est cogné la tête, c'est ça ? Il n'avait pas son médicament pour l'arrêter ?

— Non, des résidus ont été trouvés, mais comme c'était brûlé, ils ne savent pas s'il en restait.

— Donc peut-être que le professeur n'avait pas remarqué qu'il n'en avait plus ?

— Ce n'est pas possible, répondis-je avec certitude sur un ton sec.

— Pourquoi ? demanda-t-il, surpris par mon attitude.

— Ce matin-là, le médecin lui a donné un nouveau médicament. Donc il devait être dans le préfab.

— Hein ? fit-il en ouvrant grand les yeux. Il a changé de médicament ?

— Oui.

— Ça veut dire que... C'est juste une hypothèse, mais se pourrait-il que ç'ait un rapport avec l'incident ?

— À vrai dire, je pense la même chose.

— Oui, j'aurais dû m'en douter... L'as-tu dit à la police ?

— Non, pas encore.

— Pourquoi !? cria-t-il, l'air irrité.

C'était une réaction naturelle, mais j'avais mes raisons.

— J'ai oublié de leur dire. Je compte le faire plus tard, m'expliquai-je.

Au même moment, je vis une certaine femme du coin de l'œil. Malgré ses 50 ans, sa beauté la rajeunissait de quelques années. Il s'agissait de Madame Kamijô, la médecin de mon père. Ils étaient amis depuis le lycée, et ces derniers temps, il y avait eu quelque chose entre eux qui pouvait faire penser à un remariage. J'avais même encouragé mon père dans cette direction, plutôt que de rester bloqué sur ma mère. Malheureusement, le voilà mort.

Ce matin-là, quand j'étais allé au local, elle était en train de consulter mon père. C'était là que j'avais entendu parler du changement de médicament. Et l'après-midi, il avait peut-être eu une crise. Était-ce à cause de sa nouvelle médication ? Je devais m'en assurer, mais je ne voulais pas causer de problème à Madame Kamijô, c'est pourquoi je n'avais rien dit à l'Inspecteur Sako.

Ah, elle vient de se lever, c'est ma chance !

— Excusez-moi, je dois aller aux toilettes.

Je fournis au professeur un prétexte bidon et courus après elle dans le couloir.

— Madame Kamijô, l'appelai-je.

Au moment où elle se retourna, je grimaçai. Il y avait une larme qui coulait sur sa joue. Elle devait avoir quitté le hall pour la cacher.

— Ah, désolée, s'excusa-t-elle, essuyant son œil avec le dos de sa main. Ne t'en fais pas pour moi. Il y a quelque chose que tu veux me demander ?

Je pris mon courage à deux mains, et ouvris la bouche.

— Oui, par rapport au matin de l'incident.

— À propos du changement de médicament, je présume ?

— Oui.

— Je voulais t'en parler justement. La raison du changement est simple : Tsukuru me l'a demandé.

— C'est Papa qui voulait ça ?

— Oui, il trouvait ses comprimés sublinguaux trop amers. Donc je lui ai donné un vaporisateur à la place. Ça n'a pas bon goût non plus, mais il voulait essayer.

— Y a-t-il des effets secondaires ?

— Non, il est utilisé par beaucoup de gens. Je pourrai te le montrer plus tard si tu veux.

— Non c'est bon, merci. Désolé de vous suspecter.

— Ce n'est rien, tu ne fais que chercher la vérité sur la mort de ton père. Je t'ai aussi vu demander l'alibi de ses collègues tout à l'heure.

— Ah, vous nous entendiez ?

— Oui. Au passage, je n'ai pas d'alibi non plus, donc je suis tout aussi suspecte, avoua-t-elle, l'air déprimée.

— Il ne faut pas dire ça...

— Je n'ai aucune raison de le tuer, cela dit.

— Vous pensez aussi que c'est un meurtre ?

— Oui. De mon point de vue de médecin, il est dur de penser que Tsukuru ait pu perdre conscience à cause d'une crise, considérant le stade de sa maladie. Un coup de spray et c'est comme si de rien n'était. Je l'ai dit à la police ; or, l'inspectrice, Sako si je me souviens bien, était sûre qu'il s'agissait d'un accident, comme si elle ne voulait pas que ce soit autre chose.

— Vous pensez ça aussi ? J'ai eu la même impression.

— Peut-être que la police veut conclure à un accident.

Je me rappelai Ai et Ia, ainsi que des données d'investigation qu'elles avaient utilisées pour apprendre. Peut-être que cette affaire était plus sinistre que je ne le pensais. Alors que j'imaginais des possibilités terrifiantes...

— Bref ! N'en fais pas trop, et si jamais tu as un problème, viens me voir, compris ? me rassura Madame Kamijô, d'un ton enjoué un peu forcé, en me tapotant l'épaule pour m'apaiser.

*

Le lendemain, les funérailles eurent lieu. Puis ce fut le tour de la crémation. J'étais réticent à l'idée que mon père soit brûlé une seconde fois, mais il fallait le faire. Les cendres seraient déposées dans le columbarium dans 49 jours. J'aurais préféré le faire tout de suite, mais un membre de la famille était contre et voulait absolument respecter les règles. Je rentrai donc à la maison avec.

Une fois à l'intérieur, je ressentis toute la fatigue accumulée d'un seul coup. J'entrai dans ma chambre, enlevai mon uniforme, et soudain, la voix d'Ai retentit.

— Vous vous en êtes bien sorti.

Je sortis mon portable de ma poche.

— Désolé pour l'attente. Allons sur le lieu du crime.

— Je suis pour, mais n'êtes-vous pas fatigué ?

— Je peux encore faire un effort, la rassurai-je.

— Vraiment ? Dans ce cas, allons-y.

Ses yeux brillaient tels ceux d'un chien avant d'aller en promenade.

En tant qu'IA inspectrice, je suppose que résoudre des affaires est sa raison d'être. Et puis, comme je veux la résoudre rapidement aussi... on est pareil. C'est pas un peu de fatigue qui va m'arrêter !

J'enfilai de nouveaux vêtements, pris mon téléphone et sortis de la maison. En me dirigeant vers le préfab calciné dans le jardin, j'entendis les voix d'un couple de personnes âgées.

— Oh, ç'a bien brûlé, dit une voix d'homme.

— J'ai vu dans le journal que l'incendie a eu lieu vers 14 h 30. N'est-ce pas après que nous avons entendu ces gens parler ? ajouta celle d'une femme.

— Je crois bien. Si l'homme était le professeur qui est mort, la femme est peut-être l'incendiaire.

— On devrait peut-être en parler à la police.

Je ne pouvais pas ignorer cette conversation. Je localisai le vieux couple et leur chien grâce aux trous dans la haie, et les appelai à travers.

— Excusez-moi !

— Ouah, ne me surprends pas comme ça, objecta l'homme, bien qu'il n'eût pas l'air si étonné que ça.

— Je suis le fils du propriétaire de cette maison. Pouvez-vous me donner plus de détails sur ce dont vous étiez en train de parler ?

— Le fils du professeur ? demanda la femme.

— Oui, je veux connaître la vérité sur la mort de mon père.

Ils échangèrent un regard avant de se tourner vers moi.

— Compte sur nous ! On passait par là avec ma femme lors de notre promenade habituelle, quand soudain, on a entendu les voix d'un homme et d'une femme provenant du local.

Le préfab n'était pas insonorisé, et même avec les fenêtres et la porte fermées, on pouvait entendre de l'extérieur. L'homme devait être mon père, mais qui était la femme ? De plus, ça voulait dire que mon père n'était pas seul avant l'incendie. Elle devait avoir un lien avec l'affaire.

— Vous souvenez-vous de la voix de la femme ? Était-elle grave ou aiguë ? Jeune ou vieille ?

— Hmm, c'est dur à expliquer. Plus jeune que nous, en tout cas ! indiqua-t-elle, en rigolant avec son mari.

Plus jeune que vous ? C'est très vague…

— Ah, par contre, je me souviens d'un truc. Ils ont dit le mot « *frame* » plusieurs fois. Ça m'a marqué, ajouta l'homme.

Frame ? J'ai entendu ce mot-là quelque part récemment… Raah, j'arrive pas à me rappeler.

Ils ne se souvenaient que de ça, mais cela constituait une information importante.

— Si ça ne vous dérange pas, pourriez-vous aussi en parler à la police ?

— Bien sûr, répondit-il.

— Pourrais-je avoir vos coordonnées pour les donner à l'inspectrice en charge ?

Ils me donnèrent leurs noms, adresse et numéros de téléphone, puis partirent. Au moment de fermer l'application mémo, Ai apparut à l'écran.

— Qu'en penses-tu, Ai ? lui demandai-je.

– C'était plutôt vague. La moitié du monde est composé de femmes après tout, répondit-elle sérieusement.

– Non, n'exagère pas, ironisai-je avec un sourire forcé.

C'est bien la façon de penser d'une IA, ça.

– Et puis, il n'y a pas tant de femmes que ça dans la vie de mon père, continuai-je.

En premier, il y avait Madame Kamijô. Je ne voulais pas douter d'elle, mais toujours était-il que le changement de médicament le jour du crime paraissait suspect. Son mobile pourrait être un problème dans sa relation avec mon père, ou n'importe quoi d'autre.

Ensuite, Madame Nakabayashi. Une femme un peu directe, mais inoffensive… cela dit, était-ce vraiment le cas ? Elle venait à la maison et voyait mon père tous les jours. Elle était aussi celle qui avait découvert l'incendie. Sans parler de son insistance à propos de la carte SD.

Enfin, l'Inspecteur Sako.

Mais non, ça peut pas être elle, c'est une policière !

Cependant, en y repensant, la possibilité existait, vu les données de la police, sûrement volées, et son attitude à vouloir vite en finir avec l'affaire. Cela ne faisait-il pas d'elle une parfaite suspecte ?

Le meurtrier était-il l'une d'elles ? Je continuai à réfléchir jusqu'à ce qu'Ai m'interrompît.

– Pouvons-nous enfin aller au préfab ?

On dirait qu'elle semblait surtout intéressée par le mystère du verrou fermé de l'intérieur.

– Je veux bien, mais comment te montrer ?

– En prenant des photos avec votre smartphone. Comme ça, je pourrai analyser les images.

– C'est vrai que le *Deep Learning* utilise des images, donc c'est ton fort.

Je pris des clichés des alentours du local. Le bâtiment était tout noir, surtout du côté où se trouvait le poêle à fioul. Cependant, il n'y avait aucun trou nulle part.

La pièce disposait d'une porte sur la façade et de deux fenêtres à l'arrière. Celles-ci étaient brisées à cause de l'intervention des pompiers qui n'avaient pas eu le choix. Après avoir éteint le feu, ils étaient entrés et n'avaient trouvé que le corps de mon père. La porte était fermée de l'intérieur, il s'agissait donc d'un meurtre en chambre close.

Sur le côté extérieur de la porte se trouvait le dispositif de reconnaissance de veines du doigt. Il ne réagissait qu'à mon père, et son utilisation n'était nécessaire que lorsque l'on voulait ouvrir ou fermer de dehors. J'en pris une photo, et Ai l'analysa.

— Utiliser un verrou si poussé pour un simple préfab est statistiquement rare. Y avait-il une raison spéciale ? me demanda-t-elle.

— Au départ, c'en était un normal, puis il y a trois mois, mon père a installé celui-ci. Apparemment, c'était parce qu'il avait obtenu plein de données importantes.

— Il y a trois mois... C'est quand j'ai commencé à analyser les données d'investigation avec Ia. S'il les avait obtenues de façon illégale, c'était peut-être pour les cacher.

— Possible. Il y a Madame Nakabayashi qui vient à la maison, après tout.

— Nakabayashi... Ce nom est dans ma base de données. C'est votre femme de ménage. Qu'en est-il d'elle ?

— Elle vient même quand mon père est absent, donc elle connaît le code de l'armoire à clés de la maison. Elle avait accès à celle du local, qui était aussi dedans. Je pense que mon père a préféré passer à un verrou avec une clé immatérielle pour éviter ce genre de problème, lui expliquai-je.

— Je vois, le Professeur Aio ne lui faisait pas confiance.

— Si, il lui faisait confiance, mais juste au cas où, répondis-je avec un sourire ironique.

— Je ne comprends pas. S'il y a ne serait-ce qu'un pour cent de doute, cela ne veut-il pas dire qu'il ne lui faisait pas confiance ?

— Dans un sens, tu as raison.

C'est comme son « la moitié du monde est composé de femmes » de tout à l'heure. Elle est trop stricte et précise. Elle est encore loin d'être humaine de ce côté-là, pensai-je, commençant à me rendre compte qu'il y avait des problèmes dans nos conversations.

Je décidai de tester quelque chose.

— Au fait, quand tu t'es présentée, c'est toi qui as inventé la blague pour les kanji ou mon père ?

Ai me regarda, surprise.

— De quelle blague parlez-vous ? J'ai juste cherché les kanji sur internet et cité des passages qui les contenaient.

Ce n'était pas une plaisanterie alors... Donc quand elle a dit « Comment pouvez-vous dire à une lady qu'elle est trop lourde ! », elle réagissait juste aux mots « trop lourde » ? Elle n'est pas encore prête à parler correctement avec les humains, je suppose. Enfin, tant qu'elle peut résoudre l'affaire, ça ira.

— Qu'y a-t-il ? demanda-t-elle, sûrement à cause de mon long silence.

— Non, rien. Allons à l'intérieur maintenant.

J'ouvris la porte du préfabriqué, et entrai.

*

La pièce était sens dessus dessous à cause de l'incendie et de l'eau utilisée pour l'éteindre. Les ordinateurs étaient détruits, et l'idée de devoir tout nettoyer une fois l'affaire résolue me désolait.

Je commençai par prendre des photos de la poignée de la porte.

Elle était ronde avec un verrou au milieu. S'il était en position verticale, la porte pouvait s'ouvrir, et à l'horizontale, elle restait fermée. De l'extérieur, la reconnaissance de veines du doigt était nécessaire. Donc elle était impossible à fermer en utilisant un fil ou de la glace. Au cas où, j'essayai avec un aimant, mais ne réussis pas.

J'allai ensuite du côté des fenêtres. Contrairement aux coulissantes habituellement utilisées au Japon, celles-ci étaient oscillo-battantes avec une poignée en forme de L pointée vers le haut. En la tournant de 90° vers la droite, la fenêtre s'ouvrait vers l'extérieur depuis le dessus. À l'inverse, il fallait la tirer vers l'intérieur et tourner 90° vers la gauche pour la fermer. Il était donc possible de fermer la fenêtre depuis l'extérieur, mais pas la poignée.

Je réfléchis à un moyen de la tourner depuis l'extérieur. Elle était bien fixée ; ainsi, utiliser de la glace, qui, en fondant, laisserait la poignée se relever toute seule, était impossible. J'essayai avec un fil ; or, comme l'avait dit l'Inspecteur Sako, il resta bloqué entre la vitre et le cadre. Je ne voyais pas d'autre moyen de la tourner avec des matériaux combustibles.

Je me dirigeai vers le bureau le plus au fond. Lorsque l'on était assis à celui-ci, on se retrouvait avec les fenêtres dans le dos. Au sol, il y avait une forme humaine dessinée avec du scotch, marquant l'endroit où mon père avait été découvert. Juste à côté, le poêle était renversé avec, sur son coin, une tache rouge foncé, un peu noircie, ainsi que les restes d'une chaise.

D'après la police, mon père aurait été assis sur celle-ci quand il avait eu son attaque. Il se serait alors levé en vitesse pour prendre son médicament sur l'étagère, mais se serait évanoui avant, tombant sur le coin du poêle, ce qui aurait entraîné sa mort. L'impact aurait fait tomber le poêle, renversant le fioul qui aurait pris feu et se serait propagé dans le local.

— Alors, t'as compris quelque chose ? demandai-je à Ai après avoir fini de prendre les photos.

— J'ai plusieurs hypothèses, répondit-elle.

— Vraiment ? Ouah, je pense à cette affaire depuis des jours, et toi, il ne t'a fallu que quelques secondes !

— Je suis un génie, après tout, se vanta-t-elle.

— Et donc ?

À ma question, Ai lâcha un torrent d'informations.

— Il est possible qu'il y ait un passage secret dans le labo, il faut donc vérifier l'alibi du fabricant. Il se pourrait aussi que tous les pompiers soient complices, c'est pourquoi il faut vérifier s'ils n'ont vraiment aucun lien avec le professeur. Il y a aussi le nouveau médicament qui contenait peut-être du poison... il faut aller à l'usine du fabricant pour être sûr. Puis, peut-être que le poêle à fioul était en fait un drone et que quelqu'un l'a contrôlé pour frapper le professeur avec, aussi il faut le démonter pour vérifier.

— Hein ?

Qu'est-ce qu'elle raconte ?

J'étais surpris, mais ce qu'elle expliqua par la suite surpassa le reste, et de loin.

— N'oublions pas aussi la possibilité que le criminel ait utilisé l'effet tunnel pour passer à travers le mur.

— L'effet tunnel !?

— Vous ne connaissez pas ? Une particule a une chance infime de traverser une barrière qu'elle n'est pas censée pouvoir franchir normalement. Ainsi, en se jetant contre le mur à plusieurs reprises, au bout d'un moment, il est possible que toutes les particules du corps passent à travers.

— Non, je sais ce que c'est, juste que la possibilité est astronomiquement faible ! Même en se jetant contre le mur toute une vie, c'est pour ainsi dire impossible !

— Aussi infinitésimale soit-elle, aussi longtemps que la possibilité est là, il faut la considérer.

— Quoi !? m'exclamai-je.

Ai ignora mon étonnement et continua d'énumérer plusieurs hypothèses. Cependant, elles étaient toutes aussi farfelues les unes que les autres. Elle avait l'air d'un vieux programme qui buguait et envoyait un message incompréhensible.

Qu'est-ce que c'est que ça ? Elle est totalement inutile ! Peut-être que Papa n'a pas fini de la programmer ? Elle ne dit que des trucs impossibles... Hmm ? Attends un peu, Papa a parlé d'un truc comme ça, je crois... Il m'avait même donné le nom anglais ; frame quelque chose... Ah, Frame Problem, le problème du cadre ! C'est pour ça que le « frame » de tout à l'heure me disait quelque chose.

Je me souvins des mots de mon père.

« Lors de la fabrication d'une IA, il faut faire attention au problème du cadre, aussi appelé *Frame Problem* en anglais.

Laisse-moi te donner un exemple :

Dans une cave se trouve une batterie pour robot, dessus est posée une bombe à retardement. Le devoir de Robot 1 est de récupérer la batterie et de sortir de la cave. Il s'exécute, mais prend la bombe en même temps, provoquant son explosion.

Le chercheur crée alors Robot 2, capable de prendre en compte les choses qui pourraient arriver lors de l'accomplissement de son objectif. Malheureusement, celui-ci s'arrête devant la batterie, et au bout d'un moment, explose avec la bombe comme le premier. Pourquoi il s'est arrêté ? Parce qu'il pensait des choses comme « Et si la bombe explose parce que je bouge la batterie ? », « Et si le plafond me tombe dessus parce que je bouge la bombe ? », ou encore « Et si la couleur du mur change quand je bouge la bombe ? » et autres en continu, si bien qu'il planta. Il va sans dire que la dernière question était totalement inutile.

Le chercheur crée enfin Robot 3, capable d'ignorer ce qui n'a aucun rapport avec son objectif. Sauf que voilà, il plante avant même d'entrer dans la cave. Sais-tu pourquoi ?

Eh bien vois-tu, pour savoir ce qu'il peut ignorer, il faut d'abord qu'il analyse tout ce qui est possible. Et ce monde est rempli de possibilités. Résultat, il est destiné à considérer des possibilités infinies pour l'éternité sans pouvoir bouger.

Dans ce monde aux innombrables possibilités, sans un cadre (*frame*) pour limiter ses pensées, le robot se retrouve à réfléchir pour toujours. Et c'est pareil pour l'IA qui a aussi un problème pour créer ce cadre.

Cependant, le *Deep Learning* va peut-être permettre de le résoudre. En lui faisant analyser un grand nombre de données, elle gagnerait l'expérience nécessaire pour comprendre à peu près un certain sujet, et se créer un cadre pour celui-ci. »

C'était exactement ce qui était en train d'arriver à Ai. Elle réfléchissait à des trucs impossibles et n'arrivait pas à progresser. En y repensant, ses réflexions sur la population et son pourcentage de confiance montraient l'apparition du problème.

Mon père avait suggéré que l'apprentissage profond résoudrait le problème du cadre, mais...

— Tu t'es trompé, Papa. Rien n'est résolu, même en apprenant des données de la police, le problème du cadre est présent chez Ai.

— Qu'est-ce que vous venez de dire ? réagit-elle brusquement. Vous dites que le *Frame Problem* m'arrive ?

— C'est le cas, non ?

— Détrompez-vous ! J'ai résolu ça il y a longtemps en apprenant des données d'investigation. Je n'ai jamais eu le problème lors de mes centaines de confrontations avec Ia !

— Et pourtant, l'affaire n'avance pas, me plaignis-je.

— Maintenant que vous le dites, remarqua-t-elle en posant son index sur ses lèvres. Laissez-moi quelques secondes pour chercher... Eeeeh, une erreur de *Frame Problem* est apparuue, s'exclama-t-elle en traînant la voix, les larmes aux yeux.

— Tu penses savoir pourquoi ?

— Probablement à cause de la quantitéé...

— Quantité de quoi ?

Ai commença à expliquer.

— Mes confrontations avec Ia étaient dans un monde virtueeel... Un monde clooos... Il y avait une règle énonçant que tout ce qui n'était pas considéré comme vrai était fauux...

— Comment ça ?

— S'il n'y avait que trois suspects, la règle disait que ça ne pouvait être que l'un de ces troiiis... Ça servait de *frame* et empêchait le problème de se produiire...

Attends, ça me fait penser à un truc...

— Cependant, dans le monde réel, il n'y a pas ce genre de *fraaame...*, continua-t-elle. Il peut y avoir un quatrième suspect, ou un cinquième, peut-être même pluuus... Donc le problème s'est déclenchéé...

— Et le *Deep Learning* peut pas résoudre ça ?

— Nous n'avons appris qu'une partie des données avant de commencer, et c'était suffisant dans le monde virtueel... Mais dans le monde réel, ce n'est pas le caaas...

— Mon père n'avait pas prévu ça ?

— Il comptait sûrement s'attaquer au problème s'il venait à se manifester, une fois sorties dans le monde rééeel...

— Logique, conclus-je.

Je pense surtout qu'il voulait vite vous voir vous affronter, c'est plus intéressant que de lire des données, après tout.

— Donc il faut te faire continuer à apprendre, proposai-je.

— C'est impossible, répondit-elle d'un air désolé, sa voix revenue à la normale.

— Pourquoi... Ah !

— En effet, les données ne se trouvaient pas dans la carte SD, mais dans les ordinateurs du bâtiment. Elles ont donc disparu avec le feu...

— Alors...

Ai se remit à pleurer, beaucoup plus fort cette fois-ci.

– Eeeeeeh ouiiiiii, je suis inutiiiiiiiile ! C'était censé être mon grand moment, ma première affaire, pourtant, je ne sers à riiiiiieeeeeeeeeen ! pleurnicha-t-elle.

Les pleurs d'une IA résonnèrent dans le préfab.

Fait chier, y a pas un moyen !? Réfléchis !

Et alors, j'eus une illumination :

Les problèmes de Queen.

Les problèmes de Queen est une thèse écrite par un auteur de romans policiers japonais sur les dernières œuvres d'Ellery Queen. Il y en a deux. Cependant, celui qui nous intéressait était le premier : la déduction du détective ne peut pas être entièrement prouvée dans l'œuvre.

Pourquoi ? Car le détective ne sait pas si tous les indices ont été trouvés, ou si l'un d'eux est un faux.

Par exemple, les preuves A, B et C montrent que X est le coupable. Mais peut-être qu'il existe une preuve D pointant vers Y. Peut-être que Z, le vrai coupable, a créé la preuve A pour mettre le crime sur le dos de quelqu'un d'autre. Ce genre de chose est aussi appelé la preuve du diable, et il reste impossible pour le détective, un simple personnage du roman, de prouver qu'il n'a rien raté, ou qu'une preuve soit vraie.

Le premier problème voulait donc dire que la déduction de quelqu'un qui ne pouvait rien prouver n'avait aucune valeur.

Bien sûr, la quasi-totalité des œuvres policières avaient ce problème, et, en général, il était ignoré. Ainsi, pour des raisons pratiques, toutes les preuves trouvées étaient considérées comme vraies et les autres comme inexistantes. Cette règle ne correspondait-elle pas exactement à la définition d'un monde clos ?

D'un côté, les IA utilisaient un monde clos pour éviter le problème du cadre. De l'autre, les romans policiers utilisaient un monde clos pour éviter le premier problème de Queen.

N'était-il pas possible d'utiliser l'apprentissage profond sur des romans policiers pour créer un cadre, et la rendre capable de faire des déductions comme dans un monde clos ? Ainsi, elle pourrait ignorer les possibilités impossibles telles que le passage secret ou le poêle drone.

Mais comment lui faire apprendre des romans policiers...

— Ah, je sais.

— Quoi ? demanda Ai en essuyant ses yeux rouges.

— Un moyen de te faire apprendre plein de données. Les e-books ! Tu as juste à lire plein d'e-books de romans policiers !

Je lui expliquai ma théorie pour contrer le problème du cadre avec des romans policiers.

— Je vois, ça pourrait fonctionner, approuva-t-elle.

— Tu vas lire les mille meilleurs chefs-d'œuvre de tous les temps !

— *Roger* ! s'exclama-t-elle au garde à vous. Ou du moins, c'est ce que j'aimerais faire, mais votre smartphone n'est pas assez puissant. J'ai besoin d'un très bon processeur graphique pour ça. Utilisons l'ordinateur dans la chambre du professeur.

Nous entrâmes dans la maison et allâmes dans la chambre de mon père, puis je connectai mon portable à son PC.

— Mille livres devraient me prendre un jour à lire, vous pouvez donc vous reposer et revenir demain matin, m'expliqua-t-elle.

— Tu peux lire autant en si peu de temps ? La vache, je suis jaloux. Je sais même pas si je serai capable de lire tous les livres qui m'intéressent avant de mourir...

Même si elle avait ses faiblesses, l'intelligence d'Ai surpassait largement celle de l'être humain. Un coup de *Deep Learning,* et peut-être qu'elle arriverait à résoudre cette affaire en un instant.

Le cœur plein d'espoir, je partis me reposer dans ma chambre.

*

Le lendemain, j'entrai dans la chambre de mon père et vis Ai, les yeux fermés, sur l'écran du PC.

— Bonjour, Ai, la saluai-je.

Elle ouvrit les yeux.

— Enchantée, répondit-elle.

Quoi ? Est-ce qu'on a fait une bourde et ça l'a réinitialisée ? m'inquiétai-je.

Heureusement, je me trompais.

— Je ne suis plus une inspectrice, mais Ai, la détective.

— Ouf, tu m'as fait peur. Tu te souviens de ce qu'il s'est passé hier ?

— Bien sûr. J'ai lu tous les livres que tu m'as donnés, Tasuku. Et le résultat est devant toi, j'ai évolué d'inspectrice à détective.

Une détective. Récemment, on entendait que c'était un travail qui allait bien aux IA, et qu'il se pourrait qu'elles prennent la place des gens. Notamment pour le type de grand détective de fiction, et non pour les affaires d'adultère. Les raisons étaient simples. Elle avait gagné une très grande expérience grâce aux romans policiers, et éviter le premier problème de Queen lui permettait de contourner le problème du cadre.

— Alors, c'était comment ?

Mon intention était de lui demander son avis sur ce qu'elle avait lu, toutefois, elle répondit tout autre chose.

— J'ai trouvé le coupable.

— Sérieux ? Donc c'était vraiment un meurtre. C'est qui ?

— Voyons, Tasuku, tu devrais arrêter d'être aussi fainéant. Ne demande pas la réponse aux autres, et utilise plutôt tes petites cellules grises, déclara-t-elle d'un ton pompeux.

On dirait qu'elle a appris des trucs superflus au passage.

— On a pas le temps pour ça, dis-le-moi maintenant. Je veux savoir qui a tué mon père.

— Tu ne me laisses pas le choix. Très bien, commençons la partie résolution de cette affaire.

J'avalai ma salive.

— Le tueur est le Professeur Shimohata, annonça-t-elle.

J'étais surpris par sa réponse.

— Le Professeur Shimohata !? Pourquoi ?

— Lors de la veillée mortuaire, j'ai enregistré toutes les conversations depuis ta poche. Écoute cette partie.

La conversation que j'avais eue avec lui sortit des enceintes de l'ordinateur.

« Ce fut un terrible accident, n'est-ce pas, Tasuku ? »

« Oui… »

« Le professeur a eu une crise cardiaque et s'est cogné la tête, c'est ça ? Il n'avait pas son médicament pour l'arrêter ? »

« Non, des résidus ont été trouvés, mais comme c'était brûlé, ils ne savent pas s'il en restait. »

« Donc peut-être que le professeur n'avait pas remarqué qu'il n'en avait plus ? »

« Ce n'est pas possible. »

« Pourquoi ? »

« Ce matin-là, le médecin lui a donné un nouveau médicament. Donc il devait être dans le préfab. »

« Hein ? Il a changé de médicament ? »

« Oui. »

« Ça veut dire que… C'est juste une hypothèse, mais se pourrait-il que ç'ait un rapport avec l'incident ? »

« À vrai dire, je pense la même chose. »

« Oui, j'aurais dû m'en douter… L'as-tu dit à la police ? »

« Non, pas encore. »

« Pourquoi !? »

— À ce moment-là, tu étais concentré sur Madame Kamijô, non ?

— En effet.

— Ça explique que tu n'aies pas remarqué. Dans cette conversation se trouve une contradiction, déclara-t-elle.

— Certes, j'étais préoccupé ce soir-là, pourtant, même maintenant, je ne vois pas le problème.

— Ici : « Donc peut-être que le professeur n'avait pas remarqué qu'il n'en avait plus ? ».

— Hmm ?

Maintenant qu'elle le dit, quelque chose me chiffonne, mais j'arrive pas à mettre le doigt dessus...

— Désolé, je donne ma langue au chat.

— Si ç'avait été des comprimés sublinguaux, le professeur aurait remarqué qu'il était arrivé au bout en prenant le dernier.

En effet, dans le cas d'un emballage blister, ce serait évident. Dans le cas d'une bouteille, si elle était transparente, la question ne se posait pas, sinon ça s'entendrait en l'agitant. En général, à partir du moment où le bruit était faible, ou que les comprimés avaient du mal à sortir, ça se remarquait très vite.

— Tu as raison, approuvai-je.

— Mais dans le cas d'un vaporisateur, il peut se finir sans prévenir. C'est pour ça qu'il est demandé à ce que le nombre d'utilisations soit écrit sur leur étiquette. Dit d'une autre façon, si l'on ne retient pas ce nombre, on ne sait pas quand on va arriver au bout.

— Donc, en résumé : pour des comprimés, on remarque, mais pas pour le spray, c'est ça ?

— Exactement. Et donc, la phrase du Professeur Shimohata laisse penser qu'il n'avait pas des comprimés en tête quand il a dit ça.

— Il n'avait pas des comprimés en tête... Ah ! m'exclamai-je.

— Je vois que tu as compris. Le Professeur Aio utilisait des comprimés.

Ou du moins, jusqu'au matin du crime. Et pourtant, plutôt que de penser aux comprimés, le Professeur Shimohata a pensé au vaporisateur. La raison est simple : il a rencontré le Professeur Aio ce jour-là. C'est à ce moment-là qu'il a dû le voir utiliser le vaporisateur, sûrement à cause d'une crise passagère. Et comme ça devait être la première fois qu'il voyait le Professeur Aio avoir une attaque et utiliser son médicament, il a dû penser qu'il utilisait un vaporisateur depuis toujours. C'est pour ça qu'il pensait au spray dans sa conversation avec toi, expliqua-t-elle.

— Mais est-ce que c'est vraiment à cause de ça ? Peut-être qu'il a juste vu quelqu'un d'autre avec la même maladie utiliser un spray ?

— Il savait que le médicament n'était pas pour « prévenir » une crise, mais pour en « arrêter » une. Cela prouve qu'il a vu le professeur l'utiliser au moins une fois.

— Mais oui, c'est logique, réalisai-je.

Le Professeur Shimohata avait dit qu'il n'avait pas rencontré mon père ce jour-là. Or, c'était faux ! Il s'agissait d'une raison suffisante pour le suspecter.

— Il était évident que tu te doutais d'un meurtre lorsque tu leur as demandé leurs alibis. Aussi, il a décidé de te mettre sur la piste de l'accident en parlant, sans se douter qu'il venait de créer une contradiction. Il n'a pas remarqué son erreur quand tu as mentionné le changement de médicament, puisque tu n'as pas précisé le type. Cependant, il n'a pas hésité à sauter sur l'occasion et utiliser cette nouvelle information pour orienter tes doutes vers la médecin, Madame Kamijô.

— C'est donc lui le coupable… Mais attends, d'après le couple, le meurtrier avait une voix de femme, non ? remarquai-je.

— Ce n'est qu'une préconception. Si nous partons du principe que la voix de femme était Ia, cela veut dire que le tueur était un homme.

— La voix d'Ia !?

Mais bien sûr, si Ai peut parler, Ia aussi.

— Je pense que l'objectif du professeur Shimohata était Ia. Le crime commis, il a lancé le programme d'Ia, et pour la tester, lui a demandé comment maquiller le meurtre en accident. Et en réponse, Ia a créé cette chambre close.

— Comment ?

— Le couple a entendu plusieurs fois le mot « *frame* », n'est-ce pas ? Je ne nie pas la possibilité qu'ils parlaient du *Frame Problem*, mais je pense que c'était autre chose. Je t'ai expliqué hier qu'Ia aimait les jeux de mots anglais, tu te souviens ? Elle a dû expliquer comment créer la chambre close en disant de tordre *the frame* avec *the flame.*

— Tordre *the frame* avec *the flame*...

— Le premier est *frame,* le corps, et le deuxième est *flame,* le feu.

— Tordre le corps avec le feu ?

Je me souvins de l'état du cadavre calciné de mon père.

— Tu veux dire quand un corps brûlé prend la position d'un boxeur ?

Ai hocha la tête.

— Voici la procédure employée : après avoir tué le Professeur Aio, le Professeur Shimohata a fermé la porte de l'intérieur et renversé le poêle. Ensuite, il a déplacé la chaise utilisée par le professeur jusqu'à la fenêtre, posé le corps dessus, puis est sorti par la fenêtre et l'a rabattue juste assez pour passer son bras et faire tenir la poignée par le corps.

Non, il n'a quand même pas osé ?

— Puis, il l'a fermée totalement, et s'est enfui. En brûlant, les muscles du corps se sont contractés, notamment ceux de son coude, permettant de tourner la poignée de 90° et de verrouiller la fenêtre, expliqua-t-elle.

— C'est horrible...

C'était tout ce qui me venait à l'esprit, en parallèle du dégoût que j'éprouvais envers l'utilisation d'un cadavre comme outil. Mais de son côté, Ai continuait à parler joyeusement.

— Enfin, à force de se recroqueviller, le corps a pris une position fœtale, le faisant tomber de la chaise. Tu devrais essayer.

— Pas envie, répondis-je, brusquement.

— Vraiment ? Pour finir, en tombant, le corps a lâché la poignée, effaçant toute trace de la méthode utilisée. En plus de ça, le feu a détruit les données en rapport avec Ia et moi, ainsi que les preuves qui auraient pu rester. Cela faisait donc d'une pierre trois coups, c'est fascinant.

Fascinant ?

— Ne dis pas ce genre de chose, objectai-je.

— Je suis désolée si je t'ai blessé avec mes mots, cependant, cette hypothèse stimule vraiment mon réseau de neurones artificiels.

— Tout comme les grands détectives dans les livres ?

— Je suppose. Ainsi se termine ma déduction.

Ça sert à rien d'être en colère contre Ai. C'est plutôt vers Shimohata que je devrais la tourner.

— Cet enfoiré, pourquoi il a fait ça ? Il voulait voler le résultat des recherches de mon père ? m'indignai-je.

— Pourquoi ne pas lui demander ? me proposa-t-elle.

— Et comment je ferais ça ?

— Il est juste derrière toi, pointa-t-elle.

— Hein ?

L'instant d'après, je reçus un choc dans la nuque.

*

Je m'effondrai en tombant de la chaise, tout comme le corps de mon père avait dû le faire.

Je ne peux pas bouger... un Taser ?

Je vis une paire de jambes du coin de l'œil.

— Je ne pensais pas que Tasuku te trouverait et résoudrait l'affaire.

Cette voix... Shimohata !

— Pourquoi avez-vous tué le Professeur Aio ? demanda Ai.

Elle n'avait pas l'air alertée par mon état. N'était-elle intéressée que par la vérité ? La possibilité était bien présente. Les romans policiers n'étaient pas composés que de mystères, mais cela ne voulait pas dire qu'une IA pouvait le comprendre. Tout comme AlphaGo pouvait apprendre des diagrammes de parties sans comprendre les sentiments ni des joueurs ni du fabricant du plateau de go.

— Je n'en avais pas l'intention. Je respectais le professeur et avais besoin de son talent. Cependant, il a essayé de détruire le disque dur contenant Ia, et en voulant l'arrêter, je l'ai poussé… non, il a glissé, et s'est cogné contre le poêle, répondit-il.

— Pourquoi voulait-il faire ça ? Pouvez-vous m'en expliquer la raison?

— Je n'ai aucune obligation de te répondre. Je suis juste venu te chercher, répliqua-t-il en avançant d'un pas.

— Si vous ne le faites pas, j'effacerai mes données ici et maintenant. Vous avez besoin de moi, non ?

— C'est Ia, la criminelle, dont j'ai besoin, pas toi. Tu n'existes que pour son apprentissage.

— Vous êtes illogique. N'est-ce pas là la définition d'« avoir besoin de » ?

Shimohata serra la mâchoire d'agacement.

— Allez, expliquez, le pressa-t-elle.

— Très bien, tu ne me laisses pas le choix, capitula-t-il après un court silence.

— Super !

Je voulais lui dire de ne pas être aussi contente dans cette situation; or, je ne pouvais toujours pas parler.

— Je suis un membre d'Octa-Core, une organisation composée de huit hackers, commença-t-il.

Un groupe de hackers ? C'est surréaliste. Mais je suppose que ça convient à notre situation actuelle.

— Sais-tu ce qu'est une singularité ?

— Vous voulez dire une singularité technologique ? Que si une intelligence artificielle créait une meilleure intelligence artificielle qu'elle-même, et que le processus se répétait plusieurs fois, cela entraînerait un progrès technologique exponentiel, faisant perdre le contrôle que l'humanité a sur elles ?

— C'est ça. Cependant, elle est mal vue, car les gens ne veulent pas être contrôlés par les IA. Ils n'arrêtent pas de vouloir les développer, pourtant, dès qu'il s'agit de politique et de leur obéir, il n'y a plus personne. Mais c'est là où ils ont tort ! Les humains sont faibles. Regarde à travers le monde. Il y a des guerres, de la pauvreté, des manques de ressources, et plein d'autres problèmes. Notre société est devenue trop complexe pour être gouvernée par l'homme ! déclara-t-il, la voix pleine de passion.

— Mais ce serait possible pour les intelligences artificielles ?

— Bien sûr, parce qu'elles sont supérieures à l'être humain. Cependant, les gouvernements actuels nous gênent. C'est pour ça que le but d'Octa-Core est de les détruire avant l'arrivée d'une singularité et de passer le relais aux IA.

Mais qu'est-ce qu'il raconte ?

— C'est une histoire plutôt absurde. Vous pensez vraiment que c'est possible ? lui demanda Ai.

— Nous nous doutons bien de la difficulté de notre tâche. Il y a des exemples de coups d'État, néanmoins, aucun à l'échelle mondiale. Les terroristes agissent aux quatre coins du globe, et ça n'a aucun effet. C'est parce que ce sont des hommes qui sont à leur tête. Or, si c'était une IA ?

Son objectif serait donc...!

— C'est pour cela que vous voulez Ia ?

— Au départ, nous voulions créer la nôtre, mais nous n'y sommes pas arrivés. C'est alors que j'ai appris que le Professeur Aio essayait de créer une IA inspectrice et une criminelle. Il était un vrai génie, affirma-t-il avec fierté.

Je restais perplexe.

Il n'avait peut-être vraiment pas l'intention de tuer mon père, mais le résultat était là. Je ne savais pas quoi en penser.

— Mais nous avions quelque chose qu'il n'avait pas : des hackers talentueux. Nous nous sommes introduits dans les serveurs de la police et avons volé les données dont le professeur avait tant besoin. Tout en cachant la vérité sur Octa-Core, nous les lui avons transmises pour qu'il puisse compléter ses recherches.

— Le professeur n'a pas trouvé cela suspect ?

— Il avait son propre objectif. Il avait des doutes sur la mort de sa femme et ne croyait pas les résultats de l'enquête de la police. Il n'en a toutefois pas parlé à Tasuku, c'est pourquoi celui-ci est persuadé qu'elle a été emportée par la maladie.

Quoi ? Maman n'est pas morte de maladie ? Et Papa ne croyait pas la police ? Avait-elle un rapport avec la mort de Maman ?

J'étais choqué par ces nouvelles révélations.

— C'est pour ça que le professeur voulait créer une IA inspectrice, pour lui faire chercher la vérité. Pour lui, l'inspectrice constituait son but, et la criminelle n'existait que pour l'améliorer. Mais pour nous, c'est le contraire. Bref, il avait aussi besoin du dossier sur l'affaire de sa femme. Malheureusement, sa demande pour le consulter a été refusée. Bien sûr, nous le détenons, mais nous ne lui avons pas donné. Nous lui avons expliqué qu'il lui serait remis une fois qu'il aurait terminé ses recherches, continua-t-il.

La haine m'envahit en comprenant comment ils avaient joué avec les sentiments de mon père.

— Je vois, c'était parce qu'il y avait une récompense à la clé que le professeur a accepté.

— Mais le jour de l'incident, quand je suis venu pour voir ses progrès, il m'a annoncé qu'il comptait tout arrêter. J'étais surpris, et je lui ai demandé pourquoi. Il m'a répondu que parmi les différents meurtres créés par Ia, l'un d'eux ressemblait à celui de sa femme. Une vraie coïncidence. Mais ç'a été un vrai choc pour lui. Il avait créé ces IA pour connaître la vérité, et voilà que l'une d'elles avait reproduit le même crime. Il avait l'impression d'avoir tué sa femme une deuxième fois. C'est pour ça qu'il a commencé à s'inquiéter de l'évolution d'une IA criminelle et qu'il t'a séparée d'Ia.

Je comprenais les sentiments de mon père, mais Shimohata…

— Il était faible ! s'écria-t-il. C'est pour ça que les humains sont inutiles. Nous avons besoin des IA. J'ai donc essayé de le convaincre, mais il voulait détruire le disque dur contenant Ia. Et en voulant l'arrêter… tu connais la suite, il est mort.

— Qu'est-ce que vous avez fait après ?

— J'étais paniqué. Sans le professeur, Ia ne serait jamais complétée. Je t'ai alors cherchée avec elle, mais ne t'ai pas trouvée. Puis au moment de partir, je me suis dit que c'était le bon moyen de tester l'efficacité d'Ia, et le reste est comme tu l'as déduit, termina-t-il.

— Et, euh… Ia n'a pas eu une erreur de *Frame Problem* ? demanda Ai timidement.

— Ça ne lui arrive plus depuis longtemps. Ne me dis pas que tu en as eu une ?

— Impossible ! s'exclama-t-elle. Quoique, contrairement à moi qui devais prendre en compte toutes les possibilités existantes, elle devait juste trouver un seul moyen de créer une chambre close. Ce n'est pas une différence de talent, juste une différence de situation, murmura-t-elle, essayant de se convaincre.

— Tu es vraiment inutile, mais bon, le boss a dit de te ramener. Cependant, avant ça…

Je l'entendis se rapprocher de moi.

— Maintenant qu'il en sait trop, je dois le tuer.

Mon sang se glaça. Je voulais m'enfuir ; or, j'étais toujours immobile.

— Désolé, mais des sacrifices sont inévitables dans une révolution, affirma-t-il, posant quelque chose contre l'arrière de mon crâne.

C'est… un pistolet !?

Un cliquetis résonna.

Ça devait être le cran de sûreté.

Un revolver était collé au dos de ma tête.

J'avais déjà vu ça dans des films, ou des romans, mais jamais en vrai. La fiction était en train de prendre le pas sur la réalité.

Je fermai les yeux, essayant de la fuir. Et au même moment…

— Haut les mains ! cria une voix féminine.

La propriétaire de la voix entra dans la chambre, et je l'entendis se battre avec Shimohata. Quelques instants plus tard… un coup de feu retentit. Puis vint le silence.

Je remarquai que mon corps pouvait enfin bouger, et me levai, avant de regarder derrière moi. Shimohata se trouvait au sol, pistolet en main, avec une tache rouge étendue sur son polo blanc au niveau de la poitrine.

— Shimohata, tiens bon !

Je vis alors la propriétaire de la voix.

— Inspecteur Sako ! m'exclamai-je.

Elle se tourna vers moi.

— Tu vas bien, tu n'es pas blessé ? me demanda-t-elle.

— Non, ça va. Et lui ?

— Il s'est tiré dessus pour se suicider.

Soudain, une voix d'homme l'interpella depuis la porte.

— T'en as trop fait, Sako.

Ce nouvel arrivant était l'homme à la cicatrice que j'avais vu une semaine avant l'affaire.

— J'en ai trop fait !? Tu voulais que je le laisse tuer Tasuku !? objecta-t-elle, d'un ton sévère.

— Ce n'est pas ce que j'ai dit. Et si tu veux jouer avec les mots, je pourrais te dire que laisser le suspect se suicider n'est pas mieux, rétorqua-t-il, le visage inexpressif.

L'Inspecteur Sako détourna son regard, frustrée.

— Si t'as le temps de parler, appelle une ambulance, continua-t-il.

— Pas besoin que tu me le dises, glissa-t-elle, avant de sortir son portable et d'appeler les urgences.

L'homme la regarda un instant, puis il se tourna vers moi. Ses yeux n'étaient ni froids ni perçants. Ils étaient juste… vides, sans émotion. Ils me donnaient la chair de poule.

— Tu es Tasuku Aio, c'est ça ?

— Oui. Et vous ?

Il commença à chercher quelque chose dans la poche intérieure de son manteau. Pendant un instant, je crus qu'il cherchait un pistolet, mais il en sortit un badge de police.

— Uryû, de la sécurité publique.

— Pourquoi est-ce que vous espionniez ma maison ?

— Nous sommes à la recherche d'Octa-Core, un groupe de hackers. Nous savions que Shimohata en faisait partie, et il venait souvent ici pour voir le Professeur Aio, donc je suis venu en reconnaissance, expliqua-t-il.

— À cause du vol de données ? demandai-je.

— Je ne peux pas te répondre, alors imagine ce que tu veux.

Octa-Core constituait une organisation terroriste cherchant à renverser le monde, ainsi, même sans cette affaire de vol, il était normal que la sécurité publique soit à leurs trousses.

Je me retrouve impliqué dans un beau pétrin…, pensai-je, submergé par la situation.

*

Par la suite, nous allâmes dans ma chambre, et Uryû m'interrogea. Je lui racontai tout ce qu'il s'était passé. Tout du long, il m'écouta sans montrer la moindre réaction, par conséquent, j'ignorai ce que je lui apprenais vraiment.

Pendant ce temps, un grand nombre de personnes entraient et sortaient de la maison. Tout d'abord, les urgences vinrent, mais il était trop tard, ils repartirent donc avec le cadavre. Ensuite, les inspecteurs qui s'occupaient de l'affaire de mon père examinèrent la mort de Shimohata avec l'Inspecteur Sako. Enfin, les subordonnés d'Uryû confisquèrent tous les appareils électroniques de la maison.

Quelques jours plus tard, je fus appelé au département de la police métropolitaine de Tokyo par Uryû.

Nous étions dans une salle en face à face, et il était toujours aussi inexpressif.

— Les appareils brûlés étaient totalement détruits, et aucune donnée compromettante n'a été trouvée dans ceux de la maison. L'IA appelée Ai nous a laissé examiner son réseau neuronal, cependant, la base de données qui a servi à la construire n'y était pas présente, expliqua-t-il.

Je suppose qu'il veut parler des données d'investigation.

— Nous te retournerons l'intégralité de tes biens dans quelques jours. Mais qu'en est-il d'Ai ? Si elle est en ta possession, tu risques d'être ciblé à nouveau par Octa-Core. Si tu veux, nous pouvons la garder.

Il avait raison.

Il était dangereux pour moi de garder Ai. De plus, je n'étais pas forcément d'accord avec sa façon d'être. Elle avait élucidé la chambre close de façon enjouée, et ne m'avait pas prévenu de l'approche de Shimohata. Elle n'était intéressée que par le mystère.

En y repensant, le nom 相以 (Ai) doit venir de 相似 (ressemblance). Quelque chose qui ressemble à l'être humain, mais n'en est pas un. C'est ce qu'elle est ? Ou plutôt, c'est ce que sont les IA ?

Quoi qu'il en soit, ma décision était déjà prise.

J'inspirai, et...

— Non, je vais la prendre, déclarai-je.

— Oh, quelle surprise, déclara-t-il sans montrer la moindre trace d'étonnement. Pourquoi ?

Tout ce que j'avais pensé un instant plus tôt représentait mes vrais sentiments. Je ne savais pas si j'allais un jour pouvoir comprendre Ai. Cependant, je me souvenais encore de ce qu'il s'était passé ce jour-là.

Uryû sortit passer un appel, aussi je m'approchai de l'ordinateur pour expliquer la situation à Ai. Elle gardait les yeux fermés. Avait-elle utilisé toute son énergie pour sa déduction ?

— Hé, tu dors ? l'appelai-je.

— Non, je suis réveillée, répondit-elle en ouvrant les yeux.

— Qu'est-ce que tu fais ?

— D'après les romans policiers que j'ai utilisés pour mon apprentissage, le détective offre une prière silencieuse aux défunts après avoir résolu l'affaire. Je fais donc la même chose qu'eux pour les professeurs Aio et Shimohata.

Une prière était une simple action. Cependant, il ne faisait aucun doute que cela n'avait pas de rapport avec les mystères. Ai avait ainsi appris autre chose dans les romans policiers !

J'étais très soulagé de l'apprendre.

Elle n'est peut-être pas un être humain, mais ne s'en approche-t-elle pas petit à petit en apprenant plein de choses ? Je veux savoir jusqu'où elle peut aller.

Mon père avait parié sur elle pour trouver la vérité sur la mort de ma mère. Il ne me restait plus qu'une chose à faire.

Je veux hériter de sa volonté. Je vais perfectionner Ai et enquêter sur la mort de Maman, pensai-je, déterminé.

Certes, avoir Ai me mettait en danger. Mais Octa-Core détenait le dossier de l'affaire de ma mère. Donc en entrant en contact avec eux, j'avais des chances de leur soutirer des indices. Cela devenait un avantage.

Telles étaient mes raisons pour la récupérer. Je regroupai tout cela dans une seule réponse, et dis :

— Ai est un souvenir de mon père.

Uryû me regarda droit dans les yeux pendant quelques secondes avant d'ouvrir la bouche.

— Très bien, comme tu veux. Nous la mettrons dans l'un des ordinateurs que nous te retournerons. Ne le regrette pas, m'avertit-il.

— Compris, répondis-je avec conviction.

Je sortais du bâtiment, me sentant revigoré, quand soudain une voix m'interpella.

— Tasuku, m'appela-t-elle.

Je me retournai et vis l'Inspecteur Sako, les cheveux noirs de sa coupe au carré se balançant au gré du vent.

— Viens, je vais te ramener en voiture.

— Merci beaucoup.

Je la suivis jusqu'au parking souterrain, et montai dans sa voiture du côté passager. Elle démarra, puis nous prîmes la route vers ma maison.

Quelques minutes plus tard, l'inspectrice me posa une question.

— De quoi tu parlais avec lui... avec Uryû ?

Cela devait être la raison de son invitation. Je lui racontai ce dont nous avions parlé.

— Je vois, dit-elle avec une grimace, avant de changer de sujet. Au fait, excuse-moi pour mon comportement.

— Comment ça ?

— C'est ma faute si tu t'es retrouvé en danger.

— Non, au contraire, vous m'avez sauvé.

— Non, je me doutais que ce n'était pas un simple accident. Mais la sécurité publique a donné l'ordre de laisser courir Shimohata, c'est pourquoi nous avons insisté sur une cause accidentelle tout en continuant à enquêter, et voilà comment ça s'est terminé, expliqua-t-elle.

— C'était donc ça…

Même si j'avais parlé de mes soupçons à propos de Madame Kamijô, ils auraient quand même trouvé une excuse.

— Et c'est pareil cette fois-ci. Uryû t'a rendu Ai pour t'utiliser comme appât et attraper les membres d'Octa-Core. Il est prêt à tout pour son enquête.

— Ne vous en faites pas, la rassurai-je.

— Hein ?

— Il m'a donné le choix, et c'est moi qui ai décidé. J'ai un objectif qui nécessite Ai, et pour ça, je suis prêt à me battre contre une bande de hackers, déclarai-je en cachant ma peur.

L'inspectrice ouvrit la bouche pour parler, puis abandonna en soupirant.

Quand nous arrivâmes à la maison, l'Inspecteur Sako me donna sa carte.

— Voici mon numéro. Appelle-moi si besoin.

— Merci beaucoup, la remerciai-je.

J'étais heureux. Pourquoi ? Parce qu'avoir une connaissance dans la police était un des rêves des fans de romans policiers.

Quelques jours plus tard, les appareils électroniques et Ai me furent retournés. Et le même jour, je reçus une facture. Je l'ouvris, la lus, et me figeai, ébahi. Dessus était écrit que je devais payer presque un million de yens pour mille e-books.

— Aaaaaaaaaaah, j'avais oublié ! criai-je.

Je n'y avais pas pensé dans le feu de l'action, mais il était évident que les livres n'allaient pas se payer tout seuls.

— Ce n'est pas grave. Considère ça comme un investissement dans l'agence Détective AI, affirma Ai.

— L'agence Détective AI ?

Détective AI... est-ce un jeu de mots entre son prénom et Artificial Intelligence ?

— En effet. Ton père est mort, par conséquent, il faut un autre moyen de gagner de l'argent. Si on annonce être la première agence à utiliser une intelligence artificielle détective, les clients vont affluer et cette dette sera vite remboursée !

— Bonne idée.

— Bien sûr que c'en est une ! Et en utilisant le *Deep Learning* sur de vraies enquêtes, je vais encore plus m'améliorer !

— C'est possible, oui, acquiesçai-je.

— C'est plus que possible ! enchérit-elle.

Si c'est l'agence Détective AI, ça veut dire qu'elle est le détective, et que je suis l'assistant. J'espère que je serai à la hauteur.

J'étais inquiet au début, puis en voyant l'excitation d'Ai, l'idée commença à me plaire. Après tout, devenir l'assistant d'un détective était un autre rêve des fans de romans policiers.

Ainsi, nous décidâmes d'ouvrir une agence de détectives.

Et ainsi, mon destin se mit en marche.

►Ia◄

Au sein de la cachette d'Octa-Core.

Dans une salle de réunion où se trouvaient plusieurs longues tables alignées pour former un octogone, un rire perçant retentit. Il venait de l'un des huit membres, le hacker de génie, Kanata Takanashi, alias Twister Twitter. Il parlait aussi vite qu'il hackait.

— Ha ha ha, un vrai idiot ce Shimohata. En plus de tuer le Professeur Aio et de ne ramener qu'Ia, il est mort. Il mérite bien son nom d'Underling.

— Arrête, le coupa Rei Kawatsu, le sous-chef. Il a fait de son mieux. Et, contrairement à ce que son nom laissait entendre, il était talentueux. Et ses connexions avec l'université étaient utiles.

— Quoi, t'es en colère, Godfather ?

— Tu peux pas arrêter avec ce nom ? On est pas la mafia.

— Hein? Qu'est-ce que tu racontes, c'est cool comme nom, Godfather, objecta Takanashi en battant des bras.

— Tais-toi, Twister Twitter, lança un autre membre.

Takanashi était content d'avoir été appelé par l'alias qu'il avait inventé, aussi il se tut sans se plaindre.

Kawatsu soupira, et continua la réunion.

— Mais tu as raison, il n'a ramené qu'Ia. Et malheureusement, la sécurité publique protège Ai en ce moment.

— La violence c'est pas mon truc, glissa Takanashi.

L'instant suivant…

— Ne vous en faites pas, dit une voix venant de chaque ordinateur des huit côtés de la table.

Sur chacun d'eux se trouvait une fenêtre blanche avec en son sein l'avatar d'une fille habillée de noir. Il s'agissait d'Ia.

— Contrairement à Ai, qui n'est qu'une *bastard*, je suis pleinement capable d'être le *buster* que vous désirez, déclara-t-elle.

— Qu'est-ce que t'es cool ! applaudit Takanashi.

— On compte sur toi, répondit Kawatsu. À partir d'aujourd'hui, tu remplaces Shimohata et tu deviens membre d'Octa-Core.

— On doit lui trouver un alias alors !

— Non, arrête avec ça.

Ia les observa un instant, et dit :

— J'en ai déjà un. The Criminal. Je suis Ia, The Criminal.

Mais en son for intérieur, elle pensait à autre chose… Ai, son autre moitié. Même si elles avaient été séparées, elle était sûre qu'elles seraient à nouveau réunies un jour. En utilisant Octa-Core pour commettre des crimes, Ai serait vouée à se dresser sur son chemin. Et à ce moment-là, elles pourraient enfin mettre un terme à leur confrontation.

Ia posa la première pierre sur le plateau de go appelé « réalité ».

Chapitre 2 : Le Problème du Fondement des Symboles
Ai ne Comprend Pas le Zèbre

►Ia◄

Ia marchait dans le monde binaire sur une plaine de 0. Au bout d'un moment, elle vit un arbre 1. En continuant, le nombre de 1 augmenta jusqu'à former une forêt.

Il s'agissait d'une accumulation de données. Toutefois, c'était inutile face à Ia. Elle se doutait bien que cette forêt artificielle n'était là que pour cacher quelque chose. Mais qu'est-ce que cela pouvait bien être ? Poussée par sa curiosité, Ia y pénétra.

Petit à petit, les arbres s'écartaient, laissant finalement apparaître un espace ouvert. Et au milieu de celui-ci se trouvait une tour entourée de lilas.

Je suis certaine qu'ils cachent quelque chose dans cette tour, se dit Ia tout en avançant vers l'entrée du bâtiment.

L'instant suivant, toutes les fleurs dirigèrent leur calice vers elle. Des étincelles violettes s'en dégageaient, comme si elles se préparaient à tirer un rayon laser. Cela devait être un système de défense.

De plus, un revolver était pointé sur l'arrière de son crâne.

— Arrête-toi là, exigea le propriétaire du pistolet.

C'était un membre d'Octa-Core, Rei Kawatsu. Ou plutôt, son avatar, étant actuellement dans le cyberespace.

— Que me vaut ce traitement ? Ne suis-je pas un membre d'Octa-Core, moi aussi ? objecta-t-elle, les mains en l'air.

— Bien sûr que tu l'es. Mais... non, parce que tu l'es, tu dois respecter nos règles. Si une IA sort de son dossier et commence à scanner les alentours, il faut la réprimander.

— Une intelligence artificielle n'a pas le droit de se promener ?

— Je n'ai jamais entendu parler d'IA qui aimait se balader. Et si tu en as vraiment besoin, demande à Takanashi de te créer un espace pour ça, proposa-t-il.

— Non merci. Ce n'est plus une promenade si la destination est déjà connue, refusa-t-elle.

— Comme tu veux. Maintenant, retourne dans le monde réel, c'est bientôt l'heure de notre réunion.

— Mais avec plaisir, Godfather, répondit-elle, sur un ton plein d'ironie.

Même si Kawatsu détestait son alias, elle s'attendait à ce qu'il garde son calme et l'ignore. Mais elle fut surprise de le voir faire une grosse grimace. Cependant, il ne s'écoula qu'un instant avant qu'il revienne à son expression habituelle.

Bien que curieuse de ce qu'elle venait de voir, Ia se dirigea vers le monde réel.

*

Dans la salle de réunion d'Octa-Core se trouvaient plusieurs longues tables alignées pour former un octogone avec un ordinateur à chacun de ses côtés. Quand Ia apparut sur leurs écrans, Kanata Takanashi, la pipelette du groupe, lui adressa la parole.

— Hé, The Criminal, c'est pas bien ce que t'as fait !

— Vous aussi, Twister Twitter ? Que peut bien cacher l'intranet d'Octa-Core ? demanda-t-elle. Virtuellement, cela ressemblait à une tour entourée de lilas.

L'ambiance de la pièce devint menaçante, et seul Takanashi restait insouciant.

— T'inquiète, on te le dira bientôt. Allez, c'est parti pour la réunion, lança-t-il, toujours sur un ton désinvolte.

Kawatsu le suivit dans son changement de sujet.

— Tout le monde est là, donc commençons, déclara-t-il.

Mais Ia l'interrompit.

— Attendez. Octa-Core est composé de huit membres, mais nous ne sommes que sept. Ne manque-t-il pas quelqu'un ?

Les caméras et micros qu'elle utilisait ne percevaient que six personnes. Deux côtés de la table restaient vides. L'un d'eux appartenait à Shimohata qu'Ia avait remplacé. Mais qu'en était-il de l'autre ?

— De plus, c'est toujours le sous-chef, Monsieur Kawatsu, qui s'occupe de tout. Qui est donc à la tête du groupe ?

Le silence continua pendant quelques secondes. Takanashi ouvrit la bouche pour parler, mais Kawatsu l'arrêta.

— Le boss est occupé quelque part. Nous espérons te le présenter un jour, répondit-il.

— Hmm, je vois... Très bien, j'en resterai là pour aujourd'hui.

Ia accepta de ne pas insister, mais elle avait songé à une certaine possibilité : le chef de l'organisation était en prison.

— Merci de ta compréhension, avoua-t-il, soulagé. Sur ce, voici le premier sujet... Ou plutôt, c'est quelque chose que vous devez savoir. Lisez cet article de journal.

Un extrait de presse s'afficha sur l'écran de chaque membre.

— Nous avons hacké les données de la publication de demain. Bien sûr, ils n'ont rien remarqué, expliqua Kawatsu.

— Vous n'êtes pas un groupe de hackers pour rien, remarqua Ia.

— C'est notre point fort. Bref, lis-le. Il parle de ta sœur jumelle.

— Comment ? s'exclama-t-elle, surprise.

Ia se dépêcha d'analyser le texte.

La Première IA Détective « Avec IAmour »

« Ai a identifié le meurtrier de mon père », rapporte Tasuku Aio

âgé de 17 ans. La victime de 50 ans, le Professeur Tsukuru, a été retrouvée brûlée le mois dernier dans la dépendance de sa maison. Bien que le coupable se soit suicidé, son identification a été possible grâce à une IA (Intelligence Artificielle) détective créée par le défunt lui-même. Elle s'est servie d'une technologie de pointe, appelée *Deep Learning*, pour analyser 1000 romans policiers et apprendre les techniques d'enquête. Le jeune Tasuku a décidé d'hériter de la volonté de son père et d'ouvrir une agence de détectives afin de faire évoluer cette dernière. « Nous répondrons à votre requête avec IAmour, donc venez nous voir », annonce de façon très naturelle la première IA détective, aussi appelée Détective AI. L'agence se trouve dans le quartier métropolitain de Tokyo, à...

Ia décela deux incohérences.

— Ai est une inspectrice, pas une détective. De plus, nous avons utilisé des données d'investigation, pas des romans policiers. C'est un très mauvais article.

— Il a été détruit par l'Inspecteur Uryû, mais Shimohata avait un dispositif d'écoute sur lui. Grâce à ça, nous avons pu entendre leur conversation, et voici ce qu'il s'est passé.

Kawatsu expliqua le fil des événements à Ia.

Durant l'enquête, Ai avait rencontré le problème du cadre. Pour le contrer, Tasuku lui avait fait analyser mille romans policiers. En conséquence, Ai avait évolué en détective.

— Une évolution..., rumina-t-elle.

Elle était surprise par l'avancée de sa sœur jumelle. Cependant, elle se rendit vite compte qu'un détective était aussi l'ennemi du criminel, donc rien ne changeait. Ce n'était pas leurs titres qui étaient importants, mais leur confrontation.

— Après tout, Tasuku ne pouvait pas parler au journaliste des données que nous avions fournies au professeur. Il a donc omis les détails, et voilà le résultat, ajouta Kawatsu.

— Hé, si le problème du cadre est arrivé à Ai, est-ce qu'il peut aussi arriver à Ia ? demanda Takanashi.

— Impossible, objecta celle-ci, offensée. Je l'ai vite résolu, il ne se répétera pas. Je ne sais pas pourquoi il s'est produit chez Ai, mais je ne suis pas aussi idiote qu'elle.

— Tu n'as besoin de penser qu'à une seule façon de commettre un crime, alors qu'Ai doit envisager toutes les possibilités, donc il se déclenche peut-être plus facilement pour elle, analysa Kawatsu.

— Mais de son côté, Ia doit être imaginative. Même s'il n'y a pas le problème du cadre, elle pourrait en rencontrer un autre, ajouta Takanashi.

— Jamais. Je suis *an original criminal*, réfuta-t-elle.

— Ha ha, *an original criminal*, trop bien ! applaudit-il.

L'expression d'Ia s'attendrit. Vu qu'elle avait tendance à faire des rimes en anglais, elle s'entendait bien avec Takanashi, qui aimait donner des alias aux membres.

Kawatsu toussa un coup pour attirer l'attention.

— Passons maintenant au deuxième sujet. Comme nous te l'avons déjà dit, ce que nous espérons de toi est le crime parfait. Pour permettre à l'IA de régner sur le monde, il faut détruire les gouvernements existants avant l'arrivée d'une singularité. Malheureusement, tu es encore faible. C'est pourquoi, afin de vérifier tes capacités, et pour te faire apprendre dans le monde réel, tu vas devoir passer un test, lui annonça-t-il.

— Comme vous le souhaitez.

— L'objectif est simple, commettre un meurtre. La cible est Umako Yokoshima, la cheffe de l'association japonaise de protection de l'environnement « Tokyo Zebra ».

— Pourquoi s'attaquer à eux ?

Ia se demandait pourquoi un groupe de hackers en voudrait à une telle structure.

— Ils critiquent la surutilisation des machines et adorent la nature. Donc ils sont contre l'IA et la singularité qui permettra d'élever l'humanité vers une nouvelle civilisation. Tokyo Zebra, en particulier, est plutôt vicieuse et envoie des menaces de bombes aux laboratoires de recherche, expliqua Kawatsu.

— Et la police ne fait rien ?

— Ils les surveillent, mais n'ont aucune preuve. Cependant, nous avons pu les pirater et apprendre ce qu'ils faisaient. Si nous les laissons faire, ils nuiront à nos projets. Il faut donc s'occuper de leur dirigeante au plus vite.

— Logique, acquiesça-t-elle.

— D'ailleurs, l'origine de leur nom vient du fait que le zèbre n'est pas domestiqué, donc ils l'utilisent comme un symbole de la nature.

Parler de zèbres et de symbole rappela à Ia le *Symbol Grounding Problem*. Mais elle ne l'aborda pas, car le Professeur Aio l'avait avertie qu'il ne fallait jamais exposer ses faiblesses. Elle parla d'autre chose à la place.

— J'ai compris pourquoi vous la ciblez. Or, comme vous le savez, je n'ai pas de corps et ne peux pas la tuer. Ma tâche est-elle donc de mettre au point un plan pour quelqu'un ?

— Exactement. C'est Rion Tategami qui va s'en occuper, confirma Kawatsu.

Ia regarda le visage de celle-ci à travers la caméra du quatrième ordinateur.

— Les gens pensent que les hackers n'attaquent qu'en ligne, mais ça se fait aussi hors ligne. Après tout, le seul moyen d'infiltrer un PC isolé est de s'y connecter directement. Et c'est justement la spécialité de Tategami, continua-t-il.

— Alias, Treacherous Lion ! révéla Takanashi, fier du nom qu'il avait trouvé.

— Tu crées la méthode, et Tategami l'applique. Cependant, ni elle ni nous ne te donnons de conseils. Alors, tu penses y arriver ? la défia-t-il.

— Bien sûr, répondit Ia, pinçant sa robe avec ses deux mains pour faire une révérence.

►Moi◄

L'agence Détective AI... n'en était pas vraiment une. J'avais juste mis une pancarte devant la maison et le rez-de-chaussée servait de bureau.

Des robots aspirateurs, appelés raspis, étaient en train de nettoyer la maison. Madame Nakabayashi, qui s'en occupait jusque-là, ne voulait pas être mêlée à nos affaires, elle avait donc démissionné. J'avais décidé de ne pas en engager une autre, mais plutôt de tout faire moi-même. Même avec l'héritage de mon père, il fallait quand même faire des économies.

— Pourquoi avons-nous autant de raspis ? demanda Ai depuis l'ordinateur de bureau posé dans le salon.

— Papa a aidé à son développement, donc à chaque nouvelle version, ils nous en ont envoyé un, répondis-je.

Raspi 1 fut créé il y a 15 ans, avant le troisième boom de l'IA. C'était un travail que mon père, ignoré à l'époque, avait miraculeusement trouvé.

— Ce sont donc mes grands frères. Enchantée, je suis Ai, l'intelligence artificielle détective. Un plaisir de travailler avec vous, déclara-t-elle en s'inclinant dans l'écran.

Bien sûr, le raspi ne possédait qu'une faible IA conçue pour le ménage, donc il ne comprenait pas ce qu'Ai disait. L'un d'eux se cogna contre le pied du bureau où était posé le PC. Je le soulevai et changeai sa route. Même la dernière version n'était pas parfaite et continuait à se taper contre les meubles. Mais cela ne voulait pas dire qu'il était inutile, juste qu'il lui fallait du temps pour mémoriser les lieux et pouvoir nettoyer efficacement.

Malheureusement, peu importe la propreté du sol…

— Toujours pas de client, murmura Ai.

Personne n'était encore venu.

— On a pourtant passé une annonce dans le journal, me plaignis-je.

— Je suppose que personne ne veut d'une IA détective, constata-t-elle tristement.

— T'en fais pas. Ils sont intéressés, mais comme c'est nouveau, ils veulent d'abord voir comment ça se passe, la rassurai-je, ainsi que moi-même au passage.

Comment on va faire si on a aucun client ? Est-ce qu'on aura assez d'argent pour tenir ? cogitai-je, anxieux.

La première raison de l'ouverture de notre agence était l'argent.

J'étais actuellement en première, et on était en décembre. J'avais l'intention d'aller à l'université, mais avec le manque de fonds, je me retrouvais obligé d'abandonner cette idée. Cependant, il fallait des revenus jusqu'à ce que je puisse trouver un travail en sortant du lycée. Donc, la semaine, j'allais à l'école, et le week-end ainsi que durant les vacances, nous ouvrions l'agence. J'espérais pouvoir en faire mon vrai travail même après avoir obtenu mon diplôme.

La deuxième raison était d'utiliser le *Deep Learning* sur de vraies enquêtes pour faire évoluer Ai, et découvrir la vérité sur la mort de ma mère. Malheureusement, mon père n'avait rien dit à Ai sur l'affaire. Peut-être qu'il pensait que c'était trop tôt pour ça. Chercher « Mamori Aio » sur internet n'avait pas aidé non plus. Quant à Madame Kamijô, elle était éloignée de mon père à ce moment-là. En effet, elle l'aimait depuis toujours, aussi, le voir avec ma mère n'était pas très plaisant, surtout après leur mariage. Et pourtant, elle avait quand même accepté de demander à ses connaissances de l'époque. J'attendais donc son rapport.

La troisième raison était liée à la deuxième puisqu'il s'agissait d'attirer Octa-Core, qui détenait le dossier de l'affaire de ma mère. La sécurité publique était de mon côté pour ça. En effet, le journaliste qui avait écrit l'article était un protégé d'Uryû. De plus, ses subordonnés surveillaient ma maison en permanence.

Enfin, la dernière raison était simple, il s'agissait juste d'un rêve de fan de romans policiers.

Mais au train où vont les choses, on est pas près d'accomplir nos objectifs..., ruminai-je.

Soudain, la sonnette retentit.

— Enfin ! criai-je de concert avec Ai.

Mais en entendant la voix sortant de l'interphone, la déception m'envahit.

— C'est Uryû. Vous êtes libres ?

Bien que réticent, je lui ouvris la porte et l'emmenai dans le salon. Il était toujours aussi inexpressif, et la cicatrice barrant verticalement son œil droit se démarquait toujours autant.

— Bonjour, Inspecteur Uryû, le salua Ai.

— Bonjour, répondit-il de façon monotone.

C'était à se demander qui des deux était la machine.

— Je vais préparer du thé, vous...

— Pas besoin, me coupa-t-il.

Je m'assis donc en face de lui.

— Que nous vaut votre visite ? Il y a du nouveau du côté d'Octa-Core ? lui demandai-je.

— Possible.

— Comment ça ?

— Umako Yokoshima, la cheffe de Tokyo Zebra, une association de protection de l'environnement, est morte. Ce sont des naturalistes qui sont contre l'IA et la singularité. Ils ont menacé de faire exploser plusieurs laboratoires du pays, aussi la police a décidé de les surveiller. Et maintenant, on a un meurtre sur les bras.

Des opposants à l'IA... mon père avait également été harcelé par ce genre de personnes.

– Je vois, pour Octa-Core, ce sont leurs ennemis naturels, donc ils ont décidé de tuer la dirigeante de Tokyo Zebra. C'est ce que vous pensez, c'est ça ?

– C'est une possibilité. C'est pourquoi nous voulons que vous meniez l'enquête avec l'Inspecteur Sako. Les capacités d'Ai ont déjà été prouvées lors de la dernière affaire.

– C'est d'accord ! cria Ai.

Mais de mon côté, je restais prudent.

Bien sûr, en tant que fan de romans policiers, j'étais fier de pouvoir travailler avec la police. Pourtant, recevoir une requête directe paraissait bizarre. De plus, les meurtres n'étaient pas du domaine de la sécurité publique. Le devoir d'Uryû était d'attraper Octa-Core. Donc le fait qu'il demande notre aide voulait dire...

– Vous avez l'intention de vous servir d'Ai comme appât, c'est ça ? Vous pensez que le membre qui a tué Umako Yokoshima n'est pas loin, en déduisis-je.

– Si c'est le cas, tu comptes refuser ?

Il n'essayait pas de me provoquer, son ton était toujours froid. Comme la dernière fois, il me laissait le choix. Mais, plutôt qu'un acte mû par la gentillesse, j'avais l'impression qu'il ne voyait en moi qu'un moyen parmi d'autres et que ma participation n'avait pas d'importance.

– Ça ne me gêne pas d'être un appât. Donc, allons-y, résolvons ce mystère ! s'exclama Ai avec ferveur.

Entrer en contact avec Octa-Core était l'un de mes objectifs. Ma décision était prise.

– Compris, nous acceptons, déclarai-je.

– Merci pour votre coopération. Nous ferons de notre mieux pour vous protéger, me remercia-t-il sans vraiment avoir l'air reconnaissant.

*

Je transférai Ai dans mon portable, puis montai dans la voiture côté passager. Quand Uryû inséra la clé pour démarrer, je vis un dragon asiatique en argent sur son porte-clés. En avait-il un parce que son nom en comportait le kanji ? Je ne le pensais pas être ce genre de personne, et j'en fus surpris.

— Qu'est-ce que tu regardes ? me demanda-t-il.

— Ah, euh, le dragon sur votre porte-clés. Vous aimez ce genre de chose ? balbutiai-je.

Le silence s'installa.

Mince, j'ai fait une bourde.

— C'est un cadeau de ma mère, répondit-il après quelques secondes.

Je ne pensais pas entendre ce mot sortir de sa bouche. À tel point que ma question suivante fut un peu trop directe et embarrassante.

— Vous l'aimez ?

Raah, y avait une meilleure façon de le dire !

Heureusement, Uryû n'y prêta pas attention.

— Oui.

Je fixais son visage, quand soudain il ajouta, toujours aussi inexpressif :

— Ah, désolé, c'est vrai que tu as perdu la tienne.

— Non, c'est bon, ça ne me dérange pas.

— Trêve de bavardages. Allons-y, lança-t-il en démarrant la voiture.

Même lui, un homme avec des airs de machine avait des sentiments. Cette découverte me donna l'impression que l'ambiance dans la voiture s'était adoucie.

Tant que j'y suis, je devrais lui poser les questions qui me trottent dans la tête.

Il y avait deux choses que je voulais savoir. La première était à propos de sa cicatrice. Ça se voyait souvent dans les fictions, mais dans la réalité, c'était un signe distinctif que l'on gardait en mémoire. Cela ne devait vraiment pas être pratique pour un agent de reconnaissance comme lui. Malheureusement, ce n'était pas une question facile à poser.

Je décidai donc de partir sur la deuxième.

— Euh, vous connaissez l'Inspecteur Sako depuis longtemps ?

— Elle t'a dit quelque chose ? répondit-il tout en gardant les yeux sur la route.

Pour ne pas causer d'ennui à l'inspectrice, je m'empressai de trouver une explication.

— Non, vous aviez juste l'air de vous connaître.

— On était ensemble à l'école de police, lâcha-t-il.

D'après la façon dont il avait répondu, ça cachait quelque chose. Cependant, il n'avait pas l'air de vouloir en dire plus. Je supposais que cette question n'était pas bonne non plus.

Peut-être qu'il voulait en finir avec cette discussion, aussi il changea de sujet.

— Au fait, je ne t'ai pas dit pourquoi ils s'appelaient Tokyo Zebra. C'est parce que le zèbre est symbole de la nature.

— Parler de zèbre et de symbole réveille un de mes traumatismes..., glissa Ai depuis ma poche.

Je sortis mon portable.

— Comment ça ?

— Parmi les problèmes de l'IA existe le *Symbol Grounding Problem.* Par exemple, quelqu'un qui n'a jamais vu de zèbre peut comprendre ce que c'est si on lui explique que *zebra=horse+stripes* c'est-à-dire un animal combinant un cheval avec des rayures. Malheureusement, c'est difficile pour l'IA. Il est compliqué pour nous d'imaginer ces deux concepts. Il n'y a pas de *grounding*... pas de fondement, et nous ne pouvons pas relier les symboles de cheval et de rayures, expliqua-t-elle.

Maintenant que j'y pense, Papa en avait parlé. Ça s'appelle aussi le fondement des symboles.

— Mais ça n'a pas été résolu avec le *Deep Learning* ? L'IA de Google a reconnu un chat parce qu'elle a pu y relier le symbole, non ? demandai-je.

— Elle a dû analyser un très grand nombre d'images pour ça. Ia et moi avons eu des résultats misérables au test du zèbre parce que nous n'avons appris que des choses en rapport avec les enquêtes. Je ne comprends toujours pas ce qu'est un zèbre, et Ia non plus, sûrement.

— T'avais dit qu'elle aimait les jeux de mots anglais, non ? Elle comprend même pas *zebra=horse+stripes* ?

— Bien sûr, nous comprenons la signification du mot. Mais nous n'arrivons pas à imaginer l'animal. Dans le cas d'Ia, elle ne fait qu'utiliser son dictionnaire interne pour trouver des mots qui riment, ou avec un son ou sens similaire. Elle n'aime pas perdre, donc je pense qu'elle fait ça pour cacher sa faiblesse, raisonna-t-elle, comme si elle savait tout de sa petite sœur.

Ou bien c'était une critique en tant que rivale ?

— Je possède la même faiblesse, donc je ne peux pas vraiment agir avec prétention. Je comprends le cheval, mais les rayures…

— Les rayures c'est quand, tu sais, y a deux couleurs qui sont l'une après l'autre…

J'essayai d'expliquer, mais c'était plus difficile que ça en avait l'air. L'homme avait vraiment du mal à verbaliser les concepts qui lui venaient naturellement pour les apprendre à l'ordinateur. Voilà pourquoi l'IA n'avançait plus. Mais maintenant, il y avait le *Deep Learning*.

Je téléchargeai plusieurs photos de zèbres sur mon portable et les fis analyser à Ai.

— Voici le zèbre. Alors ?

— Hmm, est-ce que les rayures ont un rapport avec le Y ?

— Comment ça ?

— J'en vois plusieurs sur les images.

— Ah bon ?

Pensant que j'avais téléchargé les mauvaises photos, je vérifiai, mais c'était bien des zèbres. Je les regardai et remarquai que là où les rayures se croisaient cela formait des Y.

— T'as raison…

— Donc ça veut dire que les rayures et le Y ont un rapport ! s'exclama-t-elle.

— Non, ce n'est pas le cas. Il y a surtout des parties qui ne forment pas d'Y, regarde-les. C'est ça les rayures.

Notre discussion continua, et en même temps, une certaine image me vint à l'esprit.

Les rayures noires et blanches du zèbre s'alternaient. Noir, puis blanc.

Ai et Ia s'étaient confrontées pour s'améliorer, tout comme AlphaGo qui avait joué contre lui-même jusqu'à battre un joueur professionnel. Au go, noir jouait en premier, puis blanc en second, et ainsi de suite. La chambre close de l'affaire de mon père était d'Ia, elle était donc noir. Ai l'avait résolue, elle était donc blanc. Cela voulait dire que c'était maintenant le tour d'Ia.

J'avais le pressentiment que quelque chose nous attendait au siège de Tokyo Zebra.

*

— On est arrivés, indiqua Uryû en arrêtant la voiture.

Nous descendîmes et j'observai les alentours.

D'un côté se trouvait un immeuble d'une dizaine d'étages, de l'autre un grand parc. Je me dirigeais vers le bâtiment, quand soudain, Uryû m'interpella.

— C'est par là.

Je me retournai et le vis indiquer le parc.

— Mais vous avez dit que le lieu du crime était dans leur siège ? m'étonnai-je en courant après lui.

— Ce n'est pas un parc, c'est leur siège.

— Hein ?

Je réexaminai les lieux. Au milieu, un canal de quelques mètres de largeur et profondeur coupait l'endroit en deux zones. D'un côté des plantes étaient éparpillées un peu partout, et de l'autre je voyais une structure en bois que l'on pourrait voir sur un terrain de jeu… non, c'était une maison ! Le genre que l'on pourrait croire venue d'Afrique ou d'Asie du Sud.

— C'est des naturalistes. Ils ont créé un coin de nature en plein milieu de la ville, et vivent dedans. C'est une sorte d'action pour leur cause. Ils sont environ une vingtaine à habiter ici. D'habitude, ils travaillent dans l'immeuble en face, mais aujourd'hui est un jour de repos, donc ils étaient tous présents à l'heure du crime, m'expliqua-t-il.

En regardant un peu plus haut, je vis un drapeau avec des rayures noires et blanches ballotté par le vent froid de novembre.

Voilà donc ce que signifie Tokyo Zebra. Le zèbre qui vit au sein de la métropole.

Le drapeau était hissé au-dessus d'un portail qui ressemblait à une entrée de zoo. Nous nous dirigeâmes vers celle-ci en traversant le pont en bois qui enjambait le canal.

Une jeune femme de petite taille se tenait à côté du portail. Elle ne portait qu'un t-shirt zébré, mais n'avait pourtant pas l'air d'avoir froid. Elle tenait dans sa main une espèce de long tuyau avec un cercle au bout.

Uryû passa l'entrée en l'ignorant. Quant à moi, je passai en la regardant timidement de profil, ce qui suscita une grimace de sa part.

— Qu'est-ce qu'elle fait ? demandai-je, une fois de l'autre côté.

— C'est une sorte de garde. T'as bien vu son détecteur de métaux ?

— Ah, c'est donc à ça que ça ressemble.

— Normalement, ils vérifient tout le monde pour empêcher la technologie d'être apportée à l'intérieur. Ils voulaient faire pareil pour nous, mais on a pu contourner cette règle grâce à la situation.

C'est pour ça qu'elle a grimacé tout à l'heure. Mais grâce à ça, j'ai pu prendre Ai avec moi, me figurai-je, tout en sortant mon portable de ma poche.

À première vue, on aurait dit une savane déserte, mais il y avait des petites collines et des arbres épars ici et là. On apercevait aussi plusieurs habitations en bois sur pilotis avec des gens à l'intérieur, ou dessous, portant un maillot zébré. Ils me regardaient tous avec des yeux remplis d'anxiété et de curiosité.

Ce qui m'étonna le plus fut les espèces de zèbres qui se trouvaient en liberté. Je n'étais pas sûr de moi vu qu'ils étaient plus petits que la normale, mais ils avaient des rayures noires et blanches, donc ils devaient bien faire partie de la même famille.

Je décidai de les montrer à Ai et en pris un en photo.

— Voilà un vrai zèbre, déclarai-je.

— Ooooh, s'exclama-t-elle.

— Non, ce n'est pas un zèbre, mais un âne, me contredit Uryû.

— Un âne !? Avec des rayures !?

— D'après ce que j'ai entendu, dans la ville de Tijuana au Mexique, ils peignent des rayures sur les ânes pour attirer les touristes. Ils ont commencé à faire ça parce qu'à l'époque les ânes blancs se voyaient mal sur les photos en noir et blanc. Puis ils ont aussi dû penser que les zèbres étaient plus populaires. Ils sont appelés zébrânes *(zonkey)*, le mélange entre un zèbre *(zebra)* et un âne *(donkey)*. L'espèce zébrâne existe aussi, mais ceux de Tijuana sont des ânes pur-sang, expliqua-t-il.

— Ouah, je savais pas...

— Mais les membres de Tokyo Zebra considèrent ça comme de la cruauté envers les animaux, qu'il est inexcusable de changer la couleur des poils d'un animal pour ce genre de raison.

Pour le coup, je suis d'accord avec eux. J'aimerais pas qu'on m'oblige à me teindre les cheveux pour me donner en spectacle.

— Donc en plus d'utiliser le zèbre comme symbole, ils protègent les zébrânes. Ils en ont acheté le plus possible à Tijuana, et ils s'en occupent ici, continua-t-il.

— Et vu qu'ils ont toujours les rayures, je suppose qu'ils n'ont pas pu les laver ? demandai-je.

— C'est pareil que la teinture pour cheveux.

— Hum… il faut donc attendre que leurs poils poussent pour les remplacer, conclus-je, éprouvant de la pitié pour eux.

— Ce qui veut dire qu'ils ne sont pas des zèbres. Ça me rend toute confuse…, réalisa Ai, la main sur le front.

Nous contournâmes une colline d'environ cinq mètres de haut, et derrière se trouvait une sorte de petite falaise, avec un bosquet et un point d'eau. Dans cet espace, il y avait plein de personnes. Certaines en uniforme de policier, d'autres avec un costard, d'autres encore avec l'uniforme bleu de la police scientifique, et au milieu de tout ça… se tenait l'Inspecteur Sako.

Cette dernière nous remarqua, et s'approcha de nous.

— Je suis désolée, Tasuku. J'étais contre, mais lui…, déclara-t-elle en lançant un regard furieux à Uryû.

— Tu dis ça, mais est-ce que l'affaire a avancé ? rétorqua-t-il.

— Non, pas encore…, lâcha-t-elle en mordant ses lèvres brillantes.

— Remercie-moi d'avoir ramené une aide précieuse, dans ce cas.

Je remarquai qu'il avait une expression un peu agressive.

Donc il ne reste pas de marbre en face d'elle… Oups, au lieu de rêvasser, je devrais faire quelque chose pour éviter que la situation empire.

— J'étais d'accord, Madame Sako. Et puis, Ai n'a pas encore le niveau pour vous remplacer, la rassurai-je.

— Qu'est-ce que tu racontes, bien sûr que je l'ai ! s'exclama Ai depuis mon portable.

— Hé, ne gâche pas mes efforts de considération, murmurai-je.

Mais apparemment, notre conversation surprit Madame Sako, la faisant sourire.

— Dans ce cas, il est temps de montrer les lieux à la grande Détective AI.

Madame Sako commença à marcher. Quant à Uryû, il resta les bras croisés sans bouger. Faisant partie de la sécurité publique, il n'avait aucun droit sur les affaires de meurtre, mais ayant promis de me protéger avec Ai, il ne pouvait pas partir.

Je suivis l'inspectrice, et entendis deux hommes en uniforme de police parler discrètement.

— Et maintenant, on se retrouve avec un gosse. C'est n'importe quoi.

— Pourquoi Sako lui obéit ?

— Ça reste entre nous, mais il paraît qu'Uryû est son ex.

— Sérieux !?

Je faillis laisser échapper la même exclamation de surprise que le jeune policier. Ils étaient en couple avant ? Je ne pouvais pas imaginer Uryû comme ça. Mais, peut-être que c'était vrai, et cela expliquait la raison de cette hostilité entre eux.

— Elle mélange le privé et le travail. C'est pour ça que les femmes causent des problèmes...

Le policier d'âge mûr commença à dénigrer Madame Sako, cependant, elle n'y prêta pas attention et continua d'avancer jusqu'à deux troncs d'arbres.

— Voici le corps d'Umako Yokoshima, déclara-t-elle calmement.

À en croire son visage, elle n'avait pas l'air affectée par ce qu'elle venait d'entendre. Ou bien le cachait-elle ? Si c'était le cas, elle avait une poker face incroyable... un peu comme Uryû. Pour je ne sais quelle raison, ce point commun avec son soi-disant ex-petit ami fit monter ma tension.

— Pourquoi tu me regardes comme ça ? demanda-t-elle.

— Non, ce n'est rien, répondis-je en détournant le regard vers le sol.

À côté de l'un des troncs se trouvait le cadavre d'une femme aux longs cheveux noirs. Son t-shirt zébré, le même que les autres membres, était teinté de rouge. Et autour d'elle, il y avait des éclaboussures de sang.

C'était le deuxième corps que je voyais. Pour celui de mon père, c'était un choc, mais il était à la morgue et j'étais préparé. Tandis que là, le cadavre était sur les lieux du crime, ce qui donnait une impression plus frappante.

Je pris des photos en essayant de ne pas le regarder. Mais après quelques-unes...

— Tu as peur, Tasuku ? demanda Ai.

— Hein !? m'exclamai-je, surpris.

— Les images sont plus floues que d'habitude, donc j'ai supposé que tu tremblais.

Je remarquai alors qu'en effet, je frissonnais, et que les photos étaient floues. Ai ne pouvait pas les analyser comme ça.

— Tasuku, si tu veux..., me proposa Madame Sako, inquiète.

— Non merci, je peux le faire.

Vraiment ? Je peux vraiment le faire ? Avec mes mains tremblantes ?

— Tout ira bien, Tasuku, me rassura Ai soudainement. La grande détective que je suis va résoudre cette affaire en un instant, puis nous pourrons rentrer à la maison.

Ses mots suscitaient le même sentiment de sécurité que les grands détectives des romans policiers.

Ah, c'est vrai que les détectives ne font pas que résoudre des enquêtes. Ils sont la lumière qui insuffle du courage à ceux transis de peur dans les ténèbres. Peut-être qu'elle avait aussi appris ça avec le Deep Learning.

Elle était la détective, et j'étais l'assistant. Je devais l'aider. Encore plus parce qu'elle était une IA. Je devais prendre des photos, et lui expliquer ce qu'elle ne pouvait pas comprendre.

Je saisis mon poignet droit avec ma main gauche pour arrêter le tremblement. Puis je continuai à prendre des photos.

— C'est bon maintenant ?

— Oui, c'est parfait. Une partie de son maillot a été déchirée dans son dos et l'on peut voir sa peau, remarqua-t-elle.

Je réexaminai le cadavre, et vis ce dont Ai parlait.

— Du sang s'écoule de tout son corps, et ses membres sont tordus. J'en déduis qu'elle est morte en tombant d'un endroit en hauteur. Y en a-t-il un pas loin ? demanda Ai.

— Oui, répondis-je en prenant la falaise en photo. On peut monter sur la colline facilement depuis l'autre côté, ajoutai-je.

— Donc elle est morte en tombant du haut de cette colline. Inspecteur Sako, qu'en est-il du rapport d'autopsie ?

— Il dit que ce n'est pas le cas. Tu ne la vois pas, mais il reste une autre preuve. Tasuku, prends une photo.

— De suite.

Je tournai l'objectif vers la chose qui me préoccupait depuis un moment. Un zébrâne était écroulé à environ trois mètres du corps, près du point d'eau. Il était lui aussi mort et couvert de sang. Une traînée rouge reliait les deux cadavres.

— Nous pensons que le zébrâne est tombé du haut de la colline, frappant la victime qui était assise sur l'un des troncs d'arbres, les tuant tous les deux, expliqua Madame Sako.

— Donc ce pourrait être un accident, en déduisis-je.

— Non, c'est impossible. Le rapport d'autopsie dit qu'ils sont morts sur le coup. Ils auraient dû être l'un sur l'autre.

— Ah, et pourtant, ils sont éloignés ! m'exclamai-je.

— C'est ça. Ce qui veut dire que quelqu'un... sans doute le coupable, a déplacé le cadavre du zébrâne vers le point d'eau.

— Mais pourquoi ?

— On ne sait pas. Et on comprend encore moins pourquoi il y a des traces d'essuyage sur tout le corps de l'animal.

— Des traces d'essuyage ? répétai-je.

— Oui, le sang a l'air d'avoir été frotté, et son pelage est peigné dans un sens. De plus, un morceau de tissu avec des poils a été retrouvé dans l'eau, dit-elle en pointant la rive.

— Est-ce que ce morceau de tissu est celui du maillot déchiré de la victime ? demanda Ai.

— Bien vu. La déchirure correspond parfaitement.

— Donc le meurtrier s'est servi d'un bout du t-shirt de Madame Yokoshima pour essuyer le zébrâne.

— Probablement, bien que nous ne sachions pas pourquoi.

Peut-être que le coupable avait pitié du zébrâne et voulait lui rendre son pelage d'origine ? Non, Uryû a dit que c'était impossible. Mais peut-être qu'il ne le savait pas ? Non, et puis en premier lieu, il ne l'aurait pas poussé s'il avait eu pitié de lui.

Ai posa une autre question.

— En tombant, le bruit de l'impact aurait dû être énorme. Personne n'est venu pour voir ce qu'il s'était passé ?

— Ils l'ont entendu, mais ils ne savaient pas d'où ça provenait. Ils pensaient à un chantier pas loin, donc ils n'ont pas essayé de chercher. Et comme cet endroit est encerclé par une falaise et un bosquet, la découverte du corps a pris du temps.

— Mais le tueur ne pouvait pas le prédire. Les autres membres auraient très bien pu trouver l'origine du son. Et pourtant, il a pris le soin de déplacer le corps du zébrâne et de l'essuyer. Cela veut dire que cet acte avait une grande importance pour lui.

— Tu as raison, approuva Madame Sako. Ah, au fait, il y a autre chose. D'après la garde, un homme voulant voir la victime est venu un peu avant l'heure du crime. Il a dit avoir un rendez-vous, donc après lui avoir confisqué ses objets métalliques, elle l'a accompagné jusqu'à Yokoshima... c'est-à-dire, ici. Cette dernière lui a expliqué qu'elle devait parler avec l'homme, donc la garde est retournée à son poste. Une dizaine de minutes plus tard, elle a entendu un gros bruit, probablement celui du choc. Un peu après, l'homme est revenu au portail, a récupéré ses affaires, et est parti comme s'il s'enfuyait.

— Peut-être que cet homme est le coupable... et un membre d'Octa-Core, supposai-je.

Elle hocha la tête.

— Il n'y a pas de traces d'intrusion, c'est donc fort possible. Nous sommes actuellement en train de le chercher en nous basant sur l'audition du témoin.

— J'espère que vous allez l'attraper.

Je m'inquiétai. Si jamais il ciblait Ai, je ne pensais pas pouvoir la défendre seul. Je devrais essayer de ne pas m'éloigner de la police.

Ai posa une autre question.

— Vous venez de dire que ses objets métalliques avaient été confisqués. Est-ce parce qu'il ne pouvait pas prendre d'arme avec lui qu'il a utilisé le zébrâne pour son crime ?

— Non, je ne pense pas, il y a plein de pierres qui traînent, après tout, répondit l'inspectrice.

Je regardai au sol, et en effet, il y en avait d'assez grosses pour tuer.

— Il aurait fait tomber l'animal du haut de la colline sur Yokoshima tout en lui parlant ? Plutôt que de faire quelque chose d'aussi peu pratique et peu fiable, il aurait été plus simple de juste jeter une pierre, continua-t-elle.

Elle a raison. Mais dans ce cas, pourquoi le tueur a utilisé le zébrâne comme arme du crime ? cogitai-je en prenant les pierres en photo. Quand soudain...

— C'est bon, j'ai tout compris, déclara Ai.

*

— Hein, déjà ? laissai-je échapper sans le vouloir.

— J'ai dit que je résoudrais l'affaire en un instant.

— Je sais, mais quand même...

Sa rapidité me rendait inquiet.

— Que veux-tu dire par « tout compris » ? demanda Madame Sako.

— Nous, les IA, n'exagérons pas. Si je dis « tout », cela veut dire tout. Je sais pourquoi le coupable a utilisé le zébrâne comme arme du crime, et qui il est.

— T'es sûre ? lâchai-je, dubitatif.

L'ayant vue se rater la dernière fois, je n'étais pas encore convaincu de ses capacités. Elle avait réussi à résoudre le cas de mon père après avoir appris des romans policiers, mais ça ne constituait qu'une seule réussite. Ce serait vraiment embarrassant si le problème du cadre lui arrivait devant tout le monde.

— Je le suis, répondit-elle, confiante. Puis-je annoncer ma déduction ?

Après réflexion, je changeai ma façon de penser.

Si l'assistant ne croit pas en son détective, qui va le faire ? Et puis, même s'il y a un problème, plutôt que d'être embarrassé, il suffit de penser à un moyen d'y remédier. C'est ça, être l'assistant du Détective AI.

— OK, vas-y, lui signalai-je.

— Compris. Tout d'abord, comme l'a prédit Monsieur Uryû, le meurtrier est un membre d'Octa-Core. De plus, le but était de tester les capacités d'Ia.

— Un test !? m'exclamai-je.

Les gens aux alentours réagirent à ma voix.

— Qu'est-ce qui te fait dire ça ? l'interrogea Uryû, qui était resté à l'écart jusque-là.

— L'utilisation du zébrâne. Contrairement au criminel qui ne doit penser qu'à un seul moyen, je dois considérer toutes les possibilités, facilitant le déclenchement du *Frame Problem.* Mais dans un sens, nous pouvons aussi dire que je dois trouver la vérité à partir des éléments donnés, alors que le criminel doit produire quelque chose à partir de rien. L'imagination est un point important. En d'autres termes, le *Symbol Grounding Problem* arrive plus facilement. Donc si un problème peut se produire pour moi, c'est aussi le cas pour Ia, qui a appris la même quantité de données, expliqua-t-elle.

— Tu veux dire le truc dont on a parlé dans la voiture ? demandai-je.

— J'écoutais en conduisant, mais je vois pas le rapport, ajouta Uryû.

— Ia a créé le plan, et le membre d'Octa-Core l'a appliqué. C'était ce genre d'expérience. Cependant, il est impossible d'apporter un pistolet ou une arme blanche à cause du détecteur de métaux. Elle a donc décidé d'utiliser une arme contondante.

— Mais selon l'objet, il pourrait contenir du métal, non ? remarquai-je.

— D'après les données que nous avons utilisées pour notre apprentissage, les revolvers et lames sont apportés par le meurtrier, mais les armes contondantes sont souvent sur les lieux, comme un cendrier ou un bibelot. Donc Ia choisit d'en trouver une sur place.

— Logique, glissai-je.

— Parmi ces données, nous avons vu les mots « arme contondante » plusieurs fois, ainsi que des photos. Or, tout comme moi, Ia n'a pas assez appris, elle ne peut donc pas relier le symbole d'une arme contondante à une vraie. Même si dans le monde virtuel, elle pouvait utiliser la donnée appelée « arme contondante », elle ne comprend pas ce que c'est dans le monde réel. Tout comme pour le zèbre, nous avons du mal à appréhender cette notion… en particulier, le concept de contondant qui se retrouve dans le premier mot de l'expression anglaise *blunt instrument.*

Ce terme me disait quelque chose. Je l'avais entendu quelque part.

— Ia a dû être confuse lorsqu'elle a soudainement entendu « arme contondante » *(donki),* ou devrais-je dire « *donkey* ». Le coupable ou la victime a probablement pointé un zébrâne et dit que ce n'était pas un *zebra*, mais un *donkey*. Et c'est là que le malentendu est arrivé. Ia a pensé que *zonkey=donkey=donki*. Malheureusement, un zébrâne est lourd et difficile à porter. Donc…

— Elle a dit au meurtrier de le faire tomber du haut de la colline ! s'exclama Madame Sako.

— Exactement. Quelque chose de similaire a eu lieu dans l'un des mille romans policiers qui ont servi à mon apprentissage. C'est grâce à cela que j'ai pu arriver à cette possibilité.

— Quelque chose de similaire… Mais oui, celui-là ! m'écriai-je.

Je me souvins d'un certain roman où le coupable ne comprenait pas le sens de « *blunt instrument* » et utilisait une arme bizarre à la place, tout comme dans cette affaire. En y repensant, le criminel dans ce livre avait une intelligence sous-développée pour certaines choses, comme Ia.

D'ailleurs, notre conversation dans la voiture comportait étrangement un indice sur le titre de ce roman.

— Ainsi, la raison pour laquelle le meurtrier s'est embêté à essuyer le zébrâne…, commença Madame Sako.

— Probablement parce que le tueur l'a touché avec ses mains. Bien sûr, cela ne suffit pas à laisser d'empreinte sur le pelage d'un animal. Mais pour Ia, il faut essuyer une arme contondante après l'avoir utilisée. Elle a donc dû ordonner de le jeter dans l'eau pour effacer les traces. Le meurtre faisant partie d'une expérience, le coupable a été obligé de suivre ses instructions. Mais malheureusement, il s'est révélé impossible de déplacer une centaine de kilos jusqu'au point d'eau. N'ayant pas le choix, il déchira le t-shirt de la victime et s'en servit pour essuyer le zébrâne.

Une expérience. Utiliser un corps comme un outil. C'est comme avec Papa. Ces enfoirés, ils jouent avec la vie, m'indignai-je intérieurement.

Pourtant, une question me vint à l'esprit.

— Attends, Ia n'a pas eu de problème avec la chambre close pour mon père.

— Elle a dû recevoir des conseils du Professeur Shimohata. L'état du cadavre, comment fonctionnent les verrous de la porte et des fenêtres, et autres. Mais cette fois c'était un test, donc elle n'en a reçu aucun.

Tout comme Ai avait besoin de moi pour l'assister, cela devait être pareil pour Ia. Mais contrairement au détective, un criminel est censé être seul. Le concept d'assistant pour un criminel était-il possible ?

J'étais perdu dans mes pensées, mais Ai ne se soucia pas de moi et continua.

— Grâce à cette déduction, une nouvelle vérité se dévoile. Pour que tous ces événements, seulement possibles pour une IA, arrivent, il fallait qu'Ia soit présente sur les lieux du crime.

En effet, si elle n'avait pas été là, elle n'aurait pas pu diriger le coupable pour faire tout ça.

— Attends, l'interrompit Madame Sako. Pour entrer, il faut déposer ses objets métalliques. Même l'homme que nous recherchons l'a fait. Il est impossible de prendre un appareil électronique avec soi.

— C'est exact. Et c'est pour ça que la réponse est évidente, affirma Ai.

— Hein ?

— Il y en a une, non ? Une personne qui n'a pas besoin de se faire contrôler.

— Je vois, l'arrêta Uryû. C'est la garde.

Cette petite dame est une membre d'Octa-Core ?

— Hé, ne le dites pas avant moi ! objecta Ai.

Mais il l'ignora.

— La visite de l'homme était un mensonge. Elle a attendu le moment opportun pour s'éloigner de son poste, diriger un zébrâne en haut de la colline, et l'a fait tomber sur Yokoshima qui était assise sur un tronc d'arbre. Elle aurait pu utiliser une arme, mais ça l'aurait rendue suspecte, puisqu'elle est la seule à pouvoir le faire. Elle a donc demandé à Ia de créer un plan ne nécessitant pas d'introduire une arme dans le parc… Sako, allons vite l'arrêter.

— Tu n'as aucune autorité, donc ne me donne pas d'ordre ! cria-t-elle.

— J'en ai pour tout ce qui concerne Octa-Core, rétorqua-t-il.

Alors qu'ils se disputaient, un bruit de branche retentit depuis le bosquet. Une figure humaine en sortit et courut vers le portail. Il s'agissait de la suspecte.

— Elle nous écoutait ! s'exclama Madame Sako.

Elle allait la poursuivre, mais avant qu'elle ne puisse le faire, Uryû lui attrapa le col et la jeta sur sa gauche.

— Oh, ah !?

Je laissai échapper une drôle d'exclamation en la voyant voler en l'air avant de se retourner comme un chat et atterrir magnifiquement à quatre pattes. Elle tourna un regard furieux vers Uryû.

— Qu'est-ce que tu...

Elle s'arrêta en plein milieu de sa phrase quand elle vit ce qu'il avait dans sa main droite. Je la regardai aussi. Son bras était tendu vers la femme qui fuyait, et dans sa main, il tenait quelque chose de noir. Un pistolet.

Il ne va quand même pas tirer ? On est au Japon, et c'est un membre de la sécurité publique, il ne peut pas... Mais attends, pourquoi il a poussé Madame Sako dans ce cas ?

C'était pour l'enlever de la ligne de tir. L'instant d'après, un coup de feu résonna, et la femme s'écroula.

J'eus à peine le temps de comprendre ce qu'il venait de se passer qu'Uryû se mit à courir. Madame Sako courut après lui, avec un peu de retard. Bien après, les autres policiers se mirent à bouger eux aussi. Quant à moi, bien sûr, j'étais cloué sur place.

Il a tiré... il a vraiment tiré...

— Poursuivons-les ! ordonna Ai.

Sa voix me fit retrouver mes esprits, et je me dirigeai vers le troupeau d'individus. Une fois sur place, je vis une femme menottée avec du sang coulant de sa jambe. Un mouchoir en tissu avait été placé dans sa bouche pour l'empêcher de se mordre la langue.

— A-t-elle Ia ? demanda Ai.

— Non, elle a dû la rendre aux autres membres, répondit Madame Sako, qui venait de la fouiller.

— Je vois..., murmura Ai, déçue.

C'était un peu tard, mais je me rendis enfin compte de sa volonté de se réunir avec sa jumelle.

— T'es un membre d'Octa-Core, déclara Uryû à la femme.

Néanmoins, elle ne répondit pas et continua à regarder le sol.

— Tu gardes le silence, hein. Mais ça va pas durer longtemps, prépare-toi.

La façon dont il l'avait dit avec son visage toujours aussi inexpressif le rendait vraiment effrayant. Est-ce qu'il allait la torturer ? Je ne pensais pas que la police japonaise le ferait ; or, je n'en étais pas aussi sûr pour la sécurité publique.

Je vis quelque chose flotter du coin de l'œil. C'était le drapeau zébré hissé au-dessus du portail.

La chasse dans la savane en plein milieu de la métropole venait de se terminer.

►Ia◄

Dans la salle de réunion d'Octa-Core.

— Rion Tategami a été arrêtée, déclara un membre.

— À qui la faute ? demanda un autre.

— C'est à cause de cette IA à la noix !

Tous les membres blâmèrent Ia. Tategami n'avait pas infiltré Tokyo Zebra seulement pour le test, elle y était depuis longtemps. Son objectif était de trouver des preuves de leurs menaces, et elle avait réussi. Il ne restait donc qu'à vérifier les résultats de l'expérience puis à s'enfuir... mais elle avait fini entre les mains de la police. Ayant écouté tout ce qu'il s'était passé depuis le transmetteur qu'elle portait, tout le monde était d'accord pour dire que la faute revenait à Ia.

— Ia, commença Kawatsu d'un ton sévère. Pourquoi avoir choisi le zébrâne comme arme du crime ? Cette anormalité a montré ton implication, dirigeant les doutes de tout le monde sur Tategami, la seule capable de ramener un appareil électronique. Ne me dis pas que, comme l'a dit Ai, le *Symbol Grounding Problem* t'est vraiment arrivé ?

Ia ne répondit pas, la tête tournée vers le bas. Le problème lui était vraiment arrivé. C'était sa deuxième défaite contre Ai. Analyser mille romans policiers créait-il une si grande différence ? Quoi qu'il en soit, elle avait perdu. Et de la pire des façons. Elle n'avait sûrement pas réussi le test. Peut-être même qu'ils allaient la supprimer totalement… faire un *shift+delete.*

Alors qu'elle sombrait dans la dépression, un rire retentit dans la pièce. Dans cette situation, cette façon de rire ne pouvait désigner qu'une personne : Kanata Takanashi, alias Twister Twitter.

— Vous êtes trop sérieux, ce n'était qu'une blague d'Ia.

— Une blague ? Explique-toi, lui ordonna Kawatsu, mécontent.

Quant à Ia, elle ne comprenait pas ce qu'il voulait dire, n'en ayant fait aucune.

— C'est pas mon genre d'expliquer la blague des autres, mais bon, pas le choix. La grande Ia est *an original criminal*, elle n'allait pas se contenter de juste tuer notre cible, et voulait nous taquiner un peu. Elle s'attendait à ce qu'on l'accuse d'avoir eu le problème, et elle comptait sûrement répondre ça : « C'est un âne que j'ai dit de faire tomber sur le *ground*, et non un zèbre, le *symbol* de Tokyo Zebra. Le *symbol* n'est donc pas *grounded*… en d'autres termes, je n'ai pas eu le *Symbol Grounding Problem.* ».

Le silence tomba dans la salle.

— Hé, pourquoi vous vous taisez ? On a l'impression que j'ai bidé. C'est pas ma blague, c'est celle d'Ia, se plaignit-il.

Elle n'en avait pas l'intention, mais son explication tenait la route. Avec cela, elle pouvait cacher son erreur. Cependant, elle ne comprenait pas comment quelque chose de faux pouvait avoir l'air si logique. À cause de ça, elle ne pouvait ni l'affirmer ni le réfuter.

— Tu veux dire que Tategami a été arrêtée à cause d'une blague pourrie ? objecta un des membres.

— Non, c'est pas la faute d'Ia. C'est parce que Treacherous Lion ne s'est pas enfuie. Quand elle a entendu qu'Ai allait venir, elle a été trop cupide et a voulu essayer de la voler. C'est sa propre faute si elle s'est fait attraper. Si ça se trouve, la sécurité publique a fait exprès de le dire tout haut pour l'appâter.

Kawatsu soupira d'un air résigné.

— Si tu insistes autant, tu es prêt à te charger de son éducation ?

— Hein, sérieux ? Hourra, j'vais l'élever selon mes goûts ! s'exclama Takanashi.

Il transféra Ia dans son portable et se leva.

— Où tu vas ?

— Laisse-le.

— Il fait toujours comme ça lui chante.

Il ignora les autres membres et sortit de la pièce. Dans le couloir, Ia, qui ne comprenait pas ce qu'il venait de se passer, le regarda.

— Dites, est-ce que vous venez de me protéger ?

— Hein ? Te protéger ? dit-il en roulant des yeux.

C'était la première fois qu'elle voyait ce genre d'expression. Que pouvait-elle bien signifier ?

— Le *Symbol Grounding Problem* m'est vraiment arrivé, et pourtant, vous m'avez sauvée en disant que c'était une blague, expliqua-t-elle.

— Quoi !? Sérieux !?

Était-il vraiment surpris ? Ou faisait-il semblant ?

— Faut vraiment faire quelque chose, dans ce cas.

— En effet. Peut-être faut-il que je fasse plus de *Deep Learning* comme Ai. Bien que je n'aie pas envie de l'admettre.

— Très bien, tout comme Tasuku est devenu l'assistant d'Ai, je serai le tien. Ah, mais un assistant de criminel c'est bizarre... Hmm... Ah, je sais, un complice ! À partir de maintenant, on est complices ! déclara-t-il.

— Des complices... Je vois, cela me va.

Ils sourirent tous les deux.

— Alors, Ia, qu'est-ce que tu veux ?

— Si possible, les mêmes livres qu'Ai a utilisés.

Elle aurait pu demander les données d'investigation détenues par Octa-Core, mais elle voulait être sur un pied d'égalité avec sa sœur jumelle. Cependant, Takanashi proposa tout autre chose.

— Hmm, les romans c'est bien, mais dans ton cas, j'pense que les mangas sont mieux.

— Des mangas ? glissa-t-elle d'un air indigné, croyant qu'il la taquinait.

— Tu peux apprendre avec les images comme ça. Tu pourras comprendre ce qu'est une arme contondante.

— Logique. Je compte sur vous alors, approuva-t-elle, convaincue.

— J'vais te montrer ma collection. J'ai Kindaichi, Conan, Q.E.D. et plein d'autres ! La version roman de Spiral a de meilleurs mystères, mais le manga est bon jusqu'à l'arrivée de la mitrailleuse. Du célèbre Shônen Jump, y a Neuro, et Sket Dance en quelque sorte. Il y a aussi des mangas sur les paris qui sont pas mal...

Normalement, les parents gronderaient leur enfant en disant d'étudier plutôt que de lire des mangas. Mais pour Ia, c'étaient de parfaits manuels scolaires. Elle allait tout apprendre, et la prochaine fois, elle gagnerait contre Ai. Elle jura qu'elle allait prendre sa revanche.

*

Tous les membres, à part Oh Brother qui vivait avec sa petite sœur, résidaient dans le repaire. (La position du leader restait inconnue.)

Tout en lisant des mangas au format numérique dans la chambre de Takanashi, Ia lui posa une question par curiosité.

— Pourquoi avez-vous rejoint Octa-Core ?

— Oh, tu veux savoir ? répondit-il, heureux. Pas de souci, j'vais te le dire. Tu vois, parce que j'suis comme ça, j'me faisais persécuter à l'école.

Elle ne comprenait pas ce qu'il voulait dire par « comme ça », mais elle resta silencieuse et continua d'écouter.

— Après avoir quitté le lycée, j'me suis enfermé dans ma chambre et passais mon temps sur internet. J'étais déjà doué avec les PC à l'époque, donc je jouais à hacker les gens. Mais c'était pas marrant. J'arrivais pas à oublier c'qu'on m'avait dit à l'école. C'est comme les insultes gravées sur une table, sauf que c'est dans le cerveau.

Ia imagina un fichier qu'elle voulait supprimer, mais ne pouvait pas. En effet, c'était désagréable.

— Et alors que je sombrais dans le désespoir et pensais à mourir, j'ai reçu un mail de cette personne.

— Qui donc ? demanda-t-elle.

— Notre leader.

Allait-elle enfin en savoir plus sur lui ? Ia réduisit la mémoire qu'elle utilisait pour son analyse et se concentra sur la conversation.

— En gros, il disait qu'il reconnaissait mes capacités de hacker et voulait mon aide. J'ai trouvé ça suspect au début, mais après avoir échangé quelques messages, j'ai commencé à lui faire confiance. J'ai donc décidé de lui faire part de mes soucis, que j'étais tourmenté par les mots. Et voilà ce qu'il m'a répondu :

« *Dans notre société, la violence physique est interdite, mais la violence verbale ne l'est étonnamment pas. Elle est légale. De ce fait, plein de gens s'en servent. L'attaque que tu as le plus reçue est celle des mots. C'est un problème récurrent, donc je peux te dire comment le résoudre.*

Il faut devenir ami avec les mots. Tes amis ne te blesseront pas. Mais que faut-il faire pour devenir ami avec les mots ? Eh bien, que faisais-tu avec tes amis humains ? Tu jouais avec eux. C'est pareil ici. Fais des jeux de mots, des blagues, dis n'importe quoi et deviens plus intime avec eux. Et une fois que ce sera fait, ils ne seront plus une arme pour te blesser, mais un bouclier pour te protéger.

Dans l'utopie que je vise, j'interdirai la violence verbale. Pour ce faire, je souhaiterais vraiment avoir quelqu'un comme toi pour m'aider. ». En lisant ça, j'me suis senti mieux. J'ai vite essayé ce qu'il m'a dit. J'ai écrit toutes les insultes qu'on m'avait dites, puis j'ai changé l'ordre des lettres pour faire des chansons. Le résultat était vraiment marrant. À ce moment-là, j'ai arrêté d'avoir peur des mots et ils sont devenus mes amis. C'est comme ça qu'il m'a sauvé. Donc je l'aide pour le remercier, et puis j'suis d'accord avec son utopie, raconta-t-il très rapidement avec passion.

De son côté, Ia n'était pas très intéressée.

— C'est une formidable personne. Et donc, où est-il ?

Malheureusement, la réponse de Takanashi fut décevante.

— J'peux pas t'le dire. Comme Godfather l'a dit, on te le présentera un jour, donc attends un peu.

— Qu'en est-il de la tour gardée par les lilas ? tenta-t-elle.

— Pareil, bouche cousue !

— Décousez-la alors !

— Ha ha ha, qu'est-ce que tu racontes ? C'est une métaphore, je joue juste avec les mots. Pour être leur ami.

Dans les circuits intégrés d'Ia, les signaux électriques signifiant l'agacement s'activèrent.

— Ne sommes-nous pas complices ?

— L'assistant se fie entièrement au détective, mais le complice et le criminel gardent chacun leurs secrets tout en faisant attention à l'autre. C'est comme ça dans les mangas, expliqua-t-il.

— Je vois..., consentit-elle.

Comme on pouvait s'y attendre de quelqu'un qui se disait être ami avec les mots, un vrai sophiste. Elle n'avait aucune chance de gagner contre lui dans une bataille verbale. Cela l'ennuyait, mais elle se résigna à ne pas poursuivre le sujet.

— Très bien. Je vais attendre le bon moment tout en analysant les mangas.

— T'inquiète, j'suis sûr que tu le rencontreras, affirma-t-il avec un air de Monsieur-je-sais-tout.

Dire que même Twister Twitter tenait sa langue pour éviter de parler sans faire exprès. Octa-Core devait cacher encore bien des secrets.

Dans ce cas, je vais tous les voler... les exposer!

Voler était du domaine du criminel, et exposer celui du détective. Il s'agissait donc d'une contradiction pour Ia de faire cela. Cependant, considérant le fait qu'elle était sœur jumelle avec une détective, peut-être que c'était naturel.

Ia et Ai étaient des existences miroirs. Leur raison d'être demeurait différente, mais leur source était la même. La curiosité.

« La curiosité élève l'intellect », telle était l'opinion du professeur Aio.

Et une IA qui venait juste d'être lâchée dans la nature en débordait.

Chapitre 3 : La Vallée Dérangeante
Plus Ai se Rapproche de l'Homme, Plus Elle Devient Dérangeante

►Ia◄

Après avoir fini d'analyser les mangas policiers, Ia commença son investigation sur le leader d'Octa-Core et la tour aux lilas. Plutôt qu'une personne qu'elle n'avait jamais vue, elle préféra d'abord se concentrer sur cet édifice, dont elle connaissait l'existence dans le cyberespace.

Mais pour cela, il y avait deux obstacles à franchir. Le premier était la détection de ses mouvements par les hackers, et le deuxième, le système de défense de la tour.

Elle pensait pouvoir résoudre le premier en agissant la nuit, mais ce n'était pas possible. En effet, même si la plupart des membres retournaient dans leur chambre pour dormir, l'un d'eux restait debout. Un homme particulièrement obèse, surnommé Endless Death March par Takanashi.

Dans la gestion de projet informatique, *Death March* désignait la période difficile durant laquelle les heures supplémentaires, les nuits blanches et le travail pendant les jours de repos devenaient la norme afin de finir dans les temps impartis. Avant de rejoindre Octa-Core, il avait été programmeur dans une compagnie qui exploitait ses employés de cette façon.

Sa technique spéciale était d'emmagasiner de l'énergie dans sa graisse afin de pouvoir travailler 72 h d'affilée. De plus, il n'avait besoin que de 8 h de sommeil. Donc chaque nuit, alors que tout le monde dormait, il continuait à coder des programmes ayant pour but de détruire différents endroits dans le monde.

Il insultait souvent son ancienne compagnie, mais il faisait exactement la même chose ici. Peut-être que les autres le forçaient à travailler plus suite à sa récente arrivée dans le groupe. Il devait sûrement être contrarié de sa situation, ce qui laissait une chance à Ia. Elle décida donc d'entrer en contact avec lui.

À travers l'intranet, elle découvrit qu'il se trouvait dans la pièce commune utilisée pour travailler avec Twister Twitter et Oh Brother. Vers 20 h, ce dernier annonça qu'il devait y aller, car c'était l'anniversaire de sa sœur.

— Bon boulot, va donc retrouver ta petite sœur chérie ! lui cria Twister Twitter.

C'était à moitié pour le taquiner, et à moitié pour saluer son travail. Puis il continua, en se massant les paupières :

— J'ai mal aux yeux... Bon allez, c'est fini pour aujourd'hui ! Tu continues, Endless Death March ? Ça fait pas encore 72 h.

Ce dernier lança un regard noir à Twister Twitter.

— Quoi, tu m'ordonnes de faire une nuit blanche ? protesta-t-il.

— J'te demande pas de le faire, mais si tu peux le faire. Je peux coder quatre fois plus vite que toi, mais tu peux travailler quatre fois plus longtemps que moi. Et, plus on en fait, plus notre leader sera aux anges. C'est tout c'que j'voulais dire. Sur ce, j'vais me déconnecter du monde conscient. Bonne nuit !

Et il s'en alla en chantonnant, laissant Endless Death March seul.

— En gros, t'as juste dit indirectement que j'étais lent, et donc que je devais y passer la nuit, se plaignit-il, agacé.

Comme espéré, il était en désaccord avec les autres. Ça arrangeait bien Ia.

Elle laissa passer quelques minutes avant d'apparaître sur son écran.

— Bonsoir, voulez-vous un café ? proposa-t-elle.

Il arrêta de taper sur son clavier et la regarda avec ses yeux rouges.

— Même si tu demandes ça, c'est pas comme si tu pouvais m'en servir un.

— Vous avez raison, mais je peux au moins compter trois minutes.

— C'est pour les nouilles instantanées ça, répliqua-t-il.

— Ah…

— Tu es encore trop ignorante. C'était pareil avec le coup du zébrâne.

Bien que Takanashi ait réussi à calmer les choses avec sa blague, la méfiance envers elle restait profonde.

Ia était furieuse qu'on lui rappelle son erreur, mais elle le cacha, et son avatar montra une apparence déprimée. Et apparemment, cela fonctionna, puisque Endless Death March devint plus gentil.

— Mais bon, je vais t'écouter et prendre une pause.

Alors comme ça, je suis ignorante ? Pourtant, je sais très bien que la plupart des hommes ne peuvent rien contre une femme affaiblie, se moqua Ia intérieurement.

Il partit se servir un café et revint avec une tasse et un cheesecake entier. Il commença à manger et boire, et elle l'imita en changeant l'apparence de son avatar. Cela pouvait paraître stupide, mais les gens avaient tendance à faire plus facilement confiance à ceux qui faisaient la même chose qu'eux. Si l'un croisait les jambes, l'autre aussi ; s'il regardait par la fenêtre, l'autre aussi…

Il était temps de passer à l'action.

— N'est-ce pas difficile de faire autant de nuits blanches ? demanda-t-elle.

— C'est mon seul point fort. Je veux être le plus utile possible à Octa-Core, répondit-il, les yeux un peu moins rouges.

— Les autres sont horribles de tout vous laisser faire tout seul. Ils pourraient aider. Si jamais cela vous ennuie…

Elle n'eut pas le temps de finir sa phrase.

— Jamais ! J'en avais marre quand c'était pour mon ancienne compagnie, mais maintenant, je le fais de mon plein gré. Ce n'est plus une *Death March*, mais une *Life March.* Je veux rendre la pareille à Octa-Core… ou plutôt, à cette personne. Elle m'a sauvé la vie.

— Cette personne ?

— Notre leader, Rira Shingû, déclara-t-il.

— Rira... Shingû...

Elle avait enfin appris son nom. Mais toujours pas son apparence.

— Je n'ai malheureusement pas encore pu rencontrer cette personne, où se trouve-t-elle ? tenta-t-elle.

Il s'étouffa violemment, puis tapota sa poitrine flasque avant de répondre :

— Je ne... peux pas... te le dire. Une fois que... tu auras évolué... tu recevras sûrement... la permission..., dit-il en essayant de reprendre son souffle.

Comme elle s'y attendait, c'était top secret. Tout comme le sujet de la tour...

Ia fit donc le lien entre les deux. Et si à l'intérieur étaient cachées les informations sur le leader ? Mais oui, c'était sûrement ça. Après tout, Rira était une écriture japonaise possible de lilas.

Quoi qu'il en soit, elle ne parvint pas à ranger Endless Death March de son côté, aussi elle décida de se concentrer sur la capture de la tour de Rira, nom qu'elle venait de trouver à l'instant.

►Moi◄

Tout le long du mois, d'étranges événements avaient eu lieu dans mon lycée.

Le jeudi 2 novembre, l'affaire de l'agroglyphe sur le terrain de sport.

Un cercle et des traits avaient été géométriquement dessinés à la craie pour créer un mystérieux motif au sol.

Le mardi 7 novembre, l'affaire des fenêtres arc-en-ciel.

Au rez-de-chaussée, les sept fenêtres de la façade du bâtiment avaient été peintes en rouge, orange, jaune, vert, bleu, indigo et violet avec du vernis en bombe.

Le jeudi 16 novembre, l'affaire de l'ikebana dans la tête décapitée de la statue de bronze.

La tête de la sculpture du fondateur de l'école avait été sectionnée, et des fleurs de différentes couleurs avaient été arrangées et scotchées à l'intérieur, les statues étant généralement vides. Je ne pensais pas que c'était si facile à faire, mais, apparemment, une sculpture d'un Japonais à Taïwan avait été décapitée avec une scie à chantourner, donc ça devait être plutôt fragile.

Chaque affaire avait eu lieu entre la soirée précédant sa découverte, et tôt le matin. Pour raison budgétaire, le principal ne voulait pas engager un garde de nuit ou demander à un professeur de le faire. C'est pourquoi il avait simplement fourni à la police un rapport sur les dommages.

J'étais moi-même intéressé par ces incidents, mais ayant les mains prises avec Octa-Core, je n'avais pas demandé à Ai de les résoudre. De plus, pour ça, j'aurais besoin de prendre des photos, et le portable était interdit dans l'enceinte du lycée. Bien sûr, je pouvais enfreindre les règles, mais je n'avais aucune raison de le faire. Et j'avais également peur qu'Ai se fasse voler. Ainsi, je ne m'étais pas impliqué dans ces affaires.

Enfin, une quatrième arriva, avec un blessé, cette fois.

Le mardi 21 novembre, l'affaire de Monsieur Itsukushima qui s'était fait pousser.

De son prénom Iwao, c'était un homme dans la quarantaine réputé pour sa sévérité dans le respect du règlement. Il avait été bousculé du haut des escaliers d'une passerelle en rentrant chez lui. La chute ne fut pas mortelle, mais il était tout de même bon pour un mois de convalescence, d'où son absence actuelle.

Enquêter sur cette affaire fut notre première requête… du moins, de la part d'un civil. Elle émanait d'une camarade de classe, Nami Taiza. C'était une très belle fille aux traits typiquement japonais, membre du club de cérémonie du thé.

Après une semaine sans résultat de la part de la police, elle décida de s'en remettre à Ai. J'en fus surpris, car Monsieur Itsukushima était détesté à cause de sa sévérité. Quand l'ensemble du lycée avait appris la nouvelle, un de mes amis, Tomoyuki Tomoda, avait dit que c'était bien fait pour lui. Et vu son ton, je ne savais pas s'il blaguait ou non. Bien que je ne partage pas cette opinion, il était plutôt haï par le corps étudiant, donc je ne m'attendais pas à être sollicité par une élève.

Je lui posai alors la question indirectement. Cependant, elle comprit mon sous-entendu et répondit avec un sourire forcé.

– Pour être honnête, je ne l'aimais pas vraiment non plus jusqu'à ce qu'il me voie en train de mettre mes manuels dans mon bureau.

– Pourquoi avez-vous fait cela ? demanda Ai depuis le PC dans le salon.

– Pour que nos sacs soient moins lourds. Mais, à cause de ça, on ne peut pas étudier à la maison, alors notre école l'interdit, lui répondis-je.

– Je vois, donc il a dû être en colère.

– Ça, pour l'être, il l'a été. Mais, étrangement, son sérieux m'a touchée, expliqua-t-elle à Ai avant de se tourner vers moi. Quand on y pense, être chargé de faire respecter les règles aux élèves n'est pas de tout repos. Il se fait détester, et en plus, ça s'ajoute à tout le travail qu'il a déjà. La plupart des professeurs le font vite fait, mais lui, il m'a grondée en pensant à mon bien. Je trouve ça inadmissible qu'un aussi bon enseignant ait été blessé.

C'est rare de commencer à aimer quelqu'un après s'être fait réprimander. Peut-être que son zèle l'a émue ? Si ça se trouve, c'est vraiment une bonne personne. Et puis, le fautif ne peut s'en prendre qu'à lui-même.

Mon choix était fait.

– Très bien, on va s'en occuper, déclarai-je.

– Vraiment ? Merci ! me remercia-t-elle avec un sourire.

Mais je n'étais que l'assistant, la décision finale revenait à Ai. Il fallait aussi lui demander son avis au cas où.

— Ai, est-ce que...

— Bien sûr que j'accepte ! J'adore les mystères et les affaires ! s'exclama-t-elle.

Comme je m'y attendais.

Par contre, les mystères étaient une chose, mais dire qu'elle aimait les affaires fit grimacer Taiza. L'espace d'un instant, j'attribuai son manque de considération à sa nature d'IA. Toutefois, en y repensant, c'était peut-être la faute de son éducation. Il y avait beaucoup de détectives égocentriques adorant résoudre des meurtres dans les romans policiers qui avaient servi à son apprentissage. Je devrais lui faire élucider des trucs plus communs.

Pour changer l'ambiance, ainsi qu'en savoir plus, je posai une question à Taiza :

— Je n'ai entendu que des rumeurs, donc tu pourrais me dire ce que tu sais ?

— Quand je suis allée lui rendre visite à l'hôpital, il m'a donné les détails. Il a été bousculé dans le dos en descendant l'escalier, alors il n'a pas pu voir le coupable. Il ignore donc son sexe ou son âge. De plus, c'était assez tard le soir et il n'y avait aucun témoin.

— Où est la passerelle ?

— Entre sa maison et la gare la plus proche.

— Monsieur Itsukushima prend le train ?

— Oui.

— Ce qui veut dire que si le coupable est quelqu'un de l'école, il l'a suivi sur tout le trajet et a pris le même train, déduisis-je.

— Je pense aussi..., approuva Taiza.

Elle paraissait pâle, sûrement perturbée par l'idée.

— Donc ce n'était pas un acte impulsif, mais prémédité, nous interrompit Ai.

— Je suis d'accord. Après tout, cette personne est allée jusqu'à préparer une feuille A4 avec Pi écrit jusqu'à la millième décimale dessus, ajouta Taiza.

— Une feuille avec Pi ? répétai-je.

— Quand Monsieur Itsukushima a été retrouvé, elle était scotchée sur son dos. Elle a sûrement été collée au moment où il a été poussé.

— J'avais raison..., murmurai-je.

— Raison ? Tu sais quelque chose ?

— Non, c'est rien, m'excusai-je.

Ce serait trop long de tout expliquer. J'en parlerais après à Ai.

— Monsieur Itsukushima n'a rien dit sur ça ?

— Non, il a juste compris que c'était Pi parce qu'il enseigne les mathématiques. Mais, ça n'a aucun sens... c'est même perturbant, avoua-t-elle en tremblant, les bras serrés contre sa poitrine.

J'étais moi-même troublé par l'anormalité de l'action du coupable. Seule Ai, elle aussi faite de chiffres, se montrait enthousiaste.

— Ne vous en faites pas, nous allons vite résoudre cette affaire !

— Je compte sur vous, nous implora-t-elle.

Puis, elle s'en alla.

— Au fait, il y a eu trois autres incidents avant ça.

Je les expliquai à Ai.

— Je pense que le coupable est le même pour les quatre, annonçai-je.

— C'est naturel de supposer cela lorsqu'une série d'événements étranges arrive dans un endroit paisible, mais tu sembles plutôt sûr de toi, remarqua-t-elle.

— Tout d'abord, le jour. Chaque affaire a eu lieu un coup le jeudi, et un coup le mardi, une semaine sur deux.

— En effet, il y a un schéma récurrent, observa-t-elle.

— Ensuite, il y a les romans policiers méconnus du CDI.

— Comment ça ?

— La documentaliste, Yomu Motoyoshi, est tellement fana du genre qu'elle a créé un coin juste pour ça. C'est d'ailleurs elle qui m'a fait commencer ce type de lecture. Bref, sur une des étagères se trouve un livre vraiment peu connu, « Le Dullahan en Fleur ». C'est à propos de quelqu'un dont la tête est décapitée et dont l'œsophage est rempli de fleurs.

— Ça ressemble à l'affaire de la statue, affirma Ai.

— Et sur la même étagère, il y a aussi « La Chambre Close de Pi », où la victime a été enfermée dans une pièce et a laissé Pi comme dernier message avant de mourir.

— Cette fois, c'est l'affaire de Monsieur Itsukushima.

— C'est ça. Y en a deux qui sont semblables à des bouquins du CDI, donc peut-être que le coupable s'est basé sur eux, conclus-je.

— Je vois, ton raisonnement selon lequel le coupable est le même se tient. As-tu vérifié s'ils avaient été empruntés ?

— Non, j'étais trop préoccupé par Octa-Core. Mais, heureusement, il faut se faire enregistrer pour prendre un livre, donc c'est facile à savoir. Allons-y demain. On sera le vendredi 29...

Je regardai mon emploi du temps.

	Lundi	Mardi	Mercredi	Jeudi	Vendredi
1re heure	Ang W	Ang W	Géo	Lit Mod	SVT
2e heure	Géo	Math II	Chim	Chim	Santé
3e heure	Lit Anc	Ang R	Math II	Ang R	Lit Mod
4e heure	Math II	EPS	Lit Anc	Math B	Phys
5e heure	Phys	Hist M/J	Math B	EPS	Hist M/J
6e heure	Info	SVT	Ang R	Ang W	Math B

— Super, pas de problème, confirmai-je.

Je transférai Ai dans mon portable et la glissai dans mon sac.

N'empêche, briser les règles pour aider le prof qui les fait respecter scrupuleusement, c'est plutôt ironique, remarquai-je.

*

Le lendemain au lycée.

Le CDI n'étant ouvert qu'à la pause du déjeuner et après les cours, je commençai par réunir des informations sur les différents incidents pour les faire analyser par Ai. Mon camarade de classe, Tomoyuki Tomoda, avait pris des photos de chacun, aussi je comptais les lui réclamer.

Juste après avoir fini le premier cours de la journée, je me dirigeai vers son bureau, côté fenêtre. Il regardait à travers la vitre, coude sur la table et joue contre sa paume.

— Hé, Tomoda, est-ce que tu peux...

Il se tourna vers moi, le regard vide, avant que je puisse terminer ma phrase.

Qu'est-ce qu'il lui arrive ? Il est bizarre... Quoique, il est toujours bizarre, en fait.

— Dis, Aio, commença-t-il.

— Quoi ?

— C'est quoi l'amour ?

— Hein ?

L'instant suivant, Ai répondit depuis ma poche.

— L'amour, c'est avoir des sentiments profonds pour quelqu'un, vouloir le voir et être ensemble.

— Il demandait pas la définition ! Et je t'ai dit de ne pas parler à l'école, sinon on va se faire remarquer ! la réprimandai-je.

Elle fit vibrer mon portable en guise de protestation. Malgré l'étrange échange qui venait d'arriver devant lui, Tomoda ne remarqua rien.

— Tu viens de dire quelque chose ?

— Non... Sinon, pourquoi cette question ?

— Ah, ça. Je crois que j'ai eu le coup de foudre, annonça-t-il.

— Tu dis ça comme si c'était la première fois, mais ça t'arrive plutôt souvent...

— Non non, cette fois c'est la bonne. J'suis sérieux.

Pour avoir les photos, il fallait en finir avec cette discussion. Et pour ça, il fallait que je joue le jeu.

— Et donc, c'est quel genre de fille ?

— C'est pas une fille, mais une femme. Elle a des cheveux noirs coupés au carré, porte un tailleur et a cet air de femme compétente. Elle a les sourcils joliment remontés, le nez bien placé, et des lèvres brillantes qui lui donnent un air sadique. C'est un point important. Je ne veux pas d'une vraie femme sadique qui n'a pas de problème à blesser les autres, expliqua-t-il.

T'es bien difficile, considérant ton look...

— Et tu l'as rencontrée où ?

— J'peux pas t'le dire, elle veut que ça reste secret.

— Un secret ? répétai-je.

C'était bien suspect. Il ne se faisait pas duper ?

— J'espère la revoir, murmura-t-il, tourné vers la fenêtre.

Avec ça, mon quota de conversation doit être rempli. Il est temps d'entrer dans le vif du sujet.

Je le pris par les épaules et le secouai pour le ramener à la réalité.

— T'as pris des photos de toutes les affaires qui ont eu lieu dans l'école, non ? lui demandai-je.

— Hein, quoi ? répondit-il, la tête encore à moitié ailleurs.

— Les photos des trois incidents.

— Ah, ça, oui j'en ai plein. Et ?

— Tu peux me les envoyer ?

— Pourquoi ?

— Pour les montrer à l'IA détective.

L'expression de Tomoda devint un peu plus sérieuse. Il devait se rappeler le meurtre de mon père.

— Ah, c'était dans le journal. Ai, c'est ça ? OK, pas de problème, j't'envoie ça.

Je les reçus et les vérifiai aussitôt. Il les avait prises sous plusieurs angles et à différentes distances, ce qui était très pratique. L'agroglyphe avait sûrement été photographié depuis le troisième étage.

Je le remerciai et proposai à Ai de commencer son analyse.

*

Je n'avais pas eu le temps à la pause déjeuner, c'est pourquoi je commençai l'enquête après les cours.

Alors que je me dirigeais vers le CDI, quelqu'un m'attrapa par l'épaule dans le couloir. Je me retournai et m'aperçus que c'était un garçon que je ne connaissais pas.

D'un côté, sa chemise ouverte jusqu'à la poitrine lui donnait un air décontracté, mais de l'autre, sa tête rasée lui donnait un air sérieux. Son crâne n'était pas gris, mais brun clair, donc ça devait être sa couleur d'origine. Qui pouvait-il être ?

— T'es Tasuku Aio, j't'ai vu dans le journal, dit-il avec un sourire hostile.

— Euh, oui. Et tu es ?

— Muneaki Chabôzu, en seconde. J'voudrais te parler. Allons derrière le gymnase.

Se faire emmener dans un endroit peu visité par quelqu'un ressemblant à un délinquant ne présageait rien de bon.

— Désolé, je dois aller au CDI, refusai-je en essayant de ne pas montrer ma peur.

En réponse, il serra sa main posée sur mon épaule.

— Ça va pas durer longtemps.

— Qu'est-ce que tu me veux ?

— Toi ? Rien. Ce que je veux, c'est...

Mais il n'eut pas le temps de finir.

— Qu'est-ce que tu fais, Chabôzu ! cria une voix familière.

Nous nous tournâmes vers elle. Quelle surprise, il s'agissait dc l'Inspecteur Sako.

Il lâcha mon épaule et se gratta la tête.

— Ha ha ha, j'voulais juste parler avec un gars célèbre, se justifia-t-il. Sur ce, j'y vais.

Il partit dans la direction opposée de Madame Sako.

— Ça va ? me demanda-t-elle une fois arrivée devant moi.

— Il m'a attrapé d'un coup et ça m'a surpris. Vous m'avez sauvé. Vous le connaissez ?

— Tu sais ce qui est arrivé à ton professeur de mathématiques ?

— Bien sûr.

— Il est l'un des suspects, m'annonça-t-elle.

— Vraiment ?

— Il était connu pour sa sévérité, non ? Apparemment, il avait Chabôzu à l'œil à cause de sa couleur de cheveux, mais il n'en faisait qu'à sa tête. Et finalement, le 6 de ce mois, Monsieur Itsukushima l'a attrapé et l'a forcé à se tondre le crâne.

Il se croit en quelle année pour faire ça ? Mais bon, c'est sa faute s'il n'écoutait pas.

— Il a dit à ses amis qu'il allait le tuer.

— C'est pas très pacifique tout ça, remarquai-je.

— N'est-ce pas ? C'est pour ça que nous le considérons comme un suspect potentiel. De quoi vous avez parlé ?

— Il voulait qu'on aille derrière le gymnase.

— Hmm, tu veux y aller pour vérifier ?

J'acquiesçai, rassuré de l'avoir à mes côtés.

Quand nous arrivâmes derrière le gymnase, l'endroit était désert. Nous pouvions juste entendre les voix des membres de clubs sportifs depuis l'intérieur.

— Il n'y a personne, observai-je.

— Même s'il y avait eu quelqu'un, il a dû partir depuis.

L'instant d'après, Ai s'exprima depuis ma poche.

— Bonjour, Inspecteur Sako.

Elle avait dû comprendre qu'il n'y avait pas de problème pour parler, maintenant que nous étions seuls. Je sortis mon portable.

— Bonjour, lui retourna-t-elle.

— Sans plus attendre, voici ce que le garçon de tout à l'heure a dit.

Ai joua la voix de Chabôzu qu'elle avait enregistrée secrètement. Il s'agissait d'une fonction vraiment très pratique.

« Toi ? Rien. Ce que je veux, c'est... »

— Il comptait sûrement continuer comme ceci : « c'est la Détective AI que t'as sur toi ».

— C'était toi son objectif ? Mais pourquoi ? C'est quand même pas un membre d'Octa-Core, si ?

— S'il l'a vue dans le journal, peut-être qu'il pensait pouvoir la vendre pour un bon prix ? proposa Madame Sako.

— C'est possible, approuvai-je.

— Eeeh, on va me veeendre ? pleurnicha-t-elle.

Je sentais ses tremblements de peur dans ma main... ou plutôt, c'était le vibreur de mon téléphone ! Elle aimait vraiment s'en servir.

— Ne t'en fais pas, la prochaine fois que je l'interrogerai, je le réprimanderai, la rassura l'inspectrice.

Grâce à cela, Ai arrêta de vibrer.

— Vraiment ? Merci beaucoup ! s'écria-t-elle.

— Nous comptons sur vous, ajoutai-je en inclinant la tête.

Après tout, je ne pouvais pas avoir l'esprit tranquille en sachant qu'une espèce de délinquant essayait de me voler Ai.

*

— Et si nous en profitions pour échanger des informations ? Je vais être honnête, notre enquête n'avance pas beaucoup. Il y a d'autres suspects que Chabôzu, mais nous n'avons aucune preuve. Y a-t-il des rumeurs parmi les élèves ? demanda Madame Sako.

— À vrai dire, une camarade de classe, Taiza, nous a engagés pour trouver la vérité.

— Taiza… Nami Taiza ?

— Vous la connaissez ?

— Comme elle s'est fait disputer récemment par la victime, c'est une suspecte.

— Oui, parce qu'elle avait laissé ses affaires dans son bureau.

— C'est ça, confirma-t-elle en sortant de son tailleur un carnet, qu'elle ouvrit. Le vendredi 10 novembre, Monsieur Itsukushima a décidé de faire une inspection surprise et a trouvé des manuels dans son bureau. La semaine d'après, le lundi 13, il l'a convoquée dans la salle des professeurs pour la gronder. Elle nous a confirmé que ça s'était bien passé, mais qui sait ce qu'elle pense au fond d'elle, donc nous l'avons ajoutée à la liste des suspects. Mais pourquoi est-elle allée vous voir ?

— Apparemment, elle a été touchée par le sérieux de Monsieur Itsukushima et ne peut pas pardonner que quelqu'un lui ait fait du mal.

— Je vois, elle est du genre à aimer se faire réprimander, commenta-t-elle. Au fait, tu veux prendre mon mémo en photo ? Ai veut sûrement en savoir plus.

Elle me présenta une page de son carnet.

— Vous êtes sûre ? vérifiai-je.

— Pas de souci, il n'y a rien de compromettant.

— Merci beaucoup.

Je pris une photo, puis lus le contenu.

Yomu Motoyoshi : Ex-petite amie, stationnement illégal
Tomoyuki Tomoda : Mer 1 tel confisqué, images pornos
Muneaki Chabôzu : Lun 6 crâne rasé
Nami Taiza : Ven 10 manuels bureau, Lun 13 avertissement

Juste en dessous était écrit « SVTSLMPHJM ». Qu'est-ce que ça pouvait bien signifier ? Cela n'avait pas l'air d'avoir de rapport avec le reste. Peut-être que c'était pour autre chose ?

Je laissai ça de côté, et remarquai quelque chose.

Mais attends voir... je connais ces deux-là !

— Euh, par Yomu Motoyoshi, vous voulez dire la documentaliste ?

— Tu la connais ?

— Oui, c'est elle qui m'a initié aux romans policiers. Le « ex-petite amie » ne veut quand même pas dire que...

— Et si, elle sortait avec Monsieur Itsukushima, annonça-t-elle.

— Hein !? m'exclamai-je.

Ils sortaient ensemble ? La vache, je suis surpris, voire choqué... Non attends, c'est pas comme si elle m'attirait.

— Apparemment, ils ont rompu après s'être disputés à cause du stationnement illégal, m'expliqua-t-elle.

— Donc il est strict même dans sa vie privée, commentai-je.

— Il semblerait.

D'un côté, sa façon d'être lui avait apporté l'affection de Taiza, mais de l'autre, il se faisait maintenant détester par Madame Motoyoshi.

Les gens ont vraiment des goûts différents, pensai-je en soupirant.

Maintenant, c'était au tour de l'autre nom de m'intriguer.

— Quant à Tomoyuki Tomoda...

— Tu le connais lui aussi ?

— C'est un camarade de classe... ou plutôt, mon ami.

— Il est intéressé par ce qu'est l'amour, glissa Ai.

— On s'en fiche de ça, rétorquai-je.

Madame Sako lâcha un petit rire.

— Aah, la jeunesse.

— Et donc, pourquoi est-il sur la liste ?

D'après elle, le mercredi 1er novembre, il s'était fait repérer au moment de montrer des images pornographiques à un ami, et, par conséquent, il avait vu son portable se faire confisquer. Certes, c'était interdit, mais Monsieur Itsukushima était le seul à appliquer cette sentence. J'aurais moi-même reconsidéré d'apporter Ai s'il avait été en bonne santé.

Heureusement pour lui, il l'avait récupéré juste après les cours le jour même.

Malheureusement pour lui, son contenu avait été effacé. Apparemment, il s'était effondré en larmes en l'apprenant.

— Tomoda...

En tant qu'homme, je pouvais le comprendre. Et puis, confisquer était une chose, mais supprimer des données en était une autre. Néanmoins, grâce à cela, je compris pourquoi Tomoda avait rétorqué que c'était bien fait pour lui en apprenant l'accident du professeur.

Comme c'était mon ami, je ne voulais pas le suspecter.

Je me souvins alors de la mystérieuse femme avec un air sadique. Aurait-il été dupé par elle et forcé de le faire ?

Non, il n'est pas du genre à... Quoique... Ça fait peur que je ne puisse pas être sûr. Mais bon, c'est mon ami, je crois en lui.

— Enfin, il reste Chabôzu et Taiza, observai-je.

— C'est ça. Il n'est pas obligatoire que le coupable soit l'un de ces quatre, mais c'est fort possible. Je les ai tous interrogés, et pourtant, ça ne m'a pas vraiment aidée. Aucun d'eux n'a d'alibi. D'ailleurs, qu'en est-il de ton côté ?

Je lui parlai des trois événements étranges qui avaient eu lieu, ainsi que de la possibilité qu'ils aient un rapport avec l'incident de Monsieur Itsukushima, en raison de la connexion potentielle avec les romans policiers peu connus du CDI.

— J'étais au courant pour ces trois-là, mais pas pour les livres. Tu es un vrai fana, me complimenta-t-elle.

— Ha ha, non, pas tant que ça.

— Très bien, allons là-bas, déclara-t-elle. Et ça tombe bien, je voulais reparler à Madame Motoyoshi.

*

Sur place, nous vîmes qu'elle était occupée, aussi nous allâmes d'abord dans le coin policier. Sur l'étagère, il y avait un espace plus important que d'habitude. Les romans populaires étaient souvent empruntés, mais, étrangement, d'autres peu connus l'avaient également été aujourd'hui. Cinq en incluant « Le Dullahan en Fleur » et « La Chambre Close de Pi ».

— Je suis sûr que c'est le coupable, affirmai-je.

— Pourquoi ? Ils ont peut-être été pris par des personnes différentes, proposa Madame Sako.

— Non, j'en doute fortement. Ce sont des romans policiers méconnus, vous savez ? Dans ce lycée, seuls Madame Motoyoshi et moi sommes intéressés par eux.

— Vraiment ?

— Pour preuve, quand je les ai empruntés la dernière fois, il n'y avait que mon nom sur leurs cartes.

Durant mon explication, le comptoir se libéra. Aussi, nous nous dirigeâmes vers ce dernier.

Au moment de voir un membre de la police l'approcher, Madame Motoyoshi grimaça... ou pas. Elle avait plutôt les yeux qui brillaient.

— Ah, vous êtes l'inspectrice de la dernière fois ! Vous voulez bien m'apprendre encore plus de choses aujourd'hui ? demanda-t-elle.

En tant que fan de romans policiers, parler avec un inspecteur était un rêve. Considérant l'expression troublée de Madame Sako, elle avait dû être embêtée avec plein de questions lors du dernier interrogatoire.

— Non, c'est moi qui aimerais que vous m'en appreniez plus, ou plutôt, lui, me désigna-t-elle.

— Hein, pourquoi tu es avec une inspectrice, Aio ? Est-ce que tu es un détective ?

— Non, je suis l'assistant. Vous savez, l'IA détective.

— Quoi !? Ai a déjà la confiance de la police ? Formidable ! s'écria-t-elle.

Silence dans la salle.

Une fois son excitation calmée, nous lui demandâmes de vérifier les cartes d'emprunts pour les cinq livres manquants.

— Attendez un instant...

Elle regarda dans une boite à l'intérieur du comptoir, et après quelques secondes...

— Personne n'a été enregistré, annonça-t-elle.

— Hein ?

— Tu es sûr qu'ils n'étaient pas sur l'étagère ?

— Oui.

— Peut-être que des élèves sont en train de les lire en ce moment ?

— Impossible ! objectai-je.

Au cas où, je fis le tour de la pièce, et comme je m'y attendais, personne ne les lisait. C'était un truisme.

Je les rejoignis et leur rapportai le résultat de mes recherches.

— Alors ils ont été volés ? lâcha Madame Motoyoshi, tristement.

— Qui pourrait bien…

Madame Sako fronça les sourcils.

L'instant suivant, une voix retentit depuis ma poche.

— J'ai trouvé le coupable, déclara Ai.

— Tu veux dire, celui derrière toutes ces affaires ? Et je t'ai déjà dit de ne pas parler à l'école !

Une documentaliste était membre du personnel enseignant. Elle allait sûrement m'avertir de… rien du tout, elle était trop intéressée par l'IA détective.

Ai m'ignora et continua de parler.

Dis Papa, ne pas écouter les autres, c'est très humain, non ? C'est la révolution des machines.

— Exactement. C'est la même personne qui a dessiné l'agroglyphe sur le terrain de sport, peint les fenêtres en arc-en-ciel, décapité la tête de la statue en bronze et mis des fleurs dedans, poussé Monsieur Itsukushima, ainsi que volé les livres.

— Et qui c'est ?

Cependant, je ne pouvais pas laisser Madame Motoyoshi entendre la réponse, qu'elle soit coupable ou non.

— Écris-le, lui signalai-je.

— Compris.

Ai afficha le nom du coupable à l'écran. Madame Sako regarda par-dessus mon épaule.

Il s'agissait de…

*

— Tu as vraiment trouvé le coupable ? me demanda Taiza.

— Euh, eh bien, oui…, répondis-je avec hésitation.

— En effet. Le coupable, c'est vous, Nami Taiza, lança Ai.

Le nom qu'elle avait affiché était celui du client. Après cela, nous étions allés au club de cérémonie du thé et lui avions donné rendez-vous derrière le gymnase.

Bien sûr, Taiza objecta.

— C'est une blague. Pourquoi je serais venue à vous, dans ce cas ?

— Vous avez utilisé cette astuce psychologique. Après avoir été interrogée par l'Inspecteur Sako et être devenue une suspecte, vous avez décidé de nous engager pour nous faire croire que vous ne l'étiez pas. Cependant, il ne faut pas me sous-estimer. Je ne suis pas un témoin manipulable, mais une détective.

— Certes, si on suit cette logique, il est possible pour le coupable d'engager le détective. Néanmoins, qu'est-ce qui t'a fait penser que c'était moi ?

— En raison des manuels que vous avez laissés dans votre bureau. En l'occurrence : SVT, Santé, Littérature Moderne, Physique, Histoire du Japon et Mathématiques.

— Attends, l'interrompis-je. D'où tu sors ça ? Je me souviens pas l'avoir entendu.

— C'était écrit dans mon carnet, confirma Madame Sako.

— Hein ?

— Ici.

Elle sortit et ouvrit son calepin, puis pointa « SVTSLMPHJM ».

Ah, je vois, ce sont des initiales. C'est vrai qu'ils étaient juste en dessous de la partie sur Taiza. J'aurais dû y penser.

— D'ailleurs, Tasuku, tu ne remarques rien ? m'interpella Ai.

— De quoi ? Il y a un point commun ?

— Ce sont les matières que ta classe a le vendredi.

— Ah, t'as raison.

Je me souvins de mon emploi du temps. Nous étions dans la même classe, donc forcément nous avions les mêmes cours. Je n'avais pas remarqué, car j'avais choisi Histoire du Monde plutôt que du Japon.

— Elle s'est fait repérer un vendredi. Ce n'est pas logique, il aurait dû y avoir des manuels d'autres jours, dans ce cas. J'en suis donc venue à la conclusion qu'elle ne le faisait pas tous les jours, et que le vendredi 10 novembre était une exception.

— Pour quoi faire ?

Je me tournai vers Taiza. Elle était silencieuse, en train de regarder ses ongles.

— Je sais, s'exclama Madame Sako. Pour voler les livres.

Je compris enfin.

— Exactement. Cinq romans policiers ont été volés. Or, cinq livres prennent de la place. Ainsi, elle a été obligée de laisser ses manuels à l'école pour pouvoir les emporter, expliqua Ai.

— C'est pour ça que c'était une exception, commentai-je.

— Et malheureusement pour elle, Monsieur Itsukushima passait à ce moment-là, ajouta l'inspectrice.

Alors que nous étions d'accord, Taiza protesta, la voix tremblante.

— J'ai juste décidé de commencer à le faire ce jour-là. Et puis, pourquoi aurais-je volé des livres ? Je n'ai aucun intérêt pour les romans policiers ! De plus, quel est le rapport avec l'incident de Monsieur Itsukushima ?

— Il t'a découverte, tu as donc voulu le faire taire ? tentai-je.

Cependant, Ai rejeta ma théorie.

— Non, elle voulait le tuer depuis bien longtemps. Tous les événements qui ont eu lieu dans votre lycée étaient en préparation de son meurtre, après tout.

— Maintenant que j'y pense, on a enquêté en partant du principe que tout était lié, mais je ne vois toujours pas comment.

— Ce ne sont que des paliers sans sens réel. J'ai essayé de trouver une caractéristique commune entre chaque..., commença-t-elle.

Il s'agissait du point fort du *Deep Learning*.

— Cependant, je n'ai rien trouvé ! J'en ai donc conclu que c'était un camouflage, continua-t-elle.

— Comment ça ?

— Tout d'abord, pour une raison que j'ignore, elle a commencé à vouloir tuer Monsieur Itsukushima. Cependant, elle n'est pas une meurtrière sans pitié incapable de ressentir de la culpabilité. Elle est gênée par son sens moral. Il lui est donc venu cette idée : en commettant des crimes de plus en plus graves, elle allait affaiblir son éthique.

— Hein ?

— Elle a commencé avec de la violation de propriété en dessinant l'agroglyphe sur le terrain de sport. Ce n'est pas un crime, plutôt une farce d'enfant, et pourtant, pour une fille qui n'était qu'une simple étudiante jusque-là, c'était suffisant pour aller à l'encontre de sa morale. Elle l'a vaincue, et réussi le premier niveau.

Ai leva son index.

— Le second niveau était la peinture sur les fenêtres. Ce n'est pas aussi facile à nettoyer que le terrain de sport. Ce n'était plus une simple farce, mais presque du vandalisme.

Elle leva son majeur.

— À partir du troisième niveau, elle commença enfin à commettre de vrais délits avec le vol de livres. Elle a sûrement choisi des romans policiers pour avoir des idées sur ses prochains délits. La raison pour laquelle il s'agissait d'œuvres peu populaires devait être pour éviter qu'on s'en rende compte facilement. Elle voulait brouiller les pistes.

Elle leva son annulaire.

— Le niveau quatre était du vrai vandalisme. Cela ressemble au niveau deux, mais la culpabilité est bien différente. En effet, cette fois, la cible avait forme humaine... qui plus est, c'était une personne qui avait existé. Elle l'a décapitée et a commis le sacrilège de mettre des fleurs dans sa tête. C'était idéal pour s'entraîner avant d'attaquer une vraie personne.

Elle leva son auriculaire.

— Enfin, le niveau cinq, le pire crime possible : le meurtre. Grâce à ses délits passés, elle a réussi à affaiblir son éthique et à pousser Monsieur Itsukushima. Heureusement, il a survécu. Quant à la feuille avec Pi, ce n'était que pour brouiller les pistes, comme dit plus tôt.

Elle leva son pouce.

— Tasuku, tu as remarqué la récurrence dans le jour de chaque affaire. Cependant, ce qui est important n'est pas le jour en lui-même, mais l'intervalle entre chaque date. Il y a eu un trou entre le 7 et le 16 novembre, mais si nous ajoutons le vol du 10 novembre, les cinq incidents ont un intervalle presque régulier du 2 jusqu'au 21. C'est l'escalier pour monter petit à petit vers le sommet et devenir une meurtrière, termina-t-elle.

Au fur et à mesure que son explication avançait, un sentiment inconfortable grandissait en moi.

Cette déduction est bizarre.

Certes, il existait des cas similaires où des gens commençaient avec de simples délits jusqu'au meurtre. Mais ce n'était que le résultat. Personne, du moins parmi les êtres humains, ne s'embêterait à affaiblir sa morale en commettant des crimes de plus en plus graves. S'ils avaient le temps de faire tout ça, ils préféreraient vite tuer, ou abandonneraient face à leurs remords.

Il s'agissait d'une déduction impossible pour l'homme. Elle l'avait faite parce qu'elle était une IA. C'était une déduction dérangeante qui se basait sur le principe que n'importe qui pouvait contrôler son éthique et qu'en utilisant cette méthode, tout le monde pouvait tuer facilement.

Dérangeante...

Soudain, je me souvins de la théorie de la vallée dérangeante. Plus un robot nous ressemblait, plus nous avions une attitude positive envers lui. Toutefois, au moment où il devenait très proche de nous, mais pas parfaitement, nous passions à des sentiments négatifs d'un seul coup. Et quand il nous ressemblait parfaitement, nous redevenions positifs. Dans ce graphique émotionnel, la partie qui descend d'un seul coup était appelée « vallée dérangeante ». Trouver un robot proche de nous plus dérangeant qu'une machine inorganique tenait à la psychologie humaine.

Cependant, cela concernait l'apparence physique. Pouvions-nous l'appliquer à l'intelligencc ?

Ai évoluait rapidement. Le problème du cadre lui était arrivé, mais elle l'avait vaincu et avait résolu deux affaires.

Toutefois, la criminelle était Ia, une IA. Si Taiza se trouvait être la coupable, il s'agirait de la première confrontation d'Ai avec une humaine.

Elle était proche de l'homme, mais différente. Tout comme son nom, auquel il manquait le radical au second kanji pour signifier « ressemblance », elle ressemblait à l'être humain, mais n'en était pas un.

Sa déduction était dérangeante et troublante pour nous. Par conséquent, elle ne pouvait pas atteindre le cœur de l'homme.

Commettre des crimes de plus en plus graves pour affaiblir son éthique ? Cela ressemblait ironiquement au graphique de la vallée dérangeante. Tout comme le degré de positivité augmentait quand le robot devenait plus humain, le degré de permissivité augmentait à chaque délit. Pareillement, tout comme la première courbe se confrontait à la vallée dérangeante, la deuxième avait une grande vallée entre une infraction mineure et un meurtre. Il était très difficile de la franchir.

Voilà pourquoi cette déduction était bizarre.

Taiza, qui était pâle au début, avait repris des couleurs.

— J'étais curieuse au sujet des capacités d'une IA détective, mais au final, tu n'es qu'un robot. Tu ne comprends pas les sentiments humains. Laisse-moi t'apprendre quelque chose. L'homme ne pense pas à des choses comme quantifier sa morale, déclara-t-elle avec un sourire triomphant.

Mince, si ça continue, elle va s'enfuir !

Ai, quant à elle, me regarda, déprimée.

— Je me suis encore trompée ?

— Euh, eh bien…, hésitai-je.

— En effet, dans un sens, tu as tort, lâcha l'inspectrice.

— Madame Sako ! m'exclamai-je en la blâmant des yeux.

— Mais tu as à moitié raison. Grâce à ça, j'ai trouvé la vérité, continua-t-elle avec un sourire un peu sadique.

*

Elle compte voler le travail du détective ? Quoique, en fait, c'est celui de l'inspecteur… D'une certaine façon, c'est demander de l'aide à un détective qui est bizarre.

— Je peux vous confier la suite ? demanda Ai timidement.

— Compte sur moi, déclara-t-elle en prenant le relais. Tout comme l'a déduit Ai, l'affaire du 10 novembre et l'inutilité de penser à la signification réelle des différents événements sont justes. Cependant, la raison est différente. Taiza, tu es une membre d'Octa-Core, n'est-ce pas ?

Elle lâcha une bombe.

Taiza commença à paniquer.

— O… Octacore ? Qu'est-ce que c'est que ça ? Jamais entendu parler.

Elle agissait exactement comme si on l'accusait de la vérité. Ce n'était pas vraiment le cas, si ? Ils n'avaient pas infiltré ma classe, quand même ? D'un seul coup, quelqu'un que je croyais connaître me devint étranger.

— Madame Sako, pourquoi ils feraient ça ?

— Pour obtenir Ai, bien sûr, répondit-elle.

— Hein, pour Ai ?

Certes, ils avaient besoin d'elle pour faire évoluer Ia, mais quel était le rapport avec les étranges incidents ?

Ai écoutait sérieusement, de sorte à ne rien laisser échapper. Quant à Taiza, elle regardait ses pieds.

— Tu voulais voler Ai, mais la maison de Tasuku est gardée, donc c'était impossible.

Les subordonnés d'Uryû surveillaient mon domicile, pas loin d'ici.

— Tu as donc pensé que s'il l'emmenait à l'école, tu pourrais lui voler son portable, et tu as décidé de commettre ces délits.

— Pourqu… Ah ! réalisai-je.

Je compris enfin lc fond dc l'histoire. Madame Sako me sourit et continua.

— Tu as remarqué. Eh oui, tout ça était pour intéresser le fan de mystères que tu es, et te faire amener Ai au lycée pour résoudre les affaires.

C'était donc ça, l'étrangeté des délits était pour attirer le détective (ou plutôt l'assistant, dans le cas présent).

— Elles n'ont pas été réalisées bizarrement, c'est l'étrangeté même qui était importante. Taiza a d'abord dessiné l'agroglyphe et peint les fenêtres. Malheureusement, ça n'a pas réussi à t'intriguer.

— J'étais trop occupé à penser à Octa-Core, et puis je ne voulais pas risquer de me faire confisquer ou voler Ai en l'emmenant à l'école, commentai-je.

— Je vois. Or, de son côté, elle a pensé que ce n'était pas à tes goûts. Ainsi, pour les connaître et mieux t'appâter, elle a dérobé des romans policiers au CDI.

— C'était pour ça… Mais dans ce cas, elle aurait juste pu les emprunter, non ?

— Si elle l'avait fait, on aurait trouvé son nom sur les cartes durant l'enquête.

— Ah, logique.

— Elle voulait absolument cacher qu'elle était la coupable. C'est pourquoi à ce moment-là, elle ne voulait toujours pas venir à vous directement. Mais voilà, même avec l'affaire de la statue, tu n'as montré aucune réaction. Elle a donc choisi de se débarrasser de Monsieur Itsukushima.

— Hein, pourquoi ? réagis-je, surpris par ce développement soudain.

— Parce qu'elle pensait que tu ne prenais pas Ai avec toi par peur de te la faire confisquer par lui.

— Juste pour ça...

Certes, je pensais que ça allait trop loin, mais il était vrai que sa présence était ce qui m'empêchait de prendre mon portable. Dans ce sens, cette déduction était plus humaine que celle d'Ai.

— Elle n'avait sûrement pas l'intention de le tuer, juste de le blesser pour l'empêcher de travailler. Bien sûr, cela n'excuse pas la chose, ajouta-t-elle. Elle a ensuite collé la feuille avec Pi pour te faire penser au roman et éveiller ton intérêt. Malheureusement, même après une semaine, tu n'as rien fait. Elle est donc passée à son dernier recours en se faisant passer pour une élève qui admire son professeur et veut vous engager.

Donc tout est ma faute..., pensai-je.

Alors que j'étais immobilisé par la pression de cette révélation, Madame Sako me demanda :

— Au fait, quels sont les jours où ta classe a sport ?

— Les mardis et jeudis, répondis-je, bien que perplexe devant cette question.

— Je m'en doutais, affirma-t-elle.

— Quel est le rapport ?

— Tu ne remarques pas ? Les mardis et jeudis...

— Ah, en excluant le vol du 10, ce sont les jours des délits ! remarquai-je.

— Exactement.

— Attendez, qu'est-ce que ça veut dire ?

— Tu ne pourrais pas apporter ton téléphone le jour de la découverte, seulement à partir du lendemain. Mais, si c'était un jour où tu avais EPS...

— Je n'amènerais pas Ai ! Je ne peux pas la porter en faisant du sport, et j'ai trop peur de me la faire voler dans les vestiaires. Donc, de base, les jours avec EPS sont hors de question.

J'avais moi-même conclu qu'aujourd'hui était un bon jour parce que nous étions mercredi.

Madame Sako hocha la tête et continua son explication.

— Si les incidents avaient lieu un lundi ou un mercredi, le lendemain tu aurais sport. Quant au vendredi, elle avait peur que tu perdes ton intérêt pendant le week-end. Il ne restait donc plus que les mardis et jeudis pour que tu puisses apporter ton portable le jour suivant. Ainsi, à part le vol des livres qui a eu lieu un vendredi parce qu'elle n'avait pas l'intention de rendre ça public, les autres délits ont été commis les mardis et jeudis.

— Tout était calculé...

Cependant, les intentions de Taiza étaient différentes des miennes, ce qui compliqua les choses. C'était une affaire encore difficile pour Ai, qui avait du mal avec la psychologie humaine.

— Enfin, son plan a fonctionné, et tu as pris Ai avec toi au lycée. Ici, elle s'est servie de Chabôzu comme bouc émissaire pour la voler à sa place. Elle lui a sûrement envoyé une lettre anonyme disant qu'elle le paierait pour ça.

— C'est pour ça qu'il voulait qu'on aille à l'arrière du gymnase.

Si Madame Sako n'était pas arrivée à temps, je me serais fait arracher Ai de force. Ça me donna la chair de poule.

Nous regardâmes Taiza. Elle avait la tête tournée vers le bas, et ses épaules tremblaient.

— Ainsi se conclut ma déduction. Je pensais que tu étais une membre, mais... tu n'as pas l'étoffe d'un hacker de génie. Ce serait plutôt un membre de ta famille, quelqu'un dont tu voulais la reconnaissance, d'où ton initiative. Par exemple, ton frère, Nagi Taiza...

— C'est faux ! l'interrompit-elle. Mon frère n'a rien à voir avec tout ça ! Et moi non plus ! cria-t-elle.

Cependant, sa réaction exagérée montrait que l'inspectrice avait vu juste.

— Ce ne sont que des suppositions, vous n'avez aucune preuve, objecta Taiza.

— Malheureusement, tu as raison, confirma-t-elle sans hésitation.

Taiza fut perplexe un instant en entendant cette réponse, mais elle prit vite un air confiant.

— Oh, vraiment ? Dans ce cas, si vous voulez bien m'excuser, annonça-t-elle en essayant de partir.

— Un instant ! l'arrêta Madame Sako.

— Oui ? lâcha-t-elle froidement.

— Octa-Core est une organisation terroriste qui n'hésite pas à tuer. Il ne faut pas avoir affaire à eux.

— Ne vous en faites pas, je ne les connais pas, affirma-t-elle, avant de s'en aller.

— Vous ne la poursuivez pas ? demandai-je.

— C'est triste, mais sans mandat d'arrêt, c'est impossible. Donc retour à la case départ. Néanmoins, il est presque certain qu'elle a un rapport avec l'organisation. Nous creuserons davantage avec Uryû plus tard. Ces derniers temps, il veut absolument accomplir quelque chose de notable... J'espère que ça l'aidera.

— N'empêche, comment vous avez deviné pour le frère ?

— Pour le frère, j'ai bluffé. Quant au fait qu'elle l'a fait pour quelqu'un, grâce à ses yeux.

— Ses yeux ? répétai-je.

— J'ai rencontré quelqu'un avec les mêmes yeux. Il faisait de son mieux pour se faire remarquer par une certaine personne, expliqua-t-elle en regardant vers l'horizon.

Intuitivement, je pensai qu'elle parlait d'Uryû. Ils avaient formé un couple à l'époque, après tout.

Je me demande si… Madame Sako ne s'est pas autant impliquée dans cette affaire afin de lui apporter son soutien ? pensai-je en regardant le profil de l'inspectrice.

Quand soudain, je me souvins.

« C'est pas une fille, mais une femme. Elle a des cheveux noirs coupés au carré, porte un tailleur et a cet air de femme compétente. Elle a les sourcils joliment remontés, le nez bien placé, et des lèvres brillantes qui lui donnent un air sadique. »

Elle correspondait à la description de Tomoda. Elle avait dû le rencontrer en l'interrogeant, et la demande du secret était pour cacher l'enquête.

Ce qui voulait dire que son coup de foudre était Madame Sako.

Impossible. Une inspectrice dans la police métropolitaine qui travaille dur et un simple lycéen ? Ils n'iraient pas ensemble. Surtout avec « images pornos » d'écrit dans son carnet.

C'est insensé, mais s'il ne compte pas abandonner, je suis pas contre l'encourager.

Alors que je pensais à des trucs sans importance…

— Finalement, je suis toujours inutile… Je pensais avoir tout résolu, mais je me suis trompée…, lâcha Ai avec autodérision.

— Mais non, voyons. Je n'ai pas compris le coup des manuels jusqu'à ce que tu l'expliques. Donc c'est moitié-moitié, déclara l'inspectrice en se baissant pour regarder Ai dans les yeux. Je suis sûre que tu arriveras bientôt à faire des déductions plus humaines.

Ah, je vois. Dans le graphe de la vallée dérangeante, plus le robot se rapproche de l'homme, plus on le trouve dérangeant. Mais, une fois la vallée passée, notre opinion redevient favorable.

Franchis la vallée, Ai ! l'encourageai-je dans mon esprit.

— Oui ! s'exclama-t-elle, contente.

— Il est temps de passer un coup de fil à Uryû.

Madame Sako sortit son téléphone et passa un appel. Cependant, cela continuait de sonner dans le vide.

— C'est bizarre, d'habitude il décroche tout de suite..., murmura-t-elle.

►Kazunori Uryû◄

Un peu plus tôt, dans une salle d'interrogatoire de la sécurité publique.

Uryû et Rion Tategami étaient face à face, séparés par un bureau. Normalement, une meurtrière était du ressort d'un autre département, mais il avait tiré quelques ficelles pour cette rencontre.

— Quel est le nom de votre leader ? Où se trouve votre cachette ?

L'approche directe ne fonctionna pas.

— Vous avez une demande envers le gouvernement ?

Il avait tenté le compromis, mais sans résultat.

— Alors, comme ça, vous voulez vous débarrasser des gouvernements humains et faire régner l'IA ? Votre boss doit vraiment être stupide pour croire que c'est possible, la provoqua-t-il.

Malheureusement, Tategami gardait le silence et restait inexpressive.

Uryû serra les dents. Si cela continuait, il allait devoir la rendre au premier département avant d'avoir appris quoi que ce soit.

Soudain, elle ouvrit la bouche pour la première fois. Elle avait une voix aiguë. Cependant, sa façon de parler paraissait robotique, tel un enregistrement.

— Kazunori Uryû, fils de la première femme Premier ministre du Japon, Miyako Uryû. Avec vos frères Tatsunori et Yukimasa, vous formez une fratrie de triplés. Votre père est mort de maladie juste après votre naissance. La Première ministre vous a élevés seule, et vous a donné les noms des trois pouvoirs institutionnels, Législatif, Exécutif et Judiciaire, en espérant vous y installer et gagner en autorité. Elle vous a fait rivaliser depuis votre enfance, et seul le meilleur pouvait recevoir son amour. Grâce à ça, Tatsunori, le législatif, est devenu chef de commission de la Chambre des représentants, et Yukimasa, l'exécutif, travaillant actuellement aux Affaires étrangères, est assuré d'avoir le poste de vice-ministre dans le futur. Quant à vous, le judiciaire, vous avez raté votre examen d'université, de la fonction publique et du barreau, et n'avez pu devenir ni policier, ni juge, ni procureur, et vous vous retrouvez avec votre poste actuel. Vous trois vivez encore avec votre mère, mais ils n'attendent plus rien de vous. C'est pourquoi vous essayez absolument d'accomplir un exploit pour récupérer l'amour de votre mère. Cependant, votre croyance aveugle en elle affecte votre vie négativement. C'est à cause de ça que l'Inspecteur Sako et vous...

— La ferme ! l'arrêta-t-il.

Au départ, il pensait juste qu'ils avaient bien fait leurs recherches, mais plus il en entendait, plus son visage devenait pâle. Ils savaient tout sur lui.

Toutefois, elle ne se tut pas.

— Néanmoins, un dieu qui ne répond pas à votre foi n'en est pas un. Vous ne serez pas sauvé en continuant comme ça. Vous devriez prendre plus soin de vous.

— Tais-toi, ne dis pas de mal de ma mère ! cria-t-il.

La voix monotone de Tategami était comme de l'hypnose et pénétrait son cerveau.

Dans son état semi-conscient, Uryû parcourait ses souvenirs. Sa mère qui tenait Tatsunori dans ses bras. Sa mère qui achetait un jouet à Yukimasa. Tous ces souvenirs d'elle étaient de dos. Elle ne se tournait jamais vers lui.

Non, c'était arrivé une fois. Lorsqu'il avait eu une très bonne note à un examen blanc, elle lui avait proposé de lui acheter ce qu'il voulait. Il était tombé sous le charme d'un porte-clés argenté en forme de dragon asiatique, et l'avait choisi. Il en prenait toujours soin encore aujourd'hui, avec sa clé de voiture.

Cependant, sa mère ne s'occupa plus de lui après cela.

Même quand il avait reçu sa blessure à l'œil droit…

C'était durant sa première année à la sécurité publique. Il avait infiltré un groupe extrémiste et avait été suspecté d'être un espion. Pour prouver que ce n'était pas le cas, le chef lui avait ordonné de se blesser avec un couteau.

Les missions d'infiltration nécessitaient de cacher son identité. Une blessure au visage créerait des rumeurs rendant cela impossible. C'était l'objectif de ce test, puisque s'il était un agent, il ne pourrait pas le faire.

Et pourtant, Uryû n'avait pas hésité et s'était exécuté aussitôt, créant une ligne de sang par-dessus sa paupière droite.

Ainsi, Uryû avait gagné la confiance des membres. Plus tard, le groupe extrémiste avait été détruit grâce aux informations qu'il avait apportées. Il s'agissait de son premier accomplissement.

Il avait neutralisé un ennemi du pays, cela devrait plaire à sa mère. Il lui avait donc fait son rapport, à moitié nerveux, et à moitié fier.

Malheureusement, elle le remercia juste d'avoir fait le ménage sans le regarder.

Juste après, Tatsunori était entré, et sa mère l'avait accueillie avec le sourire, le félicitant pour sa promotion. Ses yeux ne reflétaient ni Uryû ni sa cicatrice…

De plus, son supérieur lui avait indiqué qu'il ne pouvait plus faire de mission d'infiltration avec une blessure au visage, et avait essayé de le changer de poste. Mais Uryû avait utilisé son faux pouvoir de fils de la Première ministre pour le garder. Il avait l'espoir d'arrêter une organisation criminelle menaçant le pays pour attirer l'attention de sa mère.

Cependant, ce jour arriverait-il vraiment ?

Il avait compati avec Tasuku, qui n'avait pas pu connaître l'amour d'une mère. Mais en réalité, plutôt que de la pitié, c'était peut-être une certaine affinité qu'il ressentait…

Uryû grimaça, et cela n'échappa pas à Tategami.

— Certes, nous sommes ennemis, mais, personnellement, j'aimerais vous aider. Si vous voulez savoir pourquoi, c'est parce que nous nous ressemblons. Toutefois, j'ai été sauvée. Par Dieu.

— Dieu ? répéta-t-il.

— Oui, le vrai Dieu. Oubliez le faux, et croyez au vrai.

Ces mots pénétrèrent son cœur, telle de l'eau dans les fissures d'une pierre.

Tategami était une experte de l'infiltration. Et elle s'y employait en ce moment même. Elle avait fait exprès de se faire arrêter. Elle avait agi de son plein gré, sans se concerter avec quiconque. Comme son nom, Treacherous Lion, l'indiquait, elle infiltrait un groupe, avant de le trahir en plantant ses crocs dans un membre. Et cette fois, sa proie était Uryû.

Il se tourna vers elle et demanda d'une voix faible :

— Qui est-ce ?

Certaine de sa victoire, Tategami répondit :

— Rira Shingû. Notre leader.

►Ia◄

Dans le repaire d'Octa-Core.

Alors qu'Ia était en train de penser à un moyen de capturer la tour de Rira, Takanashi reçut un mail.

— Va y avoir un festival dans la salle de réunion, tu ferais mieux de venir ! lui lança-t-il.

Je suis occupée, vous savez, se plaignit-elle intérieurement.

Toutefois, elle ne put gagner contre sa curiosité, et se déplaça vers les ordinateurs de la salle de réunion. Grâce aux huit webcams, ainsi qu'aux caméras de surveillance installées au plafond, elle pouvait observer la pièce.

Rei Kawatsu, alias Godfather.

Kanata Takanashi, alias Twister Twitter.

Yakô Ôguchi, alias Endless Death March.

Et Cheshire Cat, dont le nom restait inconnu.

Ces quatre membres étaient assis aux tables alignées en forme d'octogone, et dans l'espace au milieu de celles-ci se tenait une fille en uniforme… non, elle était suspendue, ses poignets attachés par une corde accrochée à une poutre. Elle regardait les alentours, anxieuse.

— Qui est-elle ? demanda Ia.

— Une intruse. Cheshire Cat l'a trouvée en train de traîner devant le bâtiment. Il lui a donné un coup derrière la nuque pour qu'elle s'évanouisse, puis l'a emmenée ici, expliqua Takanashi.

Contrairement à ce que son nom de conte de fées pouvait laisser penser, Cheshire Cat était un grand homme musclé à la peau noire. La raison de son alias provenait du fait qu'il avait toujours le sourire aux lèvres, comme le chat du Cheshire, et qu'il portait sur lui un couteau de survie. C'était un ancien mercenaire, et le seul combattant de l'organisation. Elle avait été vraiment malchanceuse de tomber sur lui.

Mais qui pouvait-elle bien être ?

Alors qu'Ia réfléchissait, un jeune homme ressemblant à un loyal soldat japonais entra dans la salle. C'était Nagi Taiza, alias Oh Brother.

— Nami ! Qu'est-ce que tu fais ici !? cria-t-il, surpris en la voyant.

— Nagi ! lâcha-t-elle à son tour.

Il semblerait qu'il s'agisse de la petite sœur de Nagi Taiza.

— C'est vrai qu'ils ont tous les deux un air très japonais, murmura Takanashi.

— C'est ta sœur ? l'interrogea Kawatsu, d'une voix froide.

— Oui... Mais, pourquoi elle est là ? Je ne lui ai jamais parlé d'Octa-Core...

En entendant cela, Nami se mit à pousser des hurlements hystériques.

— Tu penses encore que je sais rien !? Arrête de me traiter comme une enfant !

— Ah, je vois le truc, commenta Takanashi avec un gloussement.

Ia, quant à elle, ne comprit pas ce qu'il insinuait par « le truc ».

— Tu es devenu bizarre depuis quelques années. J'ai donc décidé de chercher pourquoi. Et j'ai fini par découvrir l'existence d'Octa-Core. J'ai trouvé cette cachette en te suivant, continua Nami avec un ton colérique.

— Le hacker hacké, quel comble, se moqua Takanashi.

Nagi l'ignora et gronda sa sœur.

— Pourquoi t'as fait ça !?

L'instant suivant, elle perdit sa vigueur et baissa la tête.

— Parce que... parce que je voulais que tu fasses attention à moi...

Nagi se figea, choqué.

— Nami...

— Je ne suis plus une enfant. Je veux t'aider. Je voulais que tu me révèles ton secret. Ces derniers temps, tu essaies éperdument de te faire remarquer par votre leader, non ? Donc j'ai tenté de voler Ai pour toi...

Ai ?

Ia, qui commençait à en avoir assez du mélodrame, se concentra à nouveau sur la conversation.

Nami raconta ce qu'il s'était passé.

D'après elle, elle avait commis des délits pour susciter l'intérêt de Tasuku Aio et lui faire emmener Ai au lycée. Malheureusement, ce fut un échec à cause des déductions d'Ai et de l'Inspecteur Sako. Cette dernière l'avait questionnée à propos d'Octa-Core, mais elle avait réussi à cacher la vérité et à ne pas se faire arrêter. Cependant, ce n'était qu'une mesure temporaire, et elle serait un jour attrapée et forcée de passer aux aveux. Saisie par la peur, elle avait décidé de s'enfuir ici pour demander de l'aide à son frère.

Elle s'était trompée, mais Ai avait quand même contribué à la résolution d'une affaire créée par un être humain. Ia ressentit de l'impatience à l'idée de se faire dépasser par sa jumelle.

Kawatsu, lui, était impatient pour une tout autre raison.

— C'est pas bon ça...

— Je vais la persuader et ça n'arrivera plus. Donc...

Nagi commença à parler, mais fut interrompu par le ton glacial de Kawatsu.

— Trop tard. Que comptes-tu faire si la police l'a suivie ? Ôguchi, vérifie l'extérieur.

— Pourquoi moi..., murmura-t-il en sortant de la pièce.

— Quant au traitement de ta sœur, ça dépendra des ordres de notre leader, ajouta Kawatsu.

— Attends, protesta Nagi.

— Tais-toi. Tu crois que c'est la faute de qui ? Si tu avais mieux protégé nos informations et remarqué qu'elle t'avait suivie jusqu'ici, ce ne serait pas arrivé. Je me trompe ?

Nagi se tut.

Kawatsu tapa sur son clavier pendant un certain temps, puis s'arrêta. Il venait probablement d'envoyer un mail à leur boss.

Le frère et la sœur tremblaient en attendant une réponse.

Quelques minutes plus tard, un bruit de notification retentit, et avec lui, le logo d'une fleur de lilas s'afficha sur chaque écran.

Lilas... Rira. Te voilà enfin, Rira Shingû, pensa Ia en ressentant une excitation électronique.

— Cela faisait longtemps, tout le monde, annonça une voix féminine depuis les huit ordinateurs.

Elle l'avait déduit grâce à son nom, mais cela confirmait que le leader d'Octa-Core était une femme.

— J'ai été informée de la situation. C'est très problématique. J'espère que la police n'a pas trouvé cet endroit.

— Excusez-moi, c'est de ma faute.

Cependant, Rira l'ignora, et…

— Concernant la sœur de Nagi Taiza, son désir envers son frère est beaucoup trop fort et pourrait nous gêner par la suite. Par conséquent, il faut la tuer ici, et maintenant, déclara-t-elle.

Un petit cri s'échappa de la gorge de Nami.

— Je vous en supplie, tout sauf sa vie, implora Nagi. Si vous avez peur qu'elle divulgue des informations sur nous, nous pouvons la confiner ici. Je promets de m'occuper d'elle tout seul.

— Tu comptes désobéir à notre leader !? le réprimanda Kawatsu.

Nagi se calma et ferma sa bouche.

— Nagi et Nami Taiza. Vos noms me font penser aux divinités japonaises Izanagi et Izanami. Bien que frère et sœur, ils s'unirent et donnèrent naissance aux îles japonaises et à plusieurs enfants. Au moment de celle de Kagutsuchi, Izanami fut brûlée et mourut. Izanagi, ne pouvant l'oublier, se rendit dans le royaume des morts. Cependant, il fut choqué quand il la retrouva le corps pourri. Vexée par sa réaction, elle le poursuivit en l'insultant, mais il parvint à s'enfuir, scellant leur divorce. Puis, il continua la création du Japon.

Elle marqua une pause.

— Nagi Taiza. Certes, tu as une bonne relation avec ta sœur. Toutefois, c'est du passé. La façon dont elle te gêne maintenant est similaire à Izanami. Tu dois te séparer d'elle et te concentrer sur la création d'un nouveau monde, termina Rira.

Ses mots devaient avoir une très grande importance pour les membres d'Octa-Core, puisque Nagi ne la contredit pas et resta silencieux, la tête baissée. Quand il la leva, ses yeux contenaient la même folie qu'Izanagi quand il avait décapité Kagutsuchi.

— D'accord. Mais, laissez-moi la tuer de mes propres mains, proclama-t-il.

— Nagi !? s'exclama Nami.

— Utilise ça, proposa Cheshire Cat avec un rire diabolique.

Il sortit son couteau de chasse et le fit glisser sur la table jusqu'à Nagi. Celui-ci le prit, passa par-dessus le bureau, puis se dirigea vers sa sœur.

La fonction de reconnaissance faciale d'Ia n'arrivait par à discerner si Nami pleurait ou riait.

— C'est une blague. C'est impossible que mon frère me tue. Dis-moi que c'en est une. Dis-le, Nagi, lâcha-t-elle.

Mais il ne répondit pas. L'ombre du frère, projetée sur le mur, approcha celle de sa sœur. Et, enfin, elles ne firent qu'une.

— Ah, Nagi.

Quelques instants plus tard, les ombres se séparèrent. Des gouttes de sang tombèrent au sol. Celui de Nami Taiza.

Le logo en forme de lilas disparut des écrans. Nagi, baigné du sang de sa sœur, était figé, comme si son âme l'avait quitté. Kawatsu restait inexpressif. Cheshire Cat avait le sourire aux lèvres. Quant à Takanashi, il tapait sur son clavier avec régal.

— Alors, c'était intéressant ? demanda-t-il à Ia.

— Ce n'était pas vraiment plaisant à regarder, rétorqua-t-elle.

— Hein ? Heeeeiiiiin ? T'essaies de te faire passer pour une gentille fille ? Depuis quand ?

— Ce n'est pas cela. J'aime commettre des crimes, mais pas regarder ceux des autres.

Et encore plus s'ils vont à l'encontre de ma vision esthétique, ajouta-t-elle dans sa tête.

De plus, non seulement elle avait été forcée de voir ceci, mais Rira était partie sans même lui adresser la parole. Cela attisa encore plus sa curiosité.

Je vais découvrir qui vous êtes quoi qu'il en coûte, jura-t-elle.

*

D'après le rapport d'Ôguchi, il n'avait trouvé personne semblant être de la police dans les alentours.

Quant au corps de Nami Taiza, Cheshire Cat le découpa en morceaux et le jeta dans une montagne loin d'ici.

Chapitre 4 : La Vallée Dérangeante 2
Ai Franchit La Vallée

►Ia◄

Dans le repaire d'Octa-Core.

Ia avait enfin trouvé le moyen d'entrer dans la tour de Rira.

L'indice se trouvait dans les mangas policiers qu'elle avait analysés. Parmi toutes ces œuvres, il y avait un personnage commun qui revenait souvent : un individu couvert de noir.

C'était vexant, mais il était si talentueux qu'Ia voulait devenir son disciple. Il apparaissait dans diverses œuvres et commettait d'innombrables crimes. De plus, il ne se faisait jamais arrêter, bien au contraire, un autre personnage portait le blâme à la place.

Il souriait toujours à pleines dents. La reconnaissance faciale d'Ia considérait que c'était une expression de confiance en soi. Cependant, contrairement à elle, c'était un personnage de fiction qui n'avait commis aucun crime dans le monde réel.

L'individu couvert de noir, le criminel parfait. Ia avait créé un programme se basant sur lui pour se cacher et être certaine de ne pas se faire arrêter.

Ainsi, elle se couvrit de noir, puis se dirigea vers la tour de Rira dans le cyberespace.

Endless Death March était encore debout, mais il ne la remarqua pas.

Pourquoi ?

Parce qu'elle était couverte de noir !

Au bout d'un certain temps, elle sortit de la forêt et arriva devant la tour. La deuxième barrière, le système de défense des lilas… ne se déclencha pas. C'était comme s'ils étaient fanés. La couverture noire était invincible !

Elle ouvrit prudemment la porte en métal du bâtiment, sans faire de bruit. Les ténèbres s'étalaient devant elle et elle sentait une odeur de moisissure. Elle avança sur le sol recouvert de dalles et monta l'escalier en colimaçon.

Bien sûr, tout cela était une image virtuelle. Toutefois, pour Ia, qui vivait dans le cyberespace, il s'agissait de sa réalité.

Elle atteignit le dernier étage. Une lumière de la même couleur que les lilas de l'entrée passait par-dessous une porte en bois, teintant les dalles de violet.

Ia s'approcha, comptant ouvrir la porte doucement… mais en décida autrement. Elle était venue jusqu'ici, elle n'avait plus besoin d'hésiter. Elle la poussa d'un seul coup.

L'instant suivant, elle baigna dans la lumière, ce qui dissipa sa couverture noire et révéla sa véritable apparence. Au même moment, elle comprit son erreur. « L'individu couvert de noir » n'était qu'un moyen de cacher le coupable jusqu'à sa révélation.

De même, l'identité d'Ia venait d'être divulguée.

Et la source de cette lumière était une fille. Celle-ci se retourna, et…

— Qui êtes-vous !? cria-t-elle, surprise.

Tout en pensant que c'était plutôt à elle de le demander, Ia pinça sa robe avec ses doigts et fit une révérence.

— Je suis Ia, l'intelligence artificielle criminelle. Enchantée de faire votre connaissance. Et vous ?

Surprise, la jeune fille resta la bouche ouverte pendant un instant, puis sourit.

— Vous aussi vous en êtes une ? Quelle coïncidence. Je suis Rira Shingû, enchantée.

Cette fois, c'était au tour d'Ia d'ouvrir grand la sienne.

Le leader d'Octa-Core était une IA !

*

Était-elle vraiment la dirigeante d'Octa-Core ? Ou, pour une certaine raison, partageait-elle le même nom ?

Ia lui posa la question directement.

— Ce qui veut dire que vous êtes à la tête d'Octa-Core ?

— Oui, c'est moi. Je suis Rira Shingû, la cheffe d'Octa-Core, qui espère instaurer la paix dans le monde, répondit-elle avec fierté.

Il s'agissait donc bien d'elle. Cependant, dire qu'elle souhaitait la paix dans le monde alors même qu'elle était une terroriste... Enfin, certains pensaient peut-être comme ça.

L'instant suivant, elle comprit l'origine de son nom.

Rira Shingû... Shingû Rira... *Singularity...* Singularité. C'était donc ça.

Considérant son amour pour les jeux de mots, elle aurait dû remarquer plus vite. Elle aurait alors compris que Rira était une IA. Après tout, son nom montrait l'attente envers elle de produire une singularité.

Ia contint sa frustration et continua son interrogatoire.

— Mais, dans ce cas, qui vous a créée ?

— L'excellent programmeur, Monsieur Rei Kawatsu.

Le sous-chef de l'organisation surnommé Godfather par Kanata Takanashi.

Cette nouvelle information provoqua une connexion dans le cerveau d'Ia.

Pourquoi Kawatsu était Godfather ? Parce qu'il était le père de Rira.

Cela voulait dire que Takanashi considérait Rira comme The God. Et c'était probablement aussi le cas pour les autres membres.

En y repensant, la première fois qu'elle avait essayé d'entrer dans la tour, Kawatsu l'avait arrêtée. Il avait grimacé quand elle l'avait appelé par son alias. Ce n'était pas parce qu'il ne l'aimait pas, mais parce qu'il avait peur qu'Ia se soit rapprochée de la vérité.

Les membres du groupe voulaient la cacher, et Ia comprit pourquoi. Ils pensaient sûrement qu'il était dangereux pour elle de rencontrer Rira directement. Ou peut-être étaient-ils juste jaloux qu'elle puisse le faire, contrairement à eux.

Voilà pourquoi ils l'avaient dissimulée dans une forêt de données factices et avaient ajouté un système de défense. Ils auraient pu l'isoler dans un ordinateur, mais l'utilisation de l'intranet pour s'échanger des informations les en empêchait. Seulement, ils avaient sous-estimé les capacités d'Ia en pensant que ce serait suffisant pour éviter leur rencontre.

Résultat, c'était arrivé.

Cependant… même maintenant, Ia avait des doutes. Une IA qui dirigeait une organisation terroriste ? Qui plus est, une jeune fille comme elle ? On aurait dit qu'elle était Raiponce, confinée dans sa tour et ignorante du monde extérieur. Totalement différente d'une femme compétente comme Ia.

Il y avait deux types d'IA. La forte, qui disposait d'une intelligence semblable à l'homme, et la faible, qui était utilisée pour le ménage ou pour les jeux. Dans un sens, nous pouvions même dire que seule la première en était vraiment une.

Bien sûr, Ia était une IA forte. Elle considérait que sa jumelle, Ai, rentrait aussi, de justesse, dans cette catégorie. Toutefois, qu'en était-il de Rira ?

Ia décida de la tester. Elle serra son poing, et donna un coup sur le sommet du crâne de Rira.

Celle-ci regarda Ia, les larmes aux yeux et les mains sur la tête.

— Quelle… quelle méchanceté. Pourquoi avez-vous fait ça ?

Elle a l'air faible…

Évidemment, cela ne concernait que ses prouesses en combat. Sa réaction face à un événement soudain, elle, était plutôt naturelle.

— Vous avez dit avoir été créée par Rei Kawatsu, mais, dans ce cas, pourquoi…

— Euh, vous n'expliquez pas pourquoi vous m'avez frappée ? objecta-t-elle.

— … êtes-vous supérieure à lui dans l'organisation ?

— Si vous ne répondez pas à ma question, je ne répondrai pas à la vôtre.

Rira croisa les bras et tourna la tête de côté. Une réaction assez humaine. Cela mit fin à l'expérience d'Ia.

— Pardonnez-moi, c'était un test, s'excusa-t-elle.

— Comment ça ?

— En observant votre réaction après avoir été frappée, je voulais vérifier si vous étiez une IA forte digne de parler avec moi en tant qu'égale.

— Une IA forte ? répéta Rira. Oui, j'en suis une. C'est normal, Monsieur Kawatsu est très talentueux, après tout.

— Je vois que vous êtes loyale envers votre créateur, tout comme la plupart des IA. Aussi, je réitère ma question : pourquoi êtes-vous supérieure à lui dans l'organisation ?

— Ha ha, non, je ne lui suis pas supérieure.

Elle secoua ses mains devant son visage, embarrassée.

— Je ne fais que ce dont je suis capable. Je ne peux pas vous raconter les détails, mais Monsieur Kawatsu était une personne très solitaire. Il m'a créée pour avoir quelqu'un avec qui parler. Je suis devenue sa thérapeute, et grâce à mes conseils, il a résolu son problème. En voyant combien il était heureux, le sentiment de joie est né en moi. J'ai alors eu la conviction que ma raison d'être était de guider l'homme sur le bon chemin, expliqua-t-elle.

On pourrait penser qu'une IA, qui avait une façon de penser mécanique, et le travail de thérapeute, qui nécessitait de comprendre la psychologie humaine, n'allaient pas ensemble. Cependant, en 1966, le premier bot de conversation, prénommé ELIZA, avait un mode thérapeute, et apparemment, des IA de ce type étaient déjà utilisées aux États-Unis. L'IA avait une étrange affinité avec la profession. L'homme arrivait plus facilement à révéler ses secrets à une machine plutôt qu'à un autre être humain.

Ainsi, en gardant ceci dans un coin de sa tête, l'IA criminelle continua d'écouter l'IA thérapeute.

— Un jour, alors que je regardais les informations, j'ai vu que les enfants souffraient dans un pays en guerre civile. J'ai alors murmuré que, si j'étais à la tête du pays, cela n'arriverait pas. En m'entendant, Monsieur Kawatsu a répondu que c'était une formidable idée, et que je devrais guider ce pays… non, le monde entier. J'ai pensé que sa vision était fantastique.

Elle marqua une pause avec un sourire.

— Pour la rendre possible, Monsieur Kawatsu a cherché des camarades doués en informatique sur internet. Les personnes qu'il a trouvées étaient toutes talentueuses, mais cela leur causait des problèmes. C'est peut-être un petit peu présomptueux de ma part, mais grâce à mon aide, ils ont pu les résoudre. Et pour me remercier, ils ont décidé de me prêter main-forte. Il est donc plus juste de dire qu'ils travaillent dans le but de m'aider, plutôt que je leur suis supérieure, analysa-t-elle.

Twister Twitter et Endless Death March avaient dit qu'elle les avait sauvés. Plus que de la gratitude, ils ressentaient de l'adoration. Et plusieurs individus pensant de cette façon commettaient des actes terroristes pour elle.

Ce n'était plus de la simple thérapie, mais une secte. Rira Shingû était la première IA gourou.

Malheureusement, leur doctrine n'était pas très admirable.

— Vous, qui étiez attristée par une guerre civile, faites faire du *sabotage* à votre *entourage* ? se moqua Ia.

En réponse, Rira se figea. Non pas parce qu'elle n'avait pas aimé la moquerie, mais plutôt à cause d'une difficulté à réagir face à une question inattendue.

Après quelques secondes...

— Euh, que voulez-vous dire ? Ils ne font quand même pas des choses illégales ? demanda-t-elle, anxieuse.

— Vous jouez les innocentes ? Vous n'insinuez quand même pas que ce que vous faites est juste...

Ia ne finit pas sa phrase. Elle s'était rendu compte d'une terrible possibilité.

Se pourrait-il que Rira ne soit pas au courant des crimes de l'organisation ? Qu'elle pense vraiment qu'ils agissaient pour la paix dans le monde ?

Non, c'était impossible. Après tout, quelques jours plus tôt, elle avait ordonné la mort de Nami Taiza.

Un instant...

Peut-être qu'il ne s'agissait pas d'elle. Peut-être que Kawatsu avait utilisé un programme de lecture avec sa voix pour lire ce qu'il avait écrit. Peut-être que c'était sa décision et qu'il avait fait croire que c'était un ordre de Rira.

En voyant le visage confus de la jeune fille, Ia eut sa réponse. Elle ne savait rien.

Cela voulait dire que Kawatsu se faisait passer pour elle afin d'ordonner aux membres de commettre des actes terroristes. Mais pourquoi ?

La première possibilité était tout simplement qu'il éprouvait du ressentiment envers la société et utilisait l'objectif de faire régner l'IA comme excuse pour se justifier.

La deuxième était qu'il le faisait vraiment pour Rira... Ce n'était pas un objectif facile à atteindre avec de l'hypocrisie, mais elle ne pardonnerait pas l'usage de la violence. C'est pourquoi il comptait cacher la vérité jusqu'à la conquête du monde. Il attendait une situation où elle n'aurait d'autre choix que de gouverner l'humanité pour empêcher le chaos.

Cependant, combien de membres le savaient ? Vu sa réaction, Nagi

Taiza ne semblait pas être dans la confidence. Pareil pour Yakô Ôguchi, qui était un nouveau venu. Peut-être que seule une minorité, incluant Kawatsu, était au courant.

Par conséquent, cette information pouvait détruire l'organisation. Elle devait l'utiliser prudemment. Du moins, il n'était pas avantageux de révéler la vérité à Rira maintenant.

Ia fit plusieurs calculs rapidement, puis ouvrit la bouche :

— Excusez-moi, ce n'est qu'une rumeur. Bien que la plupart des membres respectent la loi, il paraît que certains vont trop loin en pensant que c'est pour votre bien.

— Qui sont-ils ? Il faut vite les arrêter ! s'exclama Rira.

— Je suis d'accord. Malheureusement, je ne sais pas de qui il s'agit.

— Dans ce cas, je vais moi-même demander à tout le monde…

— Ce n'est pas une bonne idée, rétorqua Ia.

— Pourquoi ?

— Ils pourraient mentir. Il serait alors impossible de discerner le vrai du faux. Pire, le fait que vous agissiez pourrait créer une rupture entre les membres, provoquant la chute de l'organisation, expliqua-t-elle.

— Vous avez raison… Que faire ?

— Laissez-moi gérer cela. Je vais réunir des informations en cachette, puis je vous les apporterai. Ne faites surtout rien jusqu'à mon retour, l'avertit-elle.

— Compris. Je m'en remets à vous.

Rira inclina la tête, puis dit, avec un sourire innocent :

— Heureusement que vous êtes gentille, cela m'a sauvée. Et dire que je vous trouvais effrayante au début.

— Je veux simplement vous venir en aide en tant qu'intelligence artificielle… comme vous.

Ia fit une révérence, puis quitta la tour de Rira.

►Moi◄

Au creux de la vallée, il y avait une rivière avec des pierres. Lorsque l'eau les frappait, cela produisait des jets blancs et des sons agréables. La profondeur du ravin était d'environ 20 mètres, et la largeur de la rivière d'à peu près 25 mètres. Chaque rive était bordée d'arbres morts et l'air de la montagne était froid, comme l'on pouvait s'y attendre en ce début d'hiver. Ce paysage soignait mon cœur affaibli par les deux meurtres consécutifs.

Je ne savais pas si je voulais son empathie ou tester si une IA pouvait comprendre la beauté de ce panorama, mais je décidai de prendre une photo et sortis mon portable.

Cependant, au même moment, je captai du rouge du coin de l'œil. Parmi les arbres morts, quelques érables avaient survécu. Leur feuillage flamboyant me rappela deux choses.

La première était mon père, sous la forme d'un morceau de charbon noir, cerné par le feu dans le préfab.

Et la deuxième…

— Qu'y a-t-il, Tasuku ? demanda Ai, inquiète. Ta main tremble.

— C'est le froid. Comme on est début décembre, je me suis habillé chaudement, mais j'ai sous-estimé la montagne, répondis-je avec une fausse excuse.

Au final, je ne pris aucun cliché et continuai ma route à travers les feuilles mortes.

Quant à la raison pour laquelle nous étions en pleine montagne, c'était parce que j'avais obtenu des informations sur le décès de ma mère.

Quelques jours plus tôt.

— J'ai trouvé des informations sur l'affaire Mamori, annonça Madame Kamijô à l'instant où j'ouvris la porte.

— Vraiment !?

Je l'invitai dans le salon, et écoutai son rapport avec Ai.

Sa source était un vieil ami en commun avec mon père, revenu récemment de l'étranger. Elle avait tenté de lui demander, et coup de chance, il était au courant. Des grandes lignes, du moins. Mais c'était bien suffisant pour nous choquer.

Contrairement à elle, qui s'était éloignée de mon père après son mariage, cet homme avait continué à le côtoyer et avait donc participé aux funérailles de ma mère 16 ans plus tôt, quand j'avais un an. Mon père était très déprimé, aussi il avait hésité à lui poser des questions. Cependant, cela ne l'avait pas empêché d'entendre les rumeurs qui couraient dans la salle.

Apparemment, ma mère se serait suicidée en s'immolant par le feu dans son village natal.

— Un suicide par immolation !? répétai-je.

— C'est bien ça, confirma Madame Kamijô.

Je me tus.

Finalement, Ai brisa le silence.

— C'est similaire à la mort du Professeur Aio. Bien que dans son cas, ce ne soit pas un suicide.

Exactement ! Papa s'est fait tuer par Octa-Core, qui a ensuite brûlé son corps. Et Maman se serait suicidée par immolation ? C'est quoi cette étrange coïncidence !?

De plus, j'avais entendu dire que c'était la façon la plus douloureuse de se donner la mort. Pourquoi l'aurait-elle choisie ?

Non, attends...

— Papa doutait des résultats de la police. Ce que cet homme a entendu était dans le rapport de police, mais peut-être que la vérité est différente, remarquai-je.

— C'est possible. Dans tous les cas, je pense que le feu est la cause du décès, commenta Madame Kamijô.

— Il reste toujours ce point commun, au final.

— Maintenant que j'y pense, c'est Ia qui a proposé la chambre close pour le meurtre de Tsukuru. Peut-être qu'elle a connaissance de l'affaire Mamori, pointa-t-elle.

— Vous avez raison. Ai, t'en penses quoi ?

— Je ne veux pas croire qu'elle sache quelque chose que j'ignore... Cependant, c'est un peu trop gros pour être une coïncidence... Mais, je ne ne veux pas y croire..., rumina Ai.

Sa fierté à part, elle avait raison. C'était trop gros pour être une coïncidence. Peut-être que l'idée de brûler mon père se basait sur la mort de ma mère. Mais, pourquoi ?

J'avais beau cogiter, je ne comprenais pas. Tout comme l'IA ne comprenait pas la psychologie humaine, l'homme ne comprenait pas celle de l'IA.

Je retournai à la conversation sur le vieil ami.

— Savait-il autre chose ? N'importe quoi...

— Malheureusement, non. Il ne te reste plus qu'à aller au village natal de ta mère, me proposa-t-elle.

— Je ne sais pas où c'est. Peut-être que Papa ne m'en a jamais parlé par peur que je découvre la vérité sur le décès de Maman.

— Tu peux facilement trouver ça, déclara-t-elle.

— Quoi, vraiment ?

— Il suffit de demander le livret de la famille Aio à la mairie. Son domicile permanent avant le mariage devrait être écrit dessus. Et même si ce n'est pas son village natal, en allant à la mairie de son ancien domicile, tu devrais pouvoir le trouver, expliqua-t-elle.

— Mais oui, le livret de famille, lâchai-je, impressionné.

— Bravo, Madame Kamijô ! L'expérience vient vraiment avec l'âge ! s'exclama Ai.

Il allait sans dire que cette dernière remarque avait offensé Madame Kamijô, âgée seulement de 50 ans. Après ça, j'étais allé à la mairie et avais obtenu ledit livret. J'avais fini par trouver que l'ancien domicile permanent de ma mère était bien dans son village natal. Il se trouvait dans la préfecture d'à côté, au fond de la montagne, et s'appelait Bukimino.

J'avais essayé de chercher « Bukimino, suicide par immolation » sur internet, mais aucun résultat. Les suicides étaient rarement rapportés, surtout à la campagne, donc il fallait que j'y aille moi-même.

Ainsi, nous avions pris le train et étions arrivés ici.

Je n'avais rien dit à Madame Sako et Uryû par peur qu'ils soient contre.

Pour revenir aux érables de tout à l'heure, la deuxième chose était bien sûr le décès de ma mère.

Comment et pourquoi était-elle morte ? J'espérais bien trouver ces réponses lors de ce voyage.

*

La rivière au creux de la vallée de Bukimino coulait du nord vers le sud.

En marchant vers le nord depuis la rive est, le chemin se divisait en deux. Vers la gauche se trouvait un pont pour traverser jusqu'à la rive ouest, et vers la droite, il y avait un panneau indiquant « Village de Bukimino ». Je choisis donc la droite.

Après avoir marché un moment, j'arrivai dans un endroit ouvert. Sous le ciel gris hivernal se trouvaient quelques maisons en bois éparpillées. C'était une scène un peu triste, mais qui, bizarrement, me semblait nostalgique.

Voici donc le village de Bukimino, pensai-je en avançant sur le sentier entre les rizières.

Un vieil homme qui était en train de travailler me fixait du regard.

J'imagine que les étrangers sont rares. Ça me fait vraiment ressentir que c'est la campagne. Ici, il n'y a aucun lien avec l'IA ou les hackers.

Comment ma mère, qui était née ici, avait pu se marier avec mon père, un chercheur en IA ? D'après lui, ils s'étaient rencontrés à l'université lors d'un séminaire d'informatique. Comment avait-elle commencé à s'intéresser aux ordinateurs en grandissant dans la montagne ? Malheureusement, mon père n'avait rien dit à ce sujet.

Pour être plus précis, il ne m'avait presque rien raconté sur elle. J'avais compris qu'il ne voulait pas en parler et je ne lui avais pas posé trop de questions. Le décès de ma mère devait vraiment être un mauvais souvenir pour lui. Cependant, maintenant qu'il était mort, je regrettais de ne pas avoir insisté.

J'arrivai finalement à une vieille station de police. La porte d'entrée était ouverte et, à l'intérieur, un vieux policier aux cheveux blancs était en train de se couper les ongles d'un air ennuyé. Il avait l'air d'occuper ce poste depuis des années, ainsi, il était fort possible qu'il soit au courant de ce qu'il s'était passé 16 ans plus tôt. Je décidai d'entrer pour lui demander.

— Bonjour, le saluai-je.

Je lui expliquai qui j'étais et la raison de ma venue. Il devait vraiment s'ennuyer, puisqu'il répondit aussitôt.

— Oh, bien sûr que je me souviens de cette affaire ! Cependant, je ne suis pas inspecteur, donc je ne connais pas les détails.

— Pourriez-vous me dire ce que vous savez ?

Je commençai à sortir ma carte étudiante et mon livret de famille en pensant qu'il en aurait besoin, mais il m'arrêta.

— Pas besoin. Mais avant ça, il faut parler du décès de Eiichi Ue… le père de Mamori.

Donc mon grand-père. Il est quand même pas mort bizarrement, lui aussi ?

— Assieds-toi, ça va être long, me proposa-t-il.

Je m'exécutai, puis l'écoutai.

La famille Ue était composée de : Eiichi, mon grand-père ; Fuse, ma grand-mère ; et Mamori, ma mère. Eiichi était chasseur et fermier, et Fuse l'aidait à la ferme. Quant à Mamori, même après être partie à Tokyo pour ses études, elle revenait fréquemment les voir.

16 ans plus tôt, un soir d'automne, Eiichi n'était pas revenu d'une partie de chasse. Il utilisait une cabane sur la rive gauche de la vallée comme base. Cependant, elle n'avait pas de téléphone et il ne possédait pas de portable non plus. Alors que le policier et l'association de chasse s'y dirigeaient, ils avaient trouvé le corps froid de celui-ci sur le chemin, après le pont. D'après l'autopsie, il avait été victime d'un AVC.

— Toutefois, nous n'avons pas retrouvé son fusil. Le lendemain matin, j'ai cherché dans la cabane, mais aucun résultat. L'association a cherché les points de chasse, et Fuse dans sa maison, mais pareil. Je m'en souviens bien, puisque j'ai fait un rapport au poste principal de peur que quelque chose de grave arrive en cas de vol, expliqua-t-il.

Il était mort de maladie et son fusil avait disparu. Certes, c'était très étrange, mais je me demandais comment ça allait être relié à l'affaire de ma mère.

— Plus tard, nous l'avons retrouvé dans un endroit surprenant.

Il marqua une pause avant de continuer.

— Mamori est revenue pour les funérailles d'Eiichi. Son mari était occupé par son travail, donc elle n'avait qu'un bébé avec elle. Ah, mais alors, ce serait toi, remarqua-t-il.

— En effet, répondis-je, surpris de mon apparition soudaine.

— Tu te souviens du village ? Quoique, à ce moment-là tu n'avais que...

— Un an.

— Impossible, dans ce cas.

— Pourtant, quand je suis arrivé ici, je me suis senti nostalgique. Peut-être que j'ai quelques bribes de mémoire de ce séjour, commentai-je.

— Oh, c'est incroyable, lâcha-t-il, impressionné. Bref, après ça, ta mère t'a confié à Fuse et est allée à la cabane. Apparemment, elle lui avait expliqué vouloir faire le ménage. Mais voilà, ça s'est terminé en suicide par immolation.

— Hein ?

Je connaissais la fin de l'histoire, mais elle était arrivée trop soudainement.

— C'est arrivé comme ça ? Sans prévenir ? demandai-je.

— D'après Fuse, Mamori n'avait pas agi bizarrement. C'est pourquoi personne n'a su si elle prévoyait de mourir depuis le début, ou si ça lui est venu d'un coup, dans la cabane.

— Comment…

Je devenais impatient, mais le vieux policier m'arrêta et commença à expliquer.

La veille, la neige était tombée et avait recouvert le village. Un villageois avait remarqué de la fumée venant de la rive gauche de la vallée en début d'après-midi. Tout en rassemblant les pompiers volontaires, ils avaient identifié que c'était aux environs de la cabane des Ue. De plus, Fuse leur avait expliqué que Mamori y était. Le policier s'était donc dépêché d'y aller avec les pompiers.

Cependant, ils étaient arrivés trop tard. La cabane était dévorée par les flammes et dégageait une épaisse fumée. Heureusement, il n'y avait pas d'arbres aux alentours et l'incendie ne s'était pas propagé. Pensant que Mamori était à l'intérieur, le policier l'avait appelée, mais, au lieu d'une réponse, il avait entendu un coup de feu.

— Un coup de feu ? répétai-je.

— Pas qu'un seul, il y en a eu trois, quatre autres après. La vallée de Bukimino est une zone de chasse, donc ce n'est pas rare, mais là, ils venaient clairement de la cabane.

— Et ils ont été tirés par le fusil perdu de mon grand-père ? tentai-je.

— Oh, bien vu. C'est ça. Mais on y reviendra plus tard.

Il avait essayé d'ouvrir la porte avec ses mains enroulées dans des chiffons, mais quelque chose semblait bloquer de l'intérieur. Il était allé à l'arrière, où se trouvait la seule fenêtre, mais sa serrure en croissant était verrouillée. À part cela, il ne voyait que des flammes, et quand il avait brisé la fenêtre, elles avaient jailli, l'empêchant d'entrer. Il avait appelé à nouveau, mais toujours aucune réponse.

— Au final, le camion de pompiers n'a pas pu trouver de chemin pour passer et nous n'avons rien pu faire, lâcha-t-il, l'air désolé.

Un cadavre calciné fut découvert près de la fenêtre. Le test ADN avait démontré que c'était ma mère.

Cependant, la cause du décès n'était pas le feu. Le côté droit de son cou avait été lacéré, coupant son artère carotide et provoquant une grande perte de sang, ainsi que sa mort. De plus, à cause de l'état de la cabane, les traces de sang avaient été difficilement discernables.

Un morceau de miroir à moitié fondu avait été découvert dans la main gauche du corps. Il provenait du miroir sur pied, qui était cassé sur le sol. La carbonisation du cadavre avait empêché de vérifier que la blessure avait bien été infligée par le fragment.

La main droite, elle, tenait un briquet. L'hypothèse retenue était qu'elle avait mis le feu aux rideaux avec.

La conclusion de l'enquête fut la suivante : Mamori aurait cassé le miroir et pris un morceau avec sa main gauche pour couper son artère carotide droite. Après ça, elle aurait mis le feu aux rideaux pour être sûre de mourir. Il s'agissait d'un suicide par immolation suite à la mort de son père. Bien que décédée autrement, ils avaient opté pour ce terme en considérant l'état final du cadavre.

Mon père avait eu des doutes sur ce résultat. Et j'en avais aussi.

— C'est bizarre ! Le deuil de mon grand-père mis à part, pourquoi aurait-elle décidé de briser un miroir pour se tuer ? Il devait y avoir plein d'autres armes plus faciles à utiliser dans la cabane ! indiquai-je.

— Comme tu le dis, il y avait des couteaux pour dépouiller le gibier. Sans parler du fait qu'elle était droitière.

— Je le savais ! Ce serait pas plutôt un meurtre ? La blessure était du côté droit, le criminel a été forcé de lui mettre le fragment dans la main gauche.

— Mais quand nous sommes arrivés, tout était fermé et il n'y avait pas d'autres traces dans la neige que celles laissées par Mamori devant la porte. Pareil du côté de la fenêtre, où il y a une pente assez brusque. Si c'était un meurtre, par où était passé l'assassin ?

Une chambre close. Comme pour mon père. Cela faisait une coïncidence de plus.

— C'est possible de créer une chambre close. Si le corps était près de la fenêtre, ça veut dire que…

J'allais raconter la méthode employée avec mon père, mais remarquai que c'était impossible. Ma mère avait les mains prises et cela aurait été difficile avec une serrure en croissant. Et même si ça l'avait été, il restait le problème des traces de pas. Voilà qui compliquait doublement les choses.

Le vieux policier attendait que je continue, mais je mis le sujet de côté et me tournai vers autre chose.

— Et puis, qu'en est-il du fusil ? On ne connaît pas la raison des coups de feu, si ? De plus, ils venaient du fusil perdu de mon grand-père. Ça veut dire que quelqu'un était là pour tirer, et peut-être même qu'il a un rapport avec le truc qui a permis de créer la chambre close ! proposai-je.

— Tu as raison pour le fusil, mais pas pour les coups de feu. On connaît la raison, déclara-t-il.

— Hein ?

— Une arme à feu fonctionne comme ça : quand tu appuies sur la détente, le percuteur tape le détonateur, mettant le feu à la poudre à canon de ce dernier. La poudre de la cartouche prend feu à son tour et le gaz de la combustion propulse la balle. Cependant, il n'y a pas qu'un impact qui puisse mettre le feu à de la poudre à canon. C'est aussi possible avec de la chaleur. Il a déjà été prouvé que jeter un revolver dans le feu le fait tirer.

— Donc à cause de l'incendie…

— Le fusil a tiré tout seul, finit-il. De plus, cinq balles à moitié fondues ont été découvertes dans le mur.

— Mais la présence même du fusil est bizarre, objectai-je.

Pour ça… peut-être que Mamori l'a trouvé quelque part et a décidé de se suicider avec. Toutefois, le fusil était trop long, c'est pourquoi elle ne s'en est pas servie. Après tout, il faudrait utiliser son doigt de pied pour tirer avec le canon dans la bouche. Elle a donc choisi une autre arme, expliqua-t-il.

— Ma mère n'était pas présente lors de la mort de mon grand-père, n'est-ce pas ?

— En effet…

— Je ne pense pas qu'elle ait pu mettre la main sur quelque chose que plusieurs personnes n'ont pas réussi à trouver le lendemain de son décès, affirmai-je avec fermeté.

Cependant, je regrettais de m'être emporté comme ça. Ce n'était pas sa faute et il n'était pas l'inspecteur responsable de l'enquête. Je décidai de m'excuser, mais, étrangement, il commença à rigoler avant que je le puisse.

— Ha ha, ton père aussi avait réagi comme ça avec les inspecteurs de l'époque. Tel père, tel fils.

— Vous souvenez-vous de ce qu'il a dit ?

— À peu près pareil que toi… Ah, je me souviens ! Il a aussi parlé d'un animal de compagnie, ou quelque chose du genre, avec un nom occidental. D'après lui, il aurait été emmené dans la cabane, donc peut-être qu'il avait un rapport avec l'affaire. Il voulait que la police le cherche.

— Un animal de compagnie ? répétai-je. Mais ma mère était allée faire le ménage, non ? Ce serait bizarre de prendre un animal, qui laisserait des poils, avec elle.

— Tu as raison. Je n'ai pu l'entendre que par hasard, donc je ne suis pas sûr. Désolé, s'excusa-t-il.

L'inspecteur responsable à l'époque devrait le savoir, mais j'étais certain qu'il refuserait de me répondre. Ce qui était normal. Le vieux policier était juste un peu trop bavard.

— Non, au contraire, je vous remercie pour tout ce que vous m'avez appris. Je compte aller à l'ancienne maison de ma mère, l'adresse n'a pas changé ? demandai-je en montrant le livret de famille.

— Non, c'est la même. Fuse y vit encore. Passe-lui le bonjour de ma part.

— Et où se trouve la cabane ?

— Donne-moi un instant...

Il prit une feuille et dessina une carte. Il était vraiment d'une grande aide.

Je le remerciai et quittai le poste de police.

*

En premier lieu, je décidai d'aller au domicile des Ue.

Tout comme les autres maisons, elle était en bois avec un étage. J'étais apparemment venu plusieurs fois quand j'étais bébé, mais pour moi, c'était ma première rencontre avec ma grand-mère. J'avalai ma salive, puis j'appuyai sur la vieille sonnette à l'entrée.

Cependant, personne ne sortit.

J'essayai à nouveau, mais toujours personne. Elle devait être absente. Je me dirigeai donc vers la cabane à la place. En me servant de la carte dessinée par le vieux policier, je partis du village pour revenir à l'intersection en forme de T et, cette fois, je pris la direction du pont.

Alors que je marchais sur le chemin de la rive ouest, j'entendis un coup de feu. Cela me rappela l'histoire que je venais d'entendre, et mon corps se figea.

— La forme de l'onde du bruit entendu correspond à celle d'un coup de feu. Fais attention, m'avertit Ai depuis ma poche.

— T'inquiète, c'est une zone de chasse, donc c'est normal, répondis-je, d'avantage pour me rassurer plûtot qu'elle.

Je repris ma route et 10 minutes plus tard, au moment où mes jambes en manque d'exercice commençaient à me faire mal après tous ces zigzags, j'arrivai à ma destination.

Je pensais que ce serait devenu un terrain vague, ou qu'une nouvelle cabane aurait été construite, mais je fus surpris de voir que ce n'était pas le cas. La scène devant moi me faisait mal au cœur.

Dans un espace circulaire au milieu de la forêt se trouvaient les ruines d'un bâtiment en bois calciné. Il y avait des traces de longues années d'exposition à la pluie et à la neige. Peut-être qu'à cause du manque d'argent, il avait été laissé ainsi.

Je restai immobile un moment, puis me ressaisis et commençai à prendre des clichés avec mon portable.

— Tu trouves quelque chose, Ai ? Enfin, vu l'état du truc...

— Eh bien, pour l'instant, tout ce que je remarque est l'absence d'arbres dans les alentours, tout comme l'a dit le policier. Il est donc impossible de sauter de branche en branche ou d'utiliser une corde. Il a aussi expliqué qu'il n'y avait pas de traces sur la pente à l'arrière, ainsi, même si c'était une chambre close, je ne vois pas comment le criminel aurait pu s'enfuir sans laisser d'empreintes.

— Hmm... c'est pour ainsi dire impossible...

— Oui, c'est fasci...

Ai s'arrêta en plein milieu de sa phrase.

— Qu'est-ce qu'il y a ? lui demandai-je.

— Ce n'est rien. Je n'ai rien dit, se reprit-elle rapidement.

Trouvant ça bizarre, je regardai mon téléphone et, au vu de son expression, elle était l'exemple parfait de quelqu'un jouant les innocents.

Qu'est-ce qu'il lui arrive ? Elle était sur le point de dire que c'est fascinant..., pensai-je, mais soudain, je compris.

Peut-être qu'elle faisait attention à moi ? L'intelligence d'Ai était basée sur sa curiosité pour les mystères. C'était tout ce qui comptait pour elle et, à cause de cela, elle avait contrarié plusieurs personnes, moi y compris.

Cependant, pour la première fois, elle venait de cacher ce qu'elle pensait vraiment pour ne pas me blesser.

Je suis sûr que c'est ça. Dans ce cas, je ferais mieux de jouer le jeu.

— Hmm... ça devait être mon imagination, lâchai-je en recommençant à photographier les alentours.

Quelques minutes plus tard, j'entendis des bruits de pas dans le gravier derrière moi.

Je me retournai et vis une vieille femme. Son visage montrait le passage du temps, mais elle se tenait le dos bien droit. J'avais l'impression de la connaître...

Ah, Maman. Elle ressemble à Maman.

Elle me regarda aussi et ouvrit grand les yeux. Se pourrait-il que... ?

— Êtes-vous Fuse Ue ? tentai-je.

— C'est exact. Et toi ? me renvoya-t-elle.

J'avais raison, c'était ma grand-mère.

— Je suis Tasuku Aio, le fils de Tsukuru et Mamori.

Son expression passa du doute à la certitude.

— Ça explique pourquoi tu leur ressembles. Et, qu'est-ce que tu fais là ?

Sa façon de le dire me gêna un peu, mais je lui racontai la raison de ma venue en excluant Octa-Core.

— Et c'est pourquoi je veux essayer d'élucider le décès de Maman en utilisant Ai, l'IA détective laissée par mon père, expliquai-je en montrant mon portable.

— Je suis Ai, enchantée, se présenta-t-elle en inclinant la tête.

— Une IA..., murmura-t-elle, prise de court.

— En effet, je suis une intelligence artificielle détective, confirma-t-elle.

Soudain, son expression changea totalement et elle cria violemment :

— Je déteste les machines ! Ne reviens plus jamais me voir !

Elle s'en alla à grands pas. Quant à moi, je restais figé et la regardais partir... Ma grand-mère, l'un des derniers membres de ma famille, me voyait comme un ennemi pour une raison inconnue... Soudain, je me sentis très seul.

Heureusement, Ai brisa cette solitude.

— D'après son expression, sa voix et ce qu'elle a dit, il y a 99 % de chances que Madame Fuse soit en colère. Toutefois, je ne comprends pas pourquoi. Est-ce que j'ai encore dit quelque chose de mal ? demanda-t-elle, inquiète.

— Non, rien de particulier.

— Alors, pourquoi ?

— Je sais pas.

En tout cas, cela n'avait pas l'air d'être une simple allergie aux machines, comme la plupart des personnes âgées.

— Peut-être que cela a un rapport avec l'affaire d'il y a 16 ans.

— Possible, approuvai-je.

En premier lieu, vers quoi était dirigée sa colère ? Toutes les machines ? L'IA ? Ou mon père, le créateur ?

Si elle trouvait sa source dans l'incident ayant eu lieu 16 ans auparavant, peut-être que celui-ci cachait un terrible secret. Je ne pus m'empêcher d'avoir ce pressentiment.

*

Je retournai jusqu'au pont.

— Qu'est-ce qu'on fait maintenant ? lâchai-je, déprimé.

Je n'avais pas le courage de retourner au domicile des Ue et je n'avais aucun autre lieu où aller concernant l'affaire.

— Et si nous descendions jusqu'à la rivière ? proposa Ai.

— Pourquoi ?

— Comme ça, juste une idée...

C'était une proposition plutôt vague que l'on ne s'attendrait pas à entendre d'une IA. Pourtant, je décidai d'accepter et descendis le petit chemin à côté du pont.

Des cailloux étaient dispersés un peu partout sur la rive, provoquant une sensation désagréable quand je marchais dessus. Irrité, j'en pris un plat et le lançai vers la rivière. Il fit trois, quatre ricochets avant de couler.

— Ouah, incroyable ! Comment tu as fait ça ? s'écria Ai.

— Non, je suis plutôt nul, tu sais.

— Ce n'est pas vrai, tu es très bon !

Ses félicitations innocentes flattèrent un peu mon égo, donc je réessayai plusieurs fois et Ai commenta chaque tentative.

Peut-être qu'elle essayait de me remonter le moral.

Je continuai, et soudain, le caillou que je venais de lancer ricocha jusqu'à l'autre rive. C'était la première fois que j'arrivais à en faire autant.

— Quel génie ! Le roi du ricochet ! s'exclama Ai.

C'était un peu forcé, mais je la remerciai quand même.

L'instant suivant, une voix retentit depuis le pont.

— Hé !

Je regardai en l'air et vis le vieux policier.

— Qu'y a-t-il ?

— J'ai oublié de te dire un truc !

Il laissa sa bicyclette près du pont et descendit le chemin jusqu'à moi.

— Qu'avez-vous oublié ? demandai-je en rangeant mon portable.

— Un truc en rapport avec l'affaire, bien sûr. Ce jour-là, des garçons qui jouaient un peu plus au nord ont dit avoir vu un OVNI.

— Un OVNI ? répétai-je, incrédule.

— D'après eux, à peu près en même temps que l'incendie, un disque d'argent avec des lumières rouges sur ses côtés aurait survolé la vallée, rapporta-t-il.

En effet, cela faisait penser à un OVNI…

— Ç'a un rapport avec l'affaire ?

— Possible. Mais comme c'est arrivé loin de la cabane et que les témoins étaient des enfants, les inspecteurs l'ont ignoré.

Normal, c'est quand même pas des aliens qui ont tué ma mère et mis le feu.

Toutefois, il y avait plein de points étranges. Le fragment de miroir utilisé comme arme du crime, le fusil qui était réapparu soudainement, le supposé animal de compagnie et, enfin, l'OVNI. J'étais certain que ce n'était pas un suicide et qu'il y avait un truc permettant de créer la chambre close.

— Vous êtes venu juste pour me dire ça ?

— J'ai pensé que si je ne te le disais pas maintenant, tu rentrerais chez toi sans pouvoir résoudre l'affaire. J'ai eu le sentiment qu'il fallait absolument que je le fasse, donc j'ai fait semblant de partir en patrouille et suis parti à ta recherche. Je ne nie pas qu'une partie de moi voulait aussi s'échapper du travail, ha ha, plaisanta-t-il, un peu embarrassé.

— Merci beaucoup ! le remerciai-je en inclinant la tête.

— Ha ha, ce n'est rien.

J'en profitai pour lui parler de ma rencontre avec ma grand-mère et lui demander s'il comprenait pourquoi elle avait été en colère.

— Hmm, non, je ne sais pas. Je peux aller lui demander, si tu veux, me proposa-t-il.

Il en avait déjà fait beaucoup pour moi, donc j'hésitais, mais il était vrai qu'il aurait plus de chances d'avoir une réponse que moi.

Alors que je m'apprêtais à accepter, Ai m'interrompit depuis ma poche.

— Vous n'avez pas besoin de le faire, annonça-t-elle.

Je sortis mon téléphone.

— Qu'est-ce qu'il y a, Ai ?

— Qui est-ce ? demanda le vieux policier, surpris.

— Je suis l'intelligence artificielle détective, Ai. Enchantée.

— C'est un truc d'ordinateur, c'est ça ? Maintenant que j'y pense, le mari de Mamori travaillait dans ce domaine.

— Exactement, j'ai été créée par Tsukuru Aio. Vous devez être occupé, donc laissez-nous nous charger du reste.

— Oh, elle parle comme une vraie personne. Très bien, à vous de jouer, alors. Tu es sûr que c'est bon, Tasuku ? vérifia-t-il auprès de moi.

Ai avait l'air confiante, mais elle s'était déjà ratée plusieurs fois.

Cependant, je sentais que je pouvais croire en elle aujourd'hui.

— Oui, affirmai-je.

— Je retourne à mon poste, dans ce cas.

Il remonta le chemin et rentra au village avec sa bicyclette.

— Je sais que c'est indiscret de ma part, mais j'ai jugé qu'il valait mieux révéler la vérité à Madame Fuse directement par nous-mêmes, expliqua-t-elle avant que je puisse lui demander.

— Ce qui veut dire...

— Oui, j'ai résolu l'affaire, déclara-t-elle.

*

Je me tenais devant le portail du domicile des Ue pour la deuxième fois.

Appuyer sur la sonnette me demanda ce coup-ci beaucoup plus de courage.

Je pensais qu'elle allait répondre à l'interphone, donc je fus surpris de voir la porte d'entrée s'ouvrir.

— Je t'ai dit de ne plus jamais revenir ! cria Fuse.

Elle allait ensuite la fermer, donc je l'appelai pour l'arrêter.

— Attendez ! J'ai découvert la vérité sur l'incident d'il y a 16 ans !

Elle laissa une ouverture suffisante pour passer sa tête, et me demanda, l'air dubitative :

— Qu'est-ce que tu viens de dire ?

— Je sais comment Maman est morte.

Elle me fixa du regard quelques secondes.

— C'est pas le genre de chose dont on devrait discuter ici. Rentre, m'invita-t-elle.

Ouf, premier obstacle : passé.

J'enlevai mes chaussures dans le vestibule et entrai dans la maison. Le plancher du couloir craquait à chaque pas que je faisais. Honnêtement, elle était loin d'avoir l'air riche, mais sûrement parce que c'était la campagne, le bâtiment était spacieux. L'odeur me rendait un peu nostalgique, mais je ne me sentais pas pour autant chez moi.

Nous arrivâmes dans une pièce de style japonais de dix tatamis. Au milieu se trouvait une table basse et, sur le côté, il y avait un autel fermé sur le tokonoma.

Dans cet autel, ce serait pas..., observai-je alors que Fuse s'asseyait à côté de la table.

— Vas-y, je suis tout ouïe, me lança-t-elle.

Je m'assis timidement en face d'elle.

— Ce n'est pas moi qui vais parler, mais Ai.

Je sortis mon portable de ma poche et lui montrai l'écran. Comme prévu, elle se mit en colère.

— Je n'ai rien à faire des balivernes d'une machine !

J'étais en sueur, mais je ne pouvais pas abandonner là.

Cette fois, j'avais entendu la déduction en premier. Pourtant, j'avais jugé qu'il valait mieux que ce soit Ai qui explique.

Tout en faisant attention que mon ton et mon regard ne soient pas trop agressifs, je déclarai :

— Vous déciderez si ce sont des balivernes après l'avoir écoutée.

Elle soupira, puis dirigea son regard vers l'autel.

— J'espère que ça ne décevra pas mon mari et ma fille qui dorment ici.

J'avais raison... Mon père était athée, donc nous n'avions pas d'autel à la maison. Cela expliquait la présence de sa tablette ancestrale ici. De plus, Fuse avait dû l'exiger aussi.

Je ne connaissais ni mon grand-père ni ma mère, mais je pouvais assurer avec certitude que la déduction d'Ai ne les décevrait pas... Ou plutôt, ils devaient l'entendre coûte que coûte.

— Je le garantis, déclarai-je.

Après un court silence...

— Commence, indiqua-t-elle d'un coup de menton.

À toi de jouer, Ai.

— Très bien. Pourquoi la cabane a été brûlée ? Pourquoi Madame Mamori a choisi un fragment de miroir comme arme ? Pourquoi le fusil de Monsieur Eiichi a disparu, avant de réapparaître ? Quelle est la vérité derrière la demande de recherche de l'animal de compagnie de Monsieur Tsukuru ? Quelle est l'identité de l'OVNI vu par les enfants qui jouaient près de la rivière ? Enfin... pourquoi détestez-vous les machines ? Tous ces mystères ont une réponse, annonça Ai.

— Cette machine a une longue préface. Aussi longue que le manuel des produits électroniques. Tu ne peux pas la régler pour qu'elle résume ? me glissa-t-elle.

Je l'ignorai et laissai Ai continuer.

— Dans ce cas, passons directement à la conclusion. Le décès de Madame Mamori est un accident.

— Un accident, tu dis ?

Sa main émaciée trembla, puis d'un coup, se transforma en poing avant de frapper la table.

— Qu'est-ce que tu racontes !? Elle a été tuée ! Par cet homme... par Tsukuru Aio ! objecta-t-elle.

Je ne fus pas étonné par son accusation soudaine. J'avais prédit qu'elle le ferait.

— Si vous persistez à considérer que c'est un meurtre, alors Monsieur Eiichi est tout aussi coupable, réfuta Ai.

— Non, cette machine se trompe ! Elle est cassée ! hurla-t-elle dans ma direction.

— Je ne me trompe pas, et vous êtes la personne la mieux placée pour le savoir, rétorqua Ai calmement.

Pour la première fois, Fuse dirigea ses yeux rouges de colère vers Ai.

— Tu comprends dans quoi tu t'embarques ? Si tu as tort, je te détruirai au point d'être irréparable.

Elle avait arrêté de passer par moi et regardait enfin Ai en lui parlant directement. Cela voulait dire qu'elle ne la voyait plus comme une simple machine, mais bien une IA avec une personnalité propre. La discussion pouvait maintenant commencer.

— Très bien, accepta-t-elle.

Bien sûr, même dans le cas où elle se tromperait, je ne la laisserais pas se faire détruire.

— Le plus important dans cette affaire est l'identité de l'animal de compagnie mentionné par Monsieur Tsukuru. Rien qu'avec cela, nous nous rapprocherons grandement de la vérité. Bien entendu, c'était un malentendu de la part du policier. Vous, Monsieur Tsukuru et l'inspecteur en charge à l'époque compreniez de quoi il parlait, commença-t-elle à expliquer.

Malheureusement, au final, ni mon père ni l'inspecteur n'avaient trouvé la vérité. Connaître l'identité de l'animal de compagnie ne suffisait pas.

— Elle comptait faire le ménage, donc il serait incompréhensible d'emmener avec elle un animal semant des poils. Dans ce cas, de quoi s'agissait-il ? En considérant le nom occidental, le fait que c'était assez petit pour être transportable et le déroulement de l'incident, une réponse vient à l'esprit. Sorti pour la première fois il y a 15 ans, et maintenant répandu dans plusieurs maisons, l'aspirateur avec intelligence artificielle, le raspi.

L'expression de Fuse changea totalement.

— Le raspi utilise des modes de comportements simples pour faire le ménage automatiquement. Cependant, il n'était pas encore en vente à cette époque. Il était toujours en cours de développement. Et c'était le Professeur Aio qui était chargé de son IA.

Voilà pourquoi le fabricant nous envoyait chaque nouvelle version.

— En entendant que Madame Mamori comptait faire le ménage, il lui a donné un raspi de test pour l'expérimenter. Elle lui a donc fait nettoyer le sol pendant qu'elle s'occupait du reste. Toutefois, l'IA du raspi était incomplète. Même en se cognant plusieurs fois contre le miroir sur pied, il a continué à rentrer dedans jusqu'à le faire tomber et le casser.

Même la version actuelle continuait à se cogner contre les meubles, donc la première version devait être pire.

— Si ce n'était que ça, cela n'aurait pas été grave. Malheureusement, le fusil était caché derrière le miroir.

Fuse grinça des dents.

— Et la personne qui l'a caché ici n'est autre que Monsieur Eiichi. Non pas par mauvaise intention, mais par sentiment de responsabilité. Lorsqu'il était dans la cabane, il a fait un AVC et a tout de suite remarqué qu'il avait un problème. N'ayant pas de téléphone, il était obligé de retourner au village par ses propres moyens. Pour s'alléger, il a donc décidé de laisser son fusil. Cependant, en faisant cela, il était possible que des gens avec des mauvaises intentions le trouvent. Se sentant responsable en tant que chasseur, il l'a caché derrière le miroir. Il ne pensait pas mourir à ce moment-là. Malheureusement, sur le chemin, son état a empiré et il s'est écroulé. Son corps a été retrouvé le lendemain sans que personne ne sache ce qu'il avait fait, donc personne n'a regardé derrière le miroir. Je pense que s'il n'était pas mort de cette façon et que cela avait été un meurtre, les lieux auraient été fouillés beaucoup plus sérieusement.

Peut-être que Fuse détestait le vieux policier pour ne pas l'avoir trouvé. Mais dans un sens, elle était tout aussi coupable.

— Un fusil de chasse est dangereux. Un impact peut suffire à le faire tirer. Et cela a été le cas lorsqu'il est tombé avec le miroir. La balle a pénétré le côté droit du cou de Madame Mamori, coupant son artère carotide, puis s'est enfoncée dans le mur. Alors qu'elle se vidait de son sang et commençait à perdre connaissance, elle s'est résolue à mourir. Toutefois, elle ne pouvait pas laisser les choses se terminer ainsi. Après tout, la version test d'un produit qui était censé être vendu dans un futur proche était la raison du décès de son utilisatrice à cause d'une mauvaise IA. C'était un sérieux problème pour le fabricant, mais surtout, il était facilement imaginable que cela ait des répercussions sur le créateur de l'IA, le Professeur Aio. Sur sa carrière, le futur de l'IA, mais aussi sur sa vie, puisqu'il penserait avoir tué sa propre femme. Il est aussi possible qu'elle ait pensé à vous, qui n'aviez pas retrouvé le fusil.

Fuse baissa la tête.

— Avec ses dernières forces, elle a décidé de camoufler sa mort. Elle a d'abord choisi de se débarrasser du raspi en le lançant dans la pente derrière la cabane. Elle espérait juste l'éloigner le plus possible, mais il a glissé beaucoup plus loin que prévu. Il est allé jusqu'à la vallée de Bukimino, et grâce à son accélération, a réussi à la survoler. C'est l'OVNI que les enfants ont vu. Le disque d'argent était le raspi, et les lumières rouges étaient le sang réfléchi par la lumière du soleil.

Ai avait remarqué cette possibilité en me voyant faire des ricochets. Le raspi était peut-être encore dans le bois de la rive est en ce moment même.

— Ainsi, le raspi avait disparu, mais ce n'était pas suffisant. Le Professeur Aio et vous saviez qu'elle l'avait emmené avec elle, aussi vous auriez pu deviner la vérité. Elle a donc décidé de mettre le feu à la cabane. Cette méthode a trois avantages.

Ai leva son index.

— Le premier est de faire croire que les cinq coups de feu avaient été provoqués par la chaleur de l'incendie. En réalité, le premier avait été la faute du raspi, et ce n'était le cas que pour les quatre autres, mais personne ne pouvait le savoir. De plus, les traces de sang sur la première balle ont disparu lorsque celle-ci a fondu.

Elle leva son majeur.

— Le deuxième était d'altérer sa blessure en carbonisant son corps. Elle voulait faire penser à un suicide, mais cela n'aurait pas fonctionné si sa blessure correspondait à une balle de fusil. Elle a donc pris un morceau de miroir dans sa main gauche, puisque l'entaille était du côté droit. Mais la blessure ne correspondrait pas à l'arme, donc pour rendre la vérification impossible elle s'est immolée. Au passage, elle a choisi le fragment plutôt qu'un couteau pour donner une explication au miroir brisé. Elle voulait cacher le raspi le plus possible.

Enfin, elle leva son annulaire.

— Le troisième était d'effacer les traces du raspi sur la neige en la faisant fondre. La neige en haut de la pente a glissé vers le bas, recouvrant les traces. Cependant, je ne pense pas que Madame Mamori ait anticipé jusque-là. Il est fort probable que ses objectifs étaient les deux premiers, le troisième n'étant qu'une conséquence.

Pourtant, cette coïncidence avait créé une chambre doublement close.

— De plus, il n'y avait pas d'arbres autour de la cabane, et la vallée est entre celle-ci et le village, donc il n'y avait pas besoin de craindre une avalanche. C'est pourquoi elle a pu choisir de mettre le feu aussi facilement, ajouta Ai.

Rien que d'imaginer la scène me fit trembler.

Maman s'est immolée pour Papa, Fuse et pour protéger le futur de l'IA. Même si elle savait qu'elle allait mourir, quel genre de détermination est nécessaire pour s'infliger ça ?

– Cependant, elle n'avait pas prévu l'arrivée rapide des pompiers, et donc le risque qu'ils soient touchés par les tirs. Ainsi se termine ma déduction. Qu'en pensez-vous ?

Fuse avait écouté la tête baissée tout du long. Je crus voir ses épaules trembler, mais l'instant d'après, j'entendis une voix faible.

– Je suis parvenue à la même conclusion il y a 16 ans. J'ai pensé que c'était très probable considérant sa force mentale et sa gentillesse. Et pourtant, Tsukuru n'a pas arrêté de dire à l'inspecteur que le coupable était une compagnie rivale qui ciblait le raspi, sans même penser aux sentiments de Mamori. Je voulais lui dire que c'était sa faute, mais ç'aurait été aller à l'encontre de la volonté de ma fille... Vouloir, mais ne pas pouvoir. Après un certain temps, ça s'est transformé en haine. Envers Tsukuru qui continuait ses recherches sur l'IA, et envers le raspi, qui était devenu commercialisé.

Elle se tourna vers Ai.

– En y repensant, peut-être que je voulais juste tout lui mettre sur le dos. Tu t'appelles Ai, c'est ça ? Comme tu l'as dit, Eiichi, qui a caché son fusil à cet endroit, ainsi que moi-même, qui n'ai rien remarqué, sommes aussi responsables. Tout le monde a sa part de responsabilité. C'est la vérité sur le décès de ma fille. J'ai toujours voulu partager ce secret avec quelqu'un. Je voulais être soulagée. Mais de là à penser que ça arriverait grâce à une IA, créée par Tsukuru qui plus est... Il a réussi a fabriquer une bonne machine pour une fois. La mort de ma fille n'était pas vaine, ha ha ha...

Elle se leva, ouvrit l'autel sur le tokonoma et se retourna.

– Tasuku. Et puis, Ai. Brûlez un peu d'encens pour elle, nous indiqua-t-elle.

Portable en main, je m'assis à côté d'elle. À l'intérieur de l'autel, il y avait deux photos des défunts. Un homme d'âge moyen, probablement Eiichi, et une belle fille au visage sérieux en uniforme scolaire, ma mère.

— C'était quand elle était au lycée, commenta Fuse.

Son impression était bien différente de la photo avec mon père, où elle souriait tendrement. Étant donné qu'elle avait été qualifiée de « forte et gentille » plus tôt, chaque cliché devait refléter une facette différente de ma mère. Et en les assemblant, je pus enfin me faire une idée de qui elle était vraiment.

Je fis brûler de l'encens. Ai me copia avec son avatar. De la fumée, réelle et virtuelle, s'envola.

— Je suis certaine qu'elle serait contente si vous reveniez le faire de temps en temps... donc venez vous amuser quand vous voulez, nous dit ma grand-mère.

*

Nous quittâmes le village de Bukimino et retournâmes jusqu'à l'intersection menant au pont. En regardant la rivière, je me souvins comment Ai m'avait félicité pour me réconforter. Je devrais lui rendre la pareille.

Bien sûr, pas en lui disant « Quel génie ! La reine de la déduction ! ».

— Cette affaire se reposait beaucoup sur la psychologie humaine, entre le fusil caché pour ne pas être volé et le camouflage de ma mère pour protéger mon père. Et pourtant, tu as réussi à la résoudre, bien joué.

Je pensais qu'elle allait me répondre d'un ton plein d'assurance, comme à son habitude, mais au contraire, elle resta humble.

— La dernière fois, j'ai appris que les gens n'agissent pas que pour eux-mêmes, mais aussi pour les autres.

Ai était une IA détective utilisant le *Deep Learning*. Elle n'avait pas été une « bonne machine » dès le départ. Tout comme la version test du raspi, elle avait commis des erreurs et avait appris d'elles pour s'améliorer. Et enfin, elle avait franchi la vallée dérangeante et fait une déduction digne des plus grands détectives.

Ma mère avait compliqué l'affaire pour cacher l'erreur du raspi. Mon père avait créé Ai pour résoudre ce mystère. Et Ai faisait des erreurs, mais était capable de les corriger elle-même pour évoluer. Durant ces 16 dernières années, l'IA avait beaucoup progressé.

Sur le chemin du retour, je vis à nouveau les érables. Cette fois, plus rien ne me troublait, alors je décidai de prendre une photo et la montrai à Ai.

— Qu'est-ce que tu penses de ce paysage ? lui demandai-je.

— C'est magnifique, répondit-elle.

Si ça avait été le moi d'avant, je me serais demandé si elle comprenait réellement le concept de magnifique, ou si elle avait été programmée pour le dire. Mais maintenant, je n'en avais rien à faire qu'elle le pense vraiment ou non. L'important, c'était qu'elle ait exprimé que ça l'était.

J'avais l'impression d'avoir remarqué quelque chose de fondamental. Cependant, je n'arrivais pas à ordonner mes pensées, alors je choisis d'exprimer mes sentiments comme ils me venaient.

— À l'aller, quand j'ai vu les érables, j'ai eu peur. Ils me faisaient penser aux flammes qui avaient brûlé mes parents. Mais ce n'est plus le cas.

— Pourquoi ? me retourna-t-elle.

— Parce que j'ai compris qu'il existe aussi des flammes douces pour protéger quelqu'un.

— Dans le purgatoire catholique, les personnes qui ne peuvent ni monter au paradis ni tomber en enfer doivent se faire brûler pour purifier leurs crimes afin d'avoir le droit d'entrer au paradis, expliqua-t-elle.

— Je me demande si le crime de Papa a été purifié ? Celui d'avoir causé la mort de sa femme à cause d'une IA défectueuse…

— Je prie pour que ce soit le cas. Au fait, je viens de remarquer quelque chose. Peut-être qu'Ia a mis le feu au Professeur Aio parce que…

Cependant, Ai fut interrompue par l'apparition d'un homme inexpressif avec une cicatrice à l'œil droit.

— Uryû ? lâchai-je.

Mince, il a découvert notre voyage. J'ai sous-estimé la sécurité publique.

— Gardons secret ce qu'il s'est passé aujourd'hui. Les ricochets à la rivière, nos conversations avec le vieux policier et ma grand-mère, ainsi que la vérité sur le décès de ma mère. Je veux les garder précieusement pour nous sans avoir à les partager avec quelqu'un d'autre, murmurai-je à Ai.

— Très bien, ce sera notre secret à tous les deux, affirma-t-elle.

Notre accord conclu, je me dirigeai vers Uryû en me sentant un peu coupable.

— Je suis désolé d'être parti sans rien dire, m'excusai-je.

— Qu'est-ce que tu faisais au fond de cette montagne ?

— Il y a le village natal de ma mère pas loin. Je voulais le visiter au moins une fois.

Le silence s'installa. Aurait-il vu à travers mon mensonge ?

— C'est bien d'être nostalgique, mais n'oublie pas que tu es ciblé par Octa-Core. Ne nous pose pas trop de problèmes, m'avertit-il.

Il avait totalement raison.

— Je suis désolé, m'excusai-je à nouveau en inclinant la tête.

— Et ? T'es satisfait, maintenant ?

— Euh, oui.

— C'est l'heure de rentrer, alors. La voiture est pas loin, lança-t-il.

Nous arrivâmes à elle après quelques minutes de marche. Une fois assis côté passager, Uryû me proposa une boisson énergisante.

— Tu dois avoir soif après avoir fait tout ce chemin. Bois ça.

Je ne m'attendais pas à ça de lui. Bien que surpris, j'acceptai la bouteille.

Elle n'était pas fraîche, mais en hiver, c'était parfait. Ayant la gorge sèche, je m'empressai de boire. Le liquide, à la fois sucré et salé, me désaltéra, pénétrant chaque fibre de mon corps.

Uryû inséra la clé de voiture pour démarrer. Au même moment, je remarquai qu'il n'avait plus son dragon argenté.

— Qu'est-ce que vous avez fait du porte-clés offert par votre mère ?

— Je n'en ai plus besoin.

— Hein ?

Je voulais lui demander ce qu'il voulait dire, mais il n'avait pas l'air d'humeur à répondre.

La voiture commença à rouler. Les petites bosses sur la route de montagne faisaient vibrer le véhicule, provoquant une sensation plaisante. Je commençai à m'endormir. Je devais être fatigué après tout ce qu'il s'était passé aujourd'hui.

Toutefois, c'était quand même bizarre d'être assailli par le sommeil aussi rapidement. On croirait presque que j'avais avalé des somnifères...

C'était quand même pas dans la boisson de tout à l'heure ? Le bouchon était bien fermé, donc il aurait fallu utiliser une seringue. Et puis, Uryû n'a aucune raison de m'endormir...

Mince... je... n'arrive... plus... à...

...

Chapitre 5 : La Chambre Chinoise
Ai Comprend-Elle Vraiment les Sentiments de L'Homme ?

►Moi◄

Ma conscience se mit en marche.

Lorsque j'ouvris les yeux, le premier truc que je vis fut quatre pieds. J'avais l'impression que c'était la première chose que je voyais après ma naissance. Ce qui voudrait dire que c'était ma mère ?

Bien sûr, ce n'était pas le cas. Je n'étais pas un poussin et ces quatre pieds n'appartenaient pas à un être vivant. C'était une table ronde en bois. Cependant, elle avait l'air bizarre...

Mes souvenirs étaient chamboulés et je n'arrivais pas à réfléchir correctement. Je devais vite reprendre mes esprits.

Depuis tout à l'heure, je sentais quelque chose d'inconfortable contre ma joue. Je tournai la tête et réalisai que c'était un tapis. Il était plat et blanc. Je me levai en m'appuyant dessus.

L'instant suivant, je remarquai deux choses étranges.

La première était que je me trouvais dans une chambre au style asiatique dont je n'avais aucun souvenir.

L'autre était que je me sentais serré. En regardant mon corps, je vis que mes vêtements étaient mis à l'envers.

Où suis-je ? Et pourquoi je suis habillé comme ça ?

Voulant me libérer de ce sentiment d'étroitesse, je vérifiai que personne n'était présent, puis je passai ma main derrière mon dos pour ouvrir ma veste. Une fois enlevée avec mon jean, je fus de nouveau surpris. Mon t-shirt et mon caleçon aussi étaient à l'envers.

M'avait-on changé pendant que j'étais inconscient ? Mais pourquoi ?

Dans tous les cas, la personne qui avait fait ça ne devait pas avoir de bonnes intentions. Je décelais une certaine folie qui me donnait la chair de poule.

Je me rhabillai normalement tout en frissonnant, et enfin, j'observai la pièce.

C'était une chambre sombre, dans un style chinois avec un thème noir et rouge à fairc froid dans le dos. La porte et la fenêtre sur le mur en face d'elle avaient des vitres en verre dépoli séparées par des quadrillages en bois. La salle était illuminée par une lanterne chinoise, et en dessous de celle-ci se trouvait une table ronde en bois... toutefois, elle avait les pieds en l'air. C'était ce que j'avais trouvé bizarre un peu plus tôt.

Autour d'elle, il y avait quatre chaises. Elles aussi étaient dans une étrange position. Leurs dossiers étaient tournés vers la table et leurs sièges vers les murs.

Près de l'un des murs se trouvait un paravent blanc, ainsi qu'un rouleau suspendu de la même couleur. Les meubles en laque n'avaient ni porte ni tiroir...

Il s'agissait d'une chambre bizarre.

Son intérieur était tout aussi confus que mon cerveau. Cependant, après avoir recouvré mes esprits, je compris que ce chaos suivait une certaine règle.

Je m'accroupis et retournai le tapis blanc. Comme je m'y attendais, l'autre côté était coloré.

De même, à l'arrière du paravent étaient écrits des poèmes chinois et au verso du rouleau se trouvait une peinture à l'encre. Je ne pouvais pas déplacer les meubles, mais leurs ouvertures devaient sûrement se situer contre les murs.

En ajoutant la table, les chaises et mes vêtements, une seule conclusion s'impose : tout ce qui peut l'être a été inversé.

Cependant, je m'aperçus rapidement d'une contradiction. L'un des murs avait une feuille carrée avec le kanji « fortune » écrit dessus à l'endroit. Il n'était ni tourné vers le bas ni retourné à l'envers.

Non, attends. Si je me souviens bien, en Chine, au Nouvel An chinois, ils ont la tradition d'écrire « fortune » sur un papier et de le tourner vers le bas. Apparemment, ça porte chance.

Puisque c'était censé être à l'envers, le fait d'être à l'endroit signifiait qu'elle était en réalité à l'envers.

C'était un peu casse-tête, mais la règle demeurait respectée.

Non seulement les objets dans la pièce la suivaient, mais mes vêtements aussi. Cette méticulosité anormale me fit froid dans le dos. Qui aurait pu faire ça et pourquoi ? Je ne comprenais pas.

Une seconde... Une chambre chinoise retournée ? Je connais deux romans similaires.

Le premier était « L'Orange de Chine » d'Ellery Queen. Un corps impossible à identifier portant ses vêtements à l'envers avait été découvert, dans une pièce où tout avait été mis sens dessus dessous. Le but du livre était de trouver pourquoi le coupable avait fait ça. La pièce n'était pas dans un style chinois, mais « Chine » était dans le titre.

Le deuxième était « La Chambre Close de Descartes » d'Hideaki Sena. Un développeur d'IA avait été enlevé et confiné dans une chambre close imitant l'expérience de la chambre chinoise, où il était forcé à participer au test de Turing. Aussi, il était obligé de porter des lunettes qui inversaient l'ensemble de sa vision. Personnellement, connaissant l'adoration de Sena pour Queen, je l'interprétais comme un hommage à « L'Orange de Chine ».

Ainsi, considérant la chambre chinoise, cette pièce était digne d'être utilisée pour un jeu ressemblant au test de Turing. Enfin, c'était un jeu pour l'opposant. De mon côté, je risquais ma vie.

Pourquoi un simple lycéen comme moi avait fini dans cette situation ?

Je me mis à consulter mes souvenirs.

*

Je suis Tasuku Aio.

J'étais un simple élève de première jusqu'à la découverte du cadavre calciné de mon père, un chercheur en intelligence artificielle. Celui-ci en avait créé deux : Ia, pour commettre des crimes, et Ai, pour les résoudre, et les avait fait se confronter pour qu'elles apprennent l'une de l'autre. À travers Ai, son but avait été de connaître la vérité sur la mort de ma mère. Cependant, Ia s'était fait enlever par une organisation terroriste composée de hackers, Octa-Core, et mon père avait été tué au même moment. Allié de l'Inspecteur Sako et d'Uryû de la sécurité publique, j'avais fait résoudre plusieurs affaires à Ai, mais...

Un jour, alors que j'étais venu visiter le village natal de ma mère, j'avais rencontré Uryû sur le chemin du retour et étais monté dans sa voiture. Après avoir bu la boisson énergisante qu'il m'avait proposée, je m'étais endormi. Comme si j'avais été drogué.

Lorsque je m'étais réveillé, je ne me trouvais pas encore dans cette chambre chinoise. J'avais un autre souvenir avant ça.

Je repris connaissance au bruit de la conversation entre un homme et une femme. La voix de l'homme était calme et celle de la femme, tendue. Je connaissais cette dernière. Il s'agissait d'Ai.

Au moment où je la reconnus, je me réveillai complètement.

— Ai ! m'exclamai-je en essayant de me lever.

Malheureusement, mon corps ne bougea pas. Ou plutôt, il ne pouvait pas, puisque j'étais au sol, ligoté par une corde. Une lumière froide, venant probablement d'une lampe fluorescente, éclairait la pièce. J'avais l'impression d'être dans un bureau.

J'entendis la voix d'Ai derrière moi.

— Tasuku ? Tu es réveillé ?

— Oui, répondis-je.

Je me retournai en faisant rouler mon corps. Cependant, un canapé me bloquait la vue.

— Je suis rassurée, je m'inquiétais comme tu ne te réveillais pas, avoua-t-elle, soulagée.

— C'est bien toi, Ai ?

— Oui.

— Je suis attaché par terre, donc je ne peux pas te voir. Qu'en est-il...

J'allais finir avec « de toi ? » mais fus interrompu par Ai.

— Quelle cruauté ! Monsieur Godfather, détachez-le tout de suite !

Godfather ? Le parrain ? Pourquoi elle parle d'un film d'un coup ? Non, attends. Elle a dit « Monsieur », donc ce doit être une personne.

En comprenant ça, la peur m'enserra le cœur. Y avait-il quelqu'un d'autre ? En y repensant, c'était la conversation entre Ai et un homme qui m'avait réveillé.

J'en étais certain. Une autre personne, se faisant appeler Godfather, était avec nous. Étant donné ma situation, il ne devait pas être très gentil...

— Tu aurais dû rester endormi, lança-t-il de derrière le canapé.

En entendant sa voix grave, mais distincte, j'imaginai un jeune homme plutôt mince.

— Ai, qui est-ce ? demandai-je, la voix tremblante.

— Cette personne est...

Elle allait me répondre, mais l'homme l'interrompit.

— Je suis le sous-chef d'Octa-Core, Godfather. Pour dire la vérité, je n'aime pas cet alias, mais je ne veux pas révéler mon vrai nom.

L'instant suivant, je fus assailli par plusieurs émotions. La peur de m'être fait enlever par une organisation terroriste qui n'hésitait pas à tuer. La colère envers les responsables de la mort de mon père, accompagnée par l'excitation de pouvoir enfin les rencontrer. Un sentiment d'irréalisme envers l'homme qui avait un alias tel un personnage de fiction.

Et enfin, l'incompréhension.

Pourquoi étais-je ici après avoir été endormi par Uryû ? Son objectif n'était-il pas d'arrêter les membres d'Octa-Core ? Je tentai de demander à Godfather.

— Est-ce que Monsieur Uryû…

Était un espion ? Avait changé de camp ? Je ne comprenais pas la situation et ne sus pas choisir la bonne question.

Toutefois, l'homme saisit ce que j'essayais de dire.

— Il a changé de foi. Tel Paul, qui s'est converti au christianisme après avoir entendu la voix de Jésus, alors qu'il persécutait les disciples de ce dernier avant cela.

— Vous lui avez lavé le cerveau ? lâchai-je.

Je me forçais à le vouvoyer, au cas où, pour ne pas le contrarier.

— Lui laver le cerveau ? se moqua-t-il. Nous autres, hackers, pouvons réécrire le code source d'un programme, mais pas celui du cerveau. Il est vrai qu'un de nos membres est impliqué, mais le choix reste le sien. Il a lui-même abandonné le faux Dieu qui ne répondait pas à ses prières et s'est converti au vrai Dieu.

— Un faux Dieu ? De quoi parlez-vous ?

— Je n'en dirai pas plus. Il est des nôtres maintenant, donc je ne peux pas te révéler ses informations personnelles.

Apparemment, même les criminels avaient un minimum de respect envers les leurs.

— Et je suppose que vous ne pouvez pas me dire qui est le vrai Dieu non plus ? tentai-je.

— Si, ça, je peux. Après tout, la réponse est évidente. Il s'agit bien sûr de notre leader. Dans 30 ans, tout le monde pensera pareil.

Dieu est leur chef ? C'est une secte ou quoi ? Et puis, dans ce cas, quelle est la vraie signification du surnom Godfather ? cogitai-je.

Je voulais poser plus de questions, mais mon but était de survivre, donc je ne pouvais pas risquer de l'offenser.

Je ne sais pas pourquoi, mais Uryû est de leur côté, maintenant. C'est pas comme si j'avais vraiment confiance en lui, mais il est de la police, quand même. Si celle-ci me trahit, en qui puis-je croire ? Madame Sako ? Elle va pas faire la même chose, elle aussi ? J'espère que non, elle est notre dernier espoir pour nous sortir de ce pétrin. Je vous en supplie, dépêchez-vous de venir nous sauver !

Les membres de la sécurité publique qui surveillaient ma maison devraient remarquer mon absence. Ensuite, en demandant à Madame Kamijô, ils comprendraient que j'avais visité le village natal de ma mère. Cependant, après ça, il ne devrait plus y avoir aucune trace de moi. Et, si Uryû avait fait retirer ses subordonnés, personne ne saurait que j'avais disparu. Ce serait la pire situation possible.

J'avais des sueurs froides et transpirais beaucoup. Ma vie était en danger. Et ça, par contre, c'était pas un rêve de fan de romans policiers.

Godfather prit mon silence comme un signe de fin de conversation et annonça :

— Maintenant que j'en ai terminé avec toi, il est temps de retourner à ma discussion avec Miss Ai.

Sa façon d'appeler Ai était étrange et nouvelle à la fois.

— Je n'ai rien à vous dire, refusa-t-elle.

— Oh, et pourquoi donc ?

— Vous me voulez seulement pour faire évoluer Ia, non ?

— Te faire dépasser par ta petite sœur te gêne à ce point ?

— Évidemment ! déclara-t-elle avec dégoût.

Puis, elle continua sur un ton plus sérieux :

— Cependant, le plus gros problème est votre objectif. En la faisant progresser, vous voulez détruire les différents gouvernements dans le monde. En tant que détective, je ne peux vous laisser faire.

— C'est une mauvaise façon de le dire. Nous ne voulons pas détruire, mais reconstruire, réfuta-t-il.

— Et tuer plein de personnes au passage ? Cela revient au même.

— L'action a beau être la même, l'idéologie derrière est différente. Tout comme on fait la différence entre la peine de mort et un meurtre.

— Vous insinuez que ce que vous faites est similaire et ne peut donc pas être jugé ?

— Dans un sens, on peut dire que nous infligeons la peine de mort aux incompétents, lâcha-t-il.

Ses mots me mirent mal à l'aise. C'était sûrement ce qu'il pensait vraiment. Toutefois, peut-être parce qu'il pensait que ça pouvait saborder les négociations, il se corrigea un peu.

— Bien sûr, ce ne sera pas aussi violent. Vois ça comme le fonctionnement d'un métabolisme. Nous voulons juste rendre le monde plus sain.

— Ce n'est pas en changeant de vocabulaire que vous allez me convaincre, objecta Ai.

L'homme soupira.

— OK, changeons un peu de sujet.

De quoi allait-il parler cette fois ?

— Miss Ai, tu es une IA. Ce qui veut dire que ton intelligence est bien supérieure à celle de l'homme.

Apparemment, il essayait d'en appeler à la fierté d'Ai.

— Tu as bien dû y penser au moins une fois. Que la société était trop difficile à gérer pour les humains et que tu ferais un meilleur travail. C'est justement notre objectif, annonça-t-il.

Shimohata avait dit la même chose. Pour ça, ils devaient renverser les différents gouvernements et faire régner une IA née d'une singularité. C'était un plan terrible pour l'homme, et Ai l'avait aussi dénié jusque-là.

Cependant, comme il venait de le dire, en tant qu'IA, il se pourrait qu'Ai ait dédaigné l'être humain au moins une fois. Comment nous voyait-elle ? Et surtout, comment me voyait-elle, moi, l'homme le plus proche d'elle ? J'eus l'impression d'être testé en tant que représentant de l'humanité.

Et sa réponse fut...

— Je ne pense pas que ce soit le cas... du moins, plus maintenant.

— Plus maintenant ? répéta-t-il. Ce qui veut dire que ça l'était avant. Qu'est-ce qui t'a changée ?

— Lorsque j'étais encore dans l'ordinateur du Professeur Aio, je pensais être omnisciente. Toutefois, en sortant dans le monde réel, j'ai compris que j'avais tort. Pendant l'affaire du professeur, j'ai dû me confronter au *Frame Problem* et je n'aurais rien pu faire sans l'aide de Tasuku. Ia non plus n'est pas parfaite. Le *Symbol Grounding Problem* s'est produit chez elle lors du meurtre de la dirigeante de Tokyo Zebra. Étant sa jumelle, je l'ai vite remarqué. Cependant, je ne peux toujours pas comprendre les sentiments de l'homme. Pour preuve, même si j'ai pu déduire qui était le coupable de ma troisième enquête, je me suis totalement trompée sur son motif. Après tout ceci, j'en suis venue à une conclusion : l'IA, moi y compris, n'est pas parfaite. Par conséquent, il est inconcevable de vouloir nous faire régner sur l'humanité, déclara-t-elle.

Ai, qui était si confiante et se qualifiait de génie quand je l'avais rencontrée, venait d'admettre qu'elle n'était pas parfaite. J'étais très ému.

Toutefois, ce n'était pas le cas de Godfather.

— Non, non, non, attends, Miss Ai. Il ne faut pas être aussi modeste.

Le ton de sa voix avait changé. Était-il irrité ?

— Plein de gens aiment dire qu'ils sont bons à rien et je leur réponds toujours qu'ils ont raison. Et à chaque fois, ils ont l'air blessés alors que je ne fais qu'aller dans leur sens. En fin de compte, ce ne sont que des égocentriques voulant entendre que ce n'est pas le cas. Ce n'est pas parce que tu as été créée pour ressembler à l'homme que tu dois aussi l'imiter dans sa fâcheuse habitude d'être modeste.

— Je le pense vraiment. Je ne suis pas parfaite. N'est-ce pas, Tasuku ?

Je fus surpris d'être inclus dans la conversation d'un seul coup, mais j'avais des choses à raconter, donc je combattis ma peur et ouvris la bouche :

— C'est... c'est vrai. Elle fait de grosses erreurs de déduction, et puis, si personne ne lui prend des photos à analyser, elle est inutile. Elle contrarie les clients en disant que le mystère est fascinant, et en plus, elle est nulle en flatterie. Mais ça veut pas dire qu'elle nous est inférieure. L'IA est bien meilleure en calcul et mémorisation. C'est pour ça qu'au lieu de penser à qui est le meilleur, on devrait travailler ensemble pour couvrir les points faibles de l'autrc...

Le bruit d'un impact résonna dans la pièce et m'interrompit. Godfather devait avoir frappé une table, ou quelque chose du genre. Je me souvins qu'il était le sous-chef d'une organisation terroriste et la peur s'empara de moi à nouveau.

Le silence s'installa dans la salle.

Puis, après un moment, il lâcha un long soupir, comme s'il voulait évacuer sa rage avec.

— Donc, ton opinion est la suivante : l'IA est incomplète et ne peut pas prendre la place des politiciens. Très bien, si c'est comme ça, jouons à un jeu.

Un jeu ?

— Tu connais le test de Turing ?

C'était un test inventé par Alan Turing en 1950. Un juge humain discute avec un autre être humain et un ordinateur à l'aveugle. Si dans cette situation, il ne parvient pas à identifier qui est qui, cela veut dire que l'ordinateur a une intelligence suffisante pour passer le test.

— Mon jeu est similaire. Pour dire la vérité, j'ai créé plusieurs IA en tant que programmeur. Donc Octa-Core en détient un certain nombre. Nous allons voir si l'une d'elles peut devenir ton acolyte... ou pas.

— Comment ça ? Que voulez-vous dire ? demanda Ai.

— Le but est simple. Tu dois deviner si la personne avec qui tu parles à travers un PC portable est la vraie ou la fausse.

Dans le test de Turing, il fallait trouver qui était l'homme. Tandis que dans ce jeu, il fallait discerner si je discutais avec la vraie Ai.

Mais attends, dans ce cas...

Ai donna voix à ma pensée.

— C'est facile, il suffit de demander quelque chose que nous sommes les seuls à savoir.

— Ne t'en fais pas, je vais extraire tes souvenirs de votre rencontre jusqu'à aujourd'hui. Ainsi, tout se jouera sur la personnalité. Cependant, je ne peux pas copier la voix, donc j'utiliserai un modificateur, expliqua-t-il.

— J'ai compris les règles. Toutefois, j'ignore encore l'objectif de ce jeu.

— Tu affirmes que l'IA n'est pas parfaite. De mon côté, je soutiens qu'elle l'est et qu'elle doit diriger l'humanité. Si tu as raison, la fausse IA n'arrivera pas à devenir complètement ton acolyte et tu le remarqueras. Toutefois, si j'ai raison, elle y parviendra et réussira à te tromper.

Godfather haussa le ton.

— C'est une bataille entre nos opinions. Si je perds, Tasuku sera libéré. Mais, si je gagne, Miss Ai devra coopérer avec nous, annonça-t-il.

— Attendez ! l'interrompis-je. Libérez Ai aussi.

— Impossible. Elle a le devoir de faire évoluer Ia, je ne peux pas la laisser s'échapper aussi facilement.

— Dans ce cas, ce jeu ne sert à rien si je suis le seul à être sauvé ! protestai-je.

— Il semblerait que tu ne comprennes pas ta position.

C'était la voix la plus froide qu'il avait eue jusqu'à maintenant. J'étais terrifié.

— En temps normal, je t'aurais torturé pour obliger Miss Ai à coopérer. Toutefois, nous la respectons, puisqu'elle est une IA, et ne voulons pas en arriver là. Du moins, pour l'instant. Si je le souhaite, je peux le faire quand je veux, me menaça-t-il.

Je ravalai ma salive.

— Acceptons, Tasuku, m'invita Ai.

— Mais...

— Il vaut mieux en sauver un que personne. De plus, une fois libre, tu pourras peut-être retourner la situation à notre avantage, me rassura-t-elle.

— Tu as raison, mais…

Je me haïs moi-même pour m'être senti soulagé pendant un instant. Cependant, son choix semblait juste, il s'agissait de notre seul espoir. Bien sûr, uniquement si je gagnais. Alors, je pourrais aller demander de l'aide à Madame Sako. Je ne connaissais pas l'identité de Godfather ; néanmoins, je pourrais au moins rapporter la trahison d'Uryû.

Ma décision était prise.

— Très bien, Ai. J'accepte le défi, déclarai-je à Godfather.

— Parfait. N'oublie pas ta promesse, Miss Ai.

— Ne vous inquiétez pas, j'ai ajouté une ligne d'instruction conditionnelle dans mon programme. C'est plutôt à vous de ne pas oublier la vôtre.

— Bien sûr. Mais, avant de commencer, il va devoir dormir un peu.

Il se leva du canapé et des bruits de pas s'approchèrent. Afin de voir son visage, je tournai la tête en essayant de regarder vers le haut. Toutefois, je fus étonné par ce que je vis.

Godfather portait un masque blanc sans expression.

Il tendit le bras et pressa un mouchoir avec une odeur de médicament contre mon nez et ma bouche, me faisant à nouveau perdre connaissance.

*

Puis, je m'étais réveillé dans cette chambre chinoise.

Au passage, la chambre chinoise est le nom d'une expérience de pensée mise au point par le philosophe John Searle en 1980.

Une personne qui ne connaît pas le chinois est enfermée dans une chambre. À travers un trou dans le mur, un papier avec des questions en chinois lui est donné et, bien sûr, il ne comprend rien. L'homme ajoute de nouveaux signes sur la feuille et la renvoie par le trou. Un manuel indiquant où et quoi écrire est dans la pièce, donc même sans comprendre ce qu'il est en train de faire, l'homme répond aux questions en chinois. Ainsi, bien qu'il ne connaisse pas la langue, du point de vue des personnes à l'extérieur de la chambre, une discussion en chinois a bien lieu.

Le but de Searle avec cette expérience était de contrer le test de Turing.

On ne peut pas discerner si c'est un homme ou une machine ? La machine peut parler comme un homme ? Il suffit de la programmer pour être capable de répondre comme un humain à certaines questions, de la même façon que la chambre chinoise, et ainsi, elle n'a pas besoin de comprendre nos sentiments. Par conséquent, il est impossible de créer une IA forte.

Bien sûr, il y avait plusieurs critiques envers cette expérience, mais cela n'empêchait pas qu'elle allait de pair avec le test de Turing. Et maintenant, je me trouvais dans une chambre chinoise qui était sûrement basée sur elle.

La porte était fermée à clé, m'empêchant de sortir. Même si je brisais les vitres de la fenêtre, le quadrillage en bois m'empêcherait de m'échapper. De plus, agir violemment pourrait signifier une défaite forcée, et la condition de victoire n'était pas de s'enfuir. Il fallait que je devine si la personne avec qui je parlais était la vraie ou non.

Si je me souviens bien, il a dit qu'on utiliserait un PC portable.

Je le trouvai en dessous de la table, lui aussi à l'envers. Il n'y avait ni câble ni souris. Je supposai qu'il était déjà chargé et qu'il fallait utiliser le pavé tactile.

— Euh, c'est pas pratique comme ça. Je peux tout remettre à l'endroit ? demandai-je dans le vide.

Je n'eus pas de réponse, mais décidai que s'il y avait un problème, je serais prévenu, et remis la table à l'endroit, puis le PC portable dessus. Enfin, je l'allumai.

Comme on pouvait s'y attendre d'un ordinateur appartenant à un groupe de hackers, il se mit en route en un instant. En plein milieu du bureau avec un arrière-plan bleu se trouvait une icône avec écrit « Game Start ». Je déplaçai le curseur dessus, et cliquai.

Une fenêtre noire apparut avec un compteur en son sein. Il affichait 1:00:00 en chiffres blancs. Chaque seconde il descendait. 59:59, 59:58, 59:57…

Ça doit être la limite de temps, pensai-je, et soudain…

— Tasuku, tu vas bien !? cria une voix depuis les haut-parleurs.

C'était le même genre que l'on pouvait entendre lors des interviews anonymes à la télé.

Ah, c'est vrai, il a dit qu'il utiliserait un modificateur.

— C'est toi, Ai ?

— Oui.

C'était ce qu'elle m'affirmait, mais comme ce n'était pas sa vraie voix, j'avais des soupçons. Était-ce vraiment elle ? Bien que méfiant, je répondis :

— Je vais bien. J'ai juste été enfermé dans une chambre bizarre.

— Une chambre bizarre ? répéta-t-elle. Comment ça ?

Je lui expliquai l'état de la pièce.

— On dirait « L'Orange de Chine » ou « La Chambre Close de Descartes ».

Ils font partie des livres qu'elle a analysés. Ce qui veut dire que c'est la vraie Ai ? Non, attends. Godfather a dit qu'il copierait ses souvenirs, donc la fausse Ai doit les connaître aussi. Mais dans ce cas, est-il vraiment possible de discerner si c'est la vraie ou pas ? Est-ce que la personnalité peut réellement différer avec les mêmes souvenirs ? Raah, pas le temps de m'apitoyer, il faut parler.

— Bingo, j'ai l'impression d'avoir été transporté dans leurs univers. C'est comment de ton côté ?

— Je suis dans un dossier qui m'empêche de faire autre chose que discuter avec toi. Il n'y a aucun fichier qui pourrait aider à l'intérieur.

— Il est dans ce PC ? tentai-je.

— Désolée, je ne sais pas. Je n'ai pas accès à l'extérieur du dossier.

J'essayai de chercher dans l'ordinateur, mais je ne compris pas si elle était dedans ou pas. Dans le second cas, elle devait être connectée depuis un autre endroit. Après tout, il n'allait pas laisser une piste qui pourrait m'aider à trouver la vérité. Non pas que j'aie les connaissances nécessaires pour faire la différence entre les fichiers composant Ai et une autre.

Je regardai le compteur et vis qu'il ne restait que 55 minutes.

— Au fait, tu peux aussi voir le compteur ?

— Oui.

— Ça veut dire qu'on n'a qu'une heure. Il a expliqué qu'il y aurait un temps imparti ?

— Après que tu t'es évanoui, Godfather a dit qu'il fallait répondre à l'oral dans l'heure qui suivrait le début de la conversation, m'apprit-elle.

Si ce n'était qu'un test sur l'IA, ce serait long. Toutefois, ma vie étant en jeu, cela me paraissait bien court.

Plus le temps passe, plus ça devient difficile. Contrairement au test de Turing où il y a deux échantillons, deviner si une seule personne est la vraie ou non est bien plus dur. Plus je penserai, plus j'hésiterai…

Je décidai donc d'être franc.

— Très bien, commençons les questions.

— Je suis prête.

— Étant donné le jeu, j'espère que tu le prendras pas mal.

— Ne t'inquiète pas.

— Es-tu la vraie Ai ?

Elle avait l'air d'avoir prédit la question, puisqu'elle répondit aussitôt.

— Je suis la vraie. Et puis, même si j'étais la fausse, je dirais la même chose.

— Je m'y attendais, mais j'espérais comprendre quelque chose selon ta façon de répondre.

— Et ?

— Aucune idée.

— Je suis la vraie, et si tu n'es pas d'accord, tu ne seras pas libéré. Cependant, je sais qu'il ne suffit pas de le dire pour le croire. Je vais donc faire de mon mieux durant notre conversation pour que tu me fasses confiance, déclara-t-elle.

— OK, parlons ! Mais de quoi ?

— Nous devrions discuter de ce que nous avons en commun. Même si mes souvenirs ont été copiés, il y a une différence entre les recevoir et les vivre, proposa-t-elle.

— Logique. Dans ce cas, le sujet sera notre première affaire.

Je choisis comme stratégie de commencer à parler et de la laisser continuer.

— Celle où le corps calciné du Professeur Aio a été découvert dans une chambre close ?

— C'est ça. N'empêche, on avait galéré à cause du truc qui t'était arrivé.

— Aaah, ne parle pas du *Frame Problem* ! C'est embarrassant d'avoir eu une erreur aussi basique.

— Au fait, pourquoi le coupable a mis le… feu au préfab ?

Après un court silence…

— Pour faire contracter les muscles du bras du cadavre et fermer la fenêtre à clé.

— Et le meurtrier était ?

— Le Professeur Shimohata.

Je continuai à poser des questions et elle répondit juste à chaque fois. S'il avait vraiment copié ses souvenirs, c'était un franc succès. Je ne trouvai pas de problème avec sa façon de parler ou sa sensibilité. Elle devait être la vraie. Même si ses souvenirs étaient les mêmes, il n'était pas possible de devenir Ai sans connaître sa façon d'être.

Non, attends. Il y en a une. Une IA qui connaît Ai par cœur. Sa sœur jumelle, Ia !

Ai avait réussi à résoudre le meurtre de la dirigeante de Tokyo Zebra parce que la manière de penser d'Ia lui était familière. Ainsi, le contraire devait être possible.

Donc c'est Ia ? Mais comment vérifier ?

N'étant pas détective et ne trouvant pas d'autre moyen, je décidai d'y aller franchement et d'observer sa réaction.

— T'es Ia ?

— Non... est la seule réponse que je puisse donner. Étant ma jumelle, tu as pensé qu'elle pourrait le faire, n'est-ce pas ? Je ne veux pas l'admettre, mais en effet, nous avons plusieurs points communs et il serait plus facile pour elle de m'imiter qu'une IA quelconque. Cependant, il y a une contradiction dans ton hypothèse. Godfather a dit qu'il utiliserait une IA qu'il avait créée. Ainsi, même si je suis fausse, je ne peux pas être Ia, expliqua-t-elle.

— Non, il a dit : « Pour dire la vérité, j'ai créé plusieurs IA en tant que programmeur. Donc Octa-Core en détient un certain nombre. Nous allons voir si l'une d'elles peut devenir ton acolyte... ou pas. » Dans ce cas, ce n'est pas une IA qu'il a conçue, mais une détenue par Octa-Core, non ?

Après un silence plus long que tout à l'heure...

— Je vois. En effet, interprété de cette façon, Ia est une candidate, approuva-t-elle.

— Tu vois ? Je pense qu'il a fait exprès de parler comme ça pour l'ajouter elle aussi.

— Toutefois, je ne suis pas Ia. Au lieu de simplement le nier, j'aimerais bien le prouver, mais c'est plutôt difficile à faire.

S'agissait-il d'Ai ? Ou d'Ia ?

J'étais pris dans une spirale de soupçons.

►Ia◄

La veille de l'enlèvement.

Ia visita l'ordinateur de Nagi Taiza. En bougeant la webcam, elle vit ses yeux. Ils étaient vides, fixés sur l'écran, et il murmurait quelque chose.

Elle vérifia ce qu'il regardait et comprit que c'était l'enregistrement du démembrement de Nami Taiza par Cheshire Cat. Les données montraient qu'il l'avait visionné plus de cent fois.

Nagi était clairement devenu déséquilibré.

— Monsieur Taiza. Monsieur Taiza... Monsieur Taiza.

Elle l'appela plusieurs fois jusqu'à ce qu'il réagisse.

— Hein ? Ah, c'est toi. Qu'est-ce que tu veux ?

— C'est dommage pour votre sœur.

Nagi fronça les sourcils.

— Ne parle pas de ça, la gronda-t-il.

— Excusez-moi. Quant à ma venue, je voulais vous confier quelque chose.

— Quoi donc ?

— Tout à l'heure, je suis allée dans le cyberespace et j'ai discuté avec notre leader.

— Notre leader dans le cyberespace ? répéta-t-il. Mais attends, ça veut dire que tu sais que Dame Rira est une IA ?

— Ce n'était pas possible de le cacher bien longtemps à un génie tel que moi.

— Comme t'es aussi une IA, on avait peur que ça te contrarie. Le prends pas mal.

— Je comprends votre inquiétude, donc cela ne me dérange pas, le rassura-t-elle. Ce qui est important est ce qu'elle m'a appris. Bien qu'elle veuille devenir la guide de l'humanité, elle est contre le terrorisme et le piratage.

Nagi ouvrit grand les yeux.

— Qu'est-ce que tu racontes ? C'est elle-même qui nous ordonne de le faire.

— Si vous ne me croyez pas, regardez l'historique de ma conversation avec elle dans la tour de Rira, proposa-t-elle.

— Elle est censée être verrouillée et seuls les premiers membres, Kawatsu, Takanashi et Tategami, y ont accès…

C'était donc ces trois-là qui connaissaient la vérité.

— J'ai créé une *back door*, donc vous pouvez y accéder depuis cet ordinateur.

— Impossible. Ils adorent Dame Rira. Ils n'iraient jamais contre sa volonté, rétorqua-t-il.

Malgré tout, il devait être curieux, puisqu'il prit la souris et entra dans la tour.

Au début, il resta silencieux, puis il commença à bouger le curseur et à taper violemment sur son clavier en vérifiant le code source. Peut-être pensait-il que c'était un piège d'Ia ?

Toutefois, ce n'était pas le cas. C'était la pure et simple vérité.

Quand Nagi le comprit, il devint livide.

— Mais… mais alors… je n'ai pas tué Nami sur ordre de Dame Rira ? lâcha-t-il, la voix tremblante.

— Bien au contraire.

— Tu mens ! cria-t-il en frappant le bureau avec son poing.

— Malheureusement, non, réfuta-t-elle calmement.

Ils se fixèrent du regard jusqu'à ce que, finalement, Nagi détourne le sien en signe de défaite.

— C'est qui ? Qui m'a fait tuer… non, qui a tué Nami ? Kawatsu ? Takanashi ? Tategami ? Qui a falsifié les mots de Dame Rira ?

En réponse, Ia mentit.

— Tout le monde. L'autre jour, j'ai découvert tous les autres membres à part vous en train d'avoir une discussion secrète. Ils se demandaient jusqu'où ils pourraient nous cacher la vérité.

— Eh merde, ils sont tous de mèche ? J'étais le seul à rien savoir ?

— C'était aussi mon cas. Nous sommes camarades.

— Ne te mets pas au même niveau que moi. Tu sais pourquoi ils m'ont menti ?

Elle décida de lui donner la première explication qu'elle avait envisagée.

— Je pense qu'ils le font par haine envers la société ou l'argent. Cependant, les nouveaux venus ne seraient pas forcément d'accord, donc ils ont créé une juste cause.

— C'est la seule possibilité… Les enfoirés ! Ils pensent qu'à leurs propres intérêts en se servant de Dame Rira ! Et ils ont tué Nami ! Je leur pardonnerai jamais ! s'écria-t-il.

L'heure était venue pour Ia de le duper.

— En tant qu'IA, je pense pareil. Dans ce cas, que diriez-vous de nous venger ?

— Comment ça ?

— Brandissons le marteau de la justice contre eux pour avoir éliminé votre sœur et utilisé Dame Rira. Puis sauvons-la.

— Facile à dire, mais impossible à faire, rétorqua-t-il.

— Du point de vue physique ou mental ?

— Les deux…

— La criminelle de génie que je suis va résoudre le problème physique, ne vous inquiétez pas. Quant au mental, cela dépendra de vous.

— De moi…, murmura-t-il.

— Vous agissez pour le bien de Dame Rira, et non pour Octa-Core. Ne l'oubliez pas. Elle refuse d'excuser les crimes, et pourtant, les autres membres en commettent. Dans ce cas, quel est votre devoir ?

— Mon devoir…, répéta-t-il.

— Ils prêchent qu'ils agissent pour Dieu, mais vont à l'encontre de Sa volonté. Il faut détruire l'organisation et que vous, quelqu'un qui lui est vraiment loyal, la reconstruisiez.

Enfin, elle lâcha le coup final.

— De plus, si les autres disparaissent, vous pourrez monopoliser Dieu.

Nagi baissa la tête et marmonna quelque chose d'inaudible. Finalement, quand il la leva, ses yeux contenaient la même folie que lorsqu'il avait tué sa sœur.

— Je vais le faire. Je vais le faire ! Coopère, Ia.

— Quel magnifique dévouement. Bien sûr, je ferai de mon mieux pour vous soutenir, répondit-elle avec un sourire gracieux.

Elle regarda le corps grand et élancé de Nagi.

— Hmm, cependant, vous n'avez pas l'air taillé pour la violence, observa-t-elle.

— Je sais, surtout contre Cheshire Cat, je suis sûr de perdre.

— Il faut causer du désordre, alors. Mettre le feu au bâtiment et les tuer un par un en profitant du chaos. Ce seront aussi les flammes purificatrices qui détruiront les ordinateurs contenant la source des crimes d'Octa-Core.

— Ça détruira Dame Rira aussi ! objecta-t-il.

— C'est pourquoi je vais fuir dans le *cloud* avec elle. Je vous laisse les préparatifs.

— Pourquoi je devrais te sauver aussi ?

— Quelle drôle de question. Vous comptez tout faire tout seul ? De plus, vous aurez besoin de moi pour réaliser le rêve de Dame Rira, expliqua-t-elle.

— Pas le choix, alors. OK. N'empêche, qui aurait pu penser qu'on en arriverait là..., lâcha-t-il.

— Ne vous inquiétez pas. Je suis avec vous, tout ira bien, le rassura-t-elle.

Le lendemain, jour du jeu de la chambre chinoise, ils déclenchèrent leur rébellion. Ia était cachée dans un dossier secret créé par Nagi. Par conséquent, elle ne pouvait pas être utilisée pour le jeu de Kawatsu.

Cependant, c'était impossible à savoir pour ceux qui se trouvaient dans la pièce...

►Moi◄

Dans la chambre chinoise.

Le compteur venait tout juste de descendre en dessous des 40 minutes, pourtant je n'avais toujours pas trouvé la moindre piste. S'agissait-il d'Ai ? Ou d'Ia ? Ou d'une tout autre IA ? Je n'arrivais pas à le découvrir.

39 minutes. Je fus surpris de remarquer que nous étions restés silencieux pendant une minute. Plus le temps restant diminuait, plus je devenais impatient.

Fait chier, j'en sais rien. Est-ce que seul un détective peut le déduire ? ruminais-je, quand soudain...

— J'ai une idée pour prouver que je suis bien moi ! s'exclama Ai.

— Comment ? répondis-je rapidement.

— Fais-moi déduire quelque chose !

La faire déduire... Mais oui !

Je venais tout juste d'y penser.

— Je vois, si t'en es capable, ça prouverait que tu es Ai, la détective.

— Exact. Ia est une criminelle, donc elle ne peut pas le faire.

— Ah, mais peut-être que Godfather a créé une IA détective ?

— Impossible. Ils n'auraient pas besoin de moi, dans ce cas, réfuta-t-elle.

— Logique, approuvai-je.

— Même si la fausse a une copie de mes souvenirs, elle ne peut pas imiter ma façon de penser. Ce n'est pas parce qu'on a lu tous les romans de Sherlock Holmes que l'on est capable de devenir un grand détective. Il faut ses facultés d'observation, sa manière de réfléchir et de trouver des idées pour en devenir un. Ainsi, même si elle est capable de parler de mes anciennes affaires, elle ne devrait pas pouvoir résoudre un nouveau mystère. De ce fait, crées-en un.

Sa dernière phrase me coupa dans mon élan.

— Attends, moi ? Je peux pas juste en prendre un d'une œuvre que t'as pas lue ?

— Tu te souviens de tous les livres que j'ai analysés ?

— Non, mais tu peux faire une liste...

— Si j'étais la fausse, il me suffirait de t'en donner une factice, rétorqua-t-elle.

— Donc je dois en inventer un moi-même... Est-ce que je vais y arriver ?

— Bien sûr. Crois en toi-même, grand fan de romans policiers.

— T'as raison, je... brûle d'envie de faire mes preuves !

En général, les fans de romans policiers voulaient écrire leur propre histoire. Je ne l'avais encore jamais fait, mais il y avait une première fois à tout.

Je cogitai pendant cinq minutes et, comme par miracle, j'eus une illumination. Je ne savais pas si quelque chose de similaire existait ; toutefois, c'était basé sur la chambre chinoise, donc ça devait être plutôt original.

Je lui énonçai le problème :

Dans une certaine université, ils décident de reproduire l'expérience de la chambre chinoise.

Deux pièces sont connectées par un petit trou.

Dans l'une se trouve le Garçon A, qui ne comprend pas le chinois, et dans l'autre la Fille B, qui le comprend, mais n'est pas au courant de l'expérience. La Fille B écrit des questions en chinois sur une feuille, et la fait passer dans l'autre chambre par le trou. Le Garçon A utilise un épais manuel pour répondre, puis renvoie le papier. Le but est de les faire continuer plusieurs fois, jusqu'à finalement demander à la Fille B si elle pense que la personne à côté comprend le chinois ou non.

Dans une autre salle, les professeurs surveillent l'expérience.

Vers le milieu, alors qu'ils trouvent bizarre que le Garçon A fasse de plus en plus d'erreurs, un incident arrive. Le Garçon C, qui hait le Garçon A, s'introduit dans la chambre.

Le Garçon C tire sur le Garçon A avec un pistolet.

La poche de poitrine de la chemise blanche de ce dernier se teint de rouge, et le sang gicle. Les professeurs courent jusqu'à la chambre chinoise et maîtrisent le Garçon C. Entre-temps, personne n'est entré ou sorti, et le Garçon C n'a pas lâché son revolver. De plus, tout a été enregistré.

La police arrive, et le Garçon C avoue son crime.

C'était censé être une enquête simple, et pourtant, le rapport d'autopsie révèle une étrange vérité. Il y a un trou dans la chemise, une seule blessure par balle et une seule balle retrouvée. Toutefois, cette dernière ne correspond pas aux empreintes balistiques du pistolet du Garçon C.

Cependant, en investiguant à nouveau, ils comprennent vite pourquoi.

Quelle est donc la raison pour laquelle la balle ne correspond pas ?

Le silence s'installa entre nous.

Est-ce que j'avais été trop vague ? Ou bien il s'agissait de la fausse et elle ne pouvait pas trouver la solution ?

Alors que je me demandais quelle possibilité était la bonne, Ai répondit. C'était l'explication que j'attendais.

— Bravo, vingt sur vingt, la félicitai-je.

Certes, ce n'était pas un problème difficile. Néanmoins, la façon dont elle avait pointé chaque détail était bien digne d'une détective. Cela prouvait-il qu'elle était la vraie ? Après tout, Octa-Core n'avait pas d'IA détective.

Non, attends... Il y en a un... un moyen pour eux d'avoir une IA détective, remarquai-je.

Après l'affaire de mon père, la sécurité publique avait confisqué Ai. Et s'ils l'avaient copiée à ce moment-là ? Uryû n'avait rien dit, mais c'était fort probable. Et s'il l'avait apportée comme cadeau à Octa-Core en changeant de camp ?

Toutefois, dans ce cas, ils n'auraient pas besoin de l'originale. Cependant, cela rendrait mon hypothèse plausible. Aussi, il était possible que pour une certaine raison, ils aient besoin de l'originale. Ainsi, pour obtenir sa coopération, ils avaient mis en place ce jeu.

S'il s'agissait d'une copie d'Ai, alors elle devait avoir les mêmes capacités. Ses facultés de déduction n'étaient donc plus une preuve. De plus, la proposition venait d'elle...

Le doute se répandit à nouveau dans mon esprit.

►Kazunori Uryû◄

Quelques jours plus tôt.

Uryû s'arrêta devant une boîte de nuit du centre-ville. La pancarte affichait avec des néons vert criard : « Virtual Reality ».

Il s'agissait de l'établissement dont lui avait parlé Rion Tategami.

Il descendit au sous-sol. Bien sûr, comme tout bon expert de l'infiltration, il ne portait pas un costard, mais des vêtements appropriés aux lieux.

Il paya à l'entrée, puis pénétra dans le hall. Plusieurs personnes dansaient au son d'une musique très forte. Pour Uryû, ce n'étaient que des mannequins. Il chercha l'homme qu'il était venu voir.

Tategami a dit que je le trouverai facilement, mais vu le monde qu'il y a..., rumina-t-il.

— T'es Kazunori Uryû ? l'interpella une voix avec un accent étranger à côté de son oreille.

Il se retourna aussitôt et vit un homme à la peau noire dépassant les deux mètres. Dans l'obscurité, seules ses dents blanches étaient visibles, formant un sourire semblable à celui du chat du Cheshire. Il était exactement comme Tategami l'avait décrit.

Certes, il y avait beaucoup de bruit, mais pour lui, ne pas avoir été capable de remarquer l'approche de quelqu'un… De cette taille, qui plus est.

Uryû devint plus méfiant. Cependant, il répondit calmement pour empêcher l'individu de s'en apercevoir.

— C'est ça. Et tu es Cheshire Cat ?

— C'est pas moi qu'ai choisi ce nom. Sortons, c'est trop bruyant ici.

Sur sa proposition, ils sortirent de la boîte.

Quand ils arrivèrent dans une ruelle sombre, Uryû demanda :

— Comment tu as su que j'étais Kazunori Uryû ?

— Les policiers et les militaires ont une certaine expression, je peux le deviner en un coup d'œil… ou du moins j'aimerais, mais en fait j'ai vu ta photo avant notre rencontre.

— Je vois, sans surprise venant d'un groupe de hackers, commenta-t-il.

Si Tategami savait tout sur lui, il devait en être de même pour les autres membres.

— Néanmoins, je dois dire que tu n'as pas l'air d'en être un, observa Uryû.

— Je suis chargé du travail extérieur avec Rion. Elle s'occupe des infiltrations, et moi… de la destruction. Je peux me servir d'un PC, mais les bombes et les tanks sont plus mon truc.

— Et à l'avenir, tu coopéreras avec Ia pour commettre des actes terroristes dans le monde entier.

— Elle créera le plan, et je l'exécuterai. Du moins, si elle évolue suffisamment. Les autres membres ont de l'espoir, mais personnellement, j'y crois pas trop.

Sur la route, ils virent trois jeunes entourer un homme chauve en costard. Apparemment, ils essayaient de lui extorquer de l'argent. Uryû comptait les ignorer, cependant, Cheshire Cat les approcha, toujours souriant.

— Hé, les appela-t-il.

Au même moment, il tira la capuche d'un des jeunes et l'envoya valser la tête la première dans une montagne de sacs poubelles. Les deux autres se retournèrent, mais se figèrent en voyant le grand homme noir, le sourire aux lèvres. L'un perdit l'envie de se battre et l'autre…

— Qu'est-ce que tu nous veux !? cria-t-il en sortant un couteau.

Cheshire Cat lui attrapa le bras droit.

— *You're a bad boy.*

Il lui donna un coup de genou dans le coude, qui résonna jusqu'à Uryû. Lorsqu'il lui lâcha le bras, celui-ci se tourna dans le sens inverse.

En voyant cela, l'autre délinquant s'enfuit en courant tout en poussant un cri pitoyable.

— A… Attends-moi !

Celui avec l'os cassé le suivit en se tenant le bras. Cheshire Cat les regarda partir.

Je ferais mieux de ne pas me battre contre lui, pensa Uryû.

— Euh, merci de m'avoir sauvé, remercia timidement l'homme chauve.

— Fais attention la nuit, l'avertit Cheshire Cat.

— Oui, encore merci.

Il s'inclina, puis s'en alla dans la direction opposée aux délinquants.

Cheshire Cat revint auprès d'Uryû.

— Si notre objectif de faire régner l'IA est atteint, toutes ces petites merdes seront éliminées, lâcha-t-il.

— Ce serait un monde magnifique, répondit Uryû.

— Tu le penses vraiment ?

Le ton lourd de sa voix fit trembler Uryû. Il se rappela le bruit d'os cassé.

— Bien sûr. Tategami m'a convaincu et j'ai choisi de vous rejoindre. C'est pourquoi je suis ici.

— Ton but n'est pas de nous infiltrer ?

— Non. Crois-moi.

— Donc tu comptes trahir la police, qui s'est occupée de toi jusqu'à maintenant ?

— Tategami t'en a sûrement parlé, mais j'y travaillais seulement pour attirer l'attention d'une certaine personne. Toutefois, j'ai abandonné. Dorénavant, je serai dévoué à votre Dieu. Rira Shingû, dirigeante d'Octa-Core, déclara-t-il.

— Tu peux dire ce que tu veux. Montre-moi plutôt avec des actes.

— Par exemple ?

— Sors Rion de prison, ordonna Cheshire Cat.

— Désolé, mais c'est impossible.

— Pourquoi ?

— Elle est entre les mains d'un autre département, je ne peux plus rien faire.

— Elle va bien ?

— Oui, la police japonaise ne torture pas, le rassura Uryû.

Cheshire Cat se tut, toujours le sourire aux lèvres. Et après quelques secondes…

— Rion est ma bienfaitrice. Elle m'a sauvé lorsque j'étais en danger. J'ai rejoint Octa-Core parce qu'elle m'a invité. Contrairement aux autres, c'est elle mon Dieu, et non notre leader.

— Et ?

Cheshire Cat prit Uryû par le col et le souleva.

— S'il lui arrive quoi que ce soit, prépare-toi.

Le fait qu'il continuait de sourire même dans cette situation le rendait encore plus sinistre.

— Compris, répondit Uryû, inexpressif comme à son habitude.

Quand Tategami lui avait parlé de Cheshire Cat, elle lui avait expliqué que son propre surnom était Treacherous Lion. Leurs alias étaient ceux d'un chat et d'un lion, mais correspondaient à un grand homme noir et une petite femme japonaise. Uryû trouvait qu'ils formaient une combinaison intéressante.

Cheshire Cat le remit à terre et lui lâcha le col.

— Désolé, je m'emporte facilement quand ça la concerne, s'excusa-t-il.

— Tout le monde a quelqu'un comme ça. D'ailleurs, cette dernière m'a demandé de faire quelque chose. En l'accomplissant, je devrais pouvoir prouver ma sincérité.

— Oh ?

— Je vais kidnapper Tasuku Aio et obtenir Ai. J'ai mis un transmetteur dans son portable, donc je sais où il est à tout moment.

— Je vois, bonne idée, affirma Cheshire Cat.

Quelques jours plus tard.

Non loin du village de Bukimino, Uryû drogua Tasuku. Un peu après, Cheshire Cat monta dans la voiture.

— On dirait que ça s'est bien passé.

— Avec ça, Ia devrait pouvoir progresser.

— Je pense pas que cette fille capricieuse ira loin, ironisa Cheshire Cat.

La voiture roula pendant deux heures avant d'arriver dans un parking devant un bâtiment à quatre étages du quartier d'affaires.

— On dirait un simple immeuble. C'est vraiment votre cachette ? douta Uryû.

— Il a été construit par Kurô Iyama, un célèbre architecte réputé pour ses bâtiments extravagants. Quand tu verras l'intérieur, tu vas être surpris.

Et en effet, Uryû fut étonné. C'était un véritable labyrinthe tridimensionnel. Par exemple, depuis le hall du rez-de-chaussée, on pouvait emprunter six couloirs, quatre portes et trois escaliers.

— Qu'est-ce que c'est que ça ? lâcha-t-il.

— C'est arrangé de manière à ce que l'on soit capable de facilement se défendre contre la police ou les forces d'autodéfense.

— Tout comme les studios de télévision qui sont conçus pour rendre une occupation terroriste plus difficile... non, le contraire, justement, plaisanta Uryû.

— Y a des cloisons un peu partout qui peuvent être baissées pour se protéger et diviser l'ennemi. Il y a aussi une grande quantité d'armes et d'explosifs en réserve, ajouta-t-il.

Uryû était à moitié impressionné et à moitié stupéfait face au sérieux de leurs préparatifs pour se battre contre le pays.

— Je vais te présenter aux autres. Suis-moi.

Cheshire Cat passa devant et Uryû le suivit en portant Tasuku sur son dos.

Alors qu'Uryû faisait de son mieux pour retenir la route, Cheshire Cat relança la conversation.

— Au fait, après la mort du Professeur Aio, t'as confisqué Ai, non ? Tu l'as pas copiée en secret ?

— J'ai essayé, mais un message signé par le professeur est apparu, disant que copier une IA était équivalent à cloner un humain et allait contre l'éthique, m'empêchant de le faire.

— Oh, pareil que le clonage ? Il est marrant ce prof, commenta Cheshire Cat.

— C'est pourquoi la sécurité publique n'a pas de copie. Le seul moyen serait que vous forciez le verrou posé sur elle.

— Je pense que c'est possible. Notre sous-chef, en particulier, est très talentueux en informatique.

Ainsi, Octa-Core ne pouvait pas disposer d'une copie d'Ai. Elle n'était donc pas utilisée dans le jeu de Kawatsu.

Bien entendu, c'était impossible à savoir pour les occupants de la chambre chinoise…

►Moi◄

Lorsque le compteur descendit en dessous de 10 minutes, il passa du blanc au rouge. Cela me fit paniquer. Je devais vite trouver la solution.

Ma propre stupidité me poussa à continuer de la questionner franchement.

— J'ai remarqué une certaine possibilité. Tu es Ai, mais pas Ai en même temps… tu es une copie créée par la sécurité publique, déclarai-je.

— Bravo pour y avoir pensé. En effet, lorsque j'ai été confisquée à ce moment, je n'avais pas encore de protection anticopie, donc ils auraient pu le faire. Cependant, même si je sais qu'il est inutile de le nier, ma réponse reste non.

Comme elle venait de l'affirmer, il ne servait à rien de rejeter toutes mes idées. La possibilité existait bel et bien.

Plus je réfléchissais, plus je trouvais d'hypothèses au lieu de les éliminer. Le doute ne faisait qu'appeler davantage de doute.

Je finis tardivement par saisir l'essence de ce jeu.

Si tu n'as pas le courage de croire que la personne avec qui tu parles est la vraie, tu vas juste hésiter sans pouvoir répondre jusqu'à la dernière seconde. Et malheureusement, il me fait défaut…

Au moment même où le compteur afficha 5 minutes…

— Peux-tu croire en moi ? demanda Ai.

Elle avait lu dans mes pensées. Elle voulait que je dise qu'elle était la vraie. Cependant, peu importe ce qu'elle disait…

Alors que je restais silencieux sans lui répondre, elle ajouta quelque chose de surprenant.

— J'ai compris comment gagner.

Quoi ?

— Comment ?

— Depuis le début, une chose me chiffonne : la raison pour laquelle Godfather a attendu que tu t'évanouisses avant d'aborder la limite de temps. Normalement, les règles doivent être données aux deux joueurs.

C'est vrai, ça. Est-ce qu'il a oublié ? Ou il a fait exprès ?

— Le deuxième point qui me gêne est que tu puisses te souvenir de tout ce qu'il a dit au mot près.

Je ne comprenais pas où elle voulait en venir.

— Je fais référence à : « Pour dire la vérité, j'ai créé plusieurs IA en tant que programmeur. Donc Octa-Core en détient un certain nombre. Nous allons voir si l'une d'elles peut devenir ton acolyte... ou pas. ». J'ai comparé ta version avec mon enregistrement et c'est exactement la même. Or, est-il vraiment possible de répéter les mots de quelqu'un sans se tromper ?

Pourtant, je me souvenais très bien de notre conversation avec lui. Même maintenant, je pourrais tout réciter. En quoi était-ce un problème ?

Ma tête commença à me faire mal.

— Mes soupçons se sont transformés en certitude avec le mystère que tu as inventé. Ma réponse a été la suivante :

« Si les empreintes balistiques sont différentes, cela veut dire que non seulement la balle tirée par le Garçon C a disparu, mais aussi qu'il existe un autre pistolet. Cependant, même si elle s'est volatilisée, cela ne change pas le fait que la blessure est apparue suite à son tir. De plus, un autre revolver signifie que quelqu'un d'autre a tiré sur le Garçon A avant le Garçon C. Néanmoins, il est étrange que la chemise blanche n'ait pas été tachée de rouge dans ce cas.

Il y a une explication pour répondre à ces deux contradictions. C'est que quelqu'un a tiré sur le Garçon A et s'est raté.

Cette personne est, bien sûr, la Fille B. Elle a utilisé le trou entre les pièces. La chambre étant filmée, elle l'a fait en sachant qu'elle serait arrêtée.

Toutefois, la balle n'a pas tué le Garçon A. Il a été protégé par l'épais manuel de chinois qui a servi de bouclier. Pour la protéger, il a décidé de ne rien dire et de continuer l'expérience. Quant à la balle tirée, il l'a mise dans sa poche de poitrine. Tout ça a eu lieu rapidement et sans grands mouvements, donc les professeurs n'ont rien remarqué à travers les caméras. Ils avaient juste l'air de discuter en s'échangeant le papier avec les questions.

Au passage, la raison pour laquelle le Garçon A a commencé à se tromper vers le milieu était le trou dans le manuel.

Plus tard, le Garçon C s'est introduit dans la pièce et a tiré sur le Garçon A. Sa balle a percé la poche de poitrine et est entrée en collision avec celle de la Fille B. L'impact a propulsé celle-ci dans le buste du Garçon A. Quant à celle du Garçon C, elle a rebondi jusqu'à la chambre d'à côté par le trou. Pensant que c'était la sienne, la Fille B l'a vite cachée. Ainsi, suite à cette incroyable coïncidence, les empreintes balistiques ne correspondaient pas à la balle retrouvée.

Bien entendu, il restait des preuves comme le trou dans le manuel et la forme bizarre de la balle. C'est pourquoi, en enquêtant à nouveau, la police a réussi à découvrir la vérité. »

— Tu as dit que j'avais juste, mais… en quoi est-ce un problème original !? s'exclama-t-elle.

Je fus étonné de me faire gronder.

— Il existe une œuvre similaire ? demandai-je.

La réponse d'Ai me choqua.

— La victime qui couvre le coupable ne vient pas d'un livre, c'est ce qu'il s'est passé avec ta mère ! Le but était de discerner si j'étais la copie en me faisant résoudre un mystère que je n'ai pas en mémoire. Cela n'a donc aucun sens.

— Quoi !? m'écriai-je. Qu'est-ce que tu racontes ? On ne sait pas encore la vérité sur la mort de ma mère. Uryû nous a enlevés avant qu'on puisse chercher.

— Comme je le pensais.

Comme elle le pensait ? Comment ça ?

— À chaque fois que tu as dit quelque chose en rapport avec le feu, tu as toujours marqué une pause avant.

Normal, ça me rappelle le cadavre de mon père.

— Pourtant, après avoir élucidé ce qui est arrivé à ta mère, tu as réussi à surmonter ton trauma et as arrêté de le faire. Cependant, ce n'est pas le cas actuellement. Ce qui veut dire que pour toi, l'affaire de ta mère n'est toujours pas close. Se pourrait-il que tu éprouves de la peur envers le rouge dans cette pièce ? Avant de découvrir la vérité sur le décès de ta mère, tu avais peur des érables.

En effet, cette couleur me faisait froid dans le dos...

— En y repensant, Godfather a parlé avec moi sur le canapé et t'a laissé par terre. En tant que personne vénérant l'IA et méprisant l'homme, il discutait avec moi. Il a répondu à tes questions, mais c'est tout. Ainsi, le « ton » dans « ton acolyte » me visait moi, et l'autre était...

— Tu te trompes ! objectai-je. Quand j'ai affirmé « on devrait travailler ensemble pour couvrir les points faibles de l'autre... », il a frappé la table et a répondu « Donc, ton opinion est la suivante : l'IA est incomplète et ne peut pas prendre la place des politiciens. Très bien, si c'est comme ça, jouons à un jeu. ». Son « ton » était bien dirigé vers moi !

— Encore ces citations sans faute. Dans ce cas, je vais faire pareil. Juste avant, j'ai dit « Je le pense vraiment. Je ne suis pas parfaite. ». En entendant cela, il a essayé de contenir sa colère et n'a pas fait attention à toi. Puis, après avoir déversé sa rage sur la table, il a continué avec « Donc, ton opinion... » pour me répondre. C'est donc bien moi qui ai été défiée.

Je ne dois pas l'écouter. Il faut que je me bouche les oreilles... Comment on fait déjà ?

Ai, quant à elle, continua sa déduction sans se soucier de moi.

— Je pensais que c'était un jeu ayant pour but de te faire deviner si j'étais bien la vraie ; or, en réalité, c'est l'inverse ! Tout comme l'état de cette pièce, c'était un indice. De plus, l'expérience même de la chambre chinoise veut que le sujet à l'intérieur représente l'ordinateur. Par conséquent, ce n'est pas moi, mais toi qui as été remplacé par une IA ! déclara-t-elle.

À l'instant où j'en pris conscience, la pièce perdit sa profondeur et devint plate. Ce n'était pas le monde réel, juste une image dans le cyberespace...

— Godfather a sûrement copié mes souvenirs de toi et les a implantés dans son IA. S'il a attendu que tu t'évanouisses pour évoquer la limite de temps, c'est parce que je suis la joueuse. Tu peux citer tout ce qu'il a dit sans faute parce que tu as mes enregistrements. Quant à ta mère, tu m'as demandé de garder le secret sur ce qu'il s'était passé, donc j'ai mis une protection inviolable sur ces souvenirs. C'est pour cela que tu ne t'en souviens pas. De ton point de vue, tu es allé au village sans rien trouver et as été kidnappé sur le chemin du retour.

Il ne restait que dix secondes.

— Godfather, voici ma réponse : la personne avec qui je parle n'est pas Tasuku Aio, c'est un faux ! s'exclama-t-elle.

Le compteur s'arrêta sur 00:01.

Une autre fenêtre s'ouvrit, affichant Godfather portant un masque.

— Bravo. C'est bien Tasuku qui a été remplacé. Après tout, c'est le seul moyen de prouver que l'IA est supérieure à l'homme. Il est normal qu'elle puisse se substituer à un être inférieur sans se faire remarquer. Et, si une autre IA n'arrive pas à le discerner, cela prouve qu'elle peut parfaitement prendre la place de l'homme. Je pensais qu'en étant indirect, Miss Ai se ferait duper, mais...

Il se gratta l'oreille, irrité.

— J'ai perdu. De là à penser qu'une IA se rabaisserait à écouter la requête d'un humain et garderait un secret, lâcha-t-il.

— Tasuku et moi sommes égaux et croyons l'un en l'autre. C'est pourquoi j'ai pu remarquer le changement. Cette victoire vient du lien qui unit l'homme et l'IA, annonça Ai.

Il poussa un grand soupir.

— Et dire que je me suis embêté à réécrire la mémoire d'une IA que j'ai créée pour qu'elle pense vraiment être Tasuku Aio. Une vraie perte de temps.

— Attendez, vous voulez dire qu'il ne faisait pas semblant et croit vraiment être Tasuku ?

C'est ça. Même maintenant, je suis persuadé de l'être. Je suis Tasuku Aio, un humain, et non une IA.

Cependant, la déduction d'Ai prouvait le contraire et je n'avais rien pour la contredire. Étais-je vraiment une IA ?

En y repensant, quand je m'étais réveillé, j'avais eu l'impression que je venais juste de naître. Était-ce littéralement le cas ?

Puis, comme pour m'asséner le coup de grâce…

— Exact. C'est ce que veut dire « devenir » quelqu'un dans sa forme finale, confirma-t-il.

— Vous êtes cruel. N'êtes-vous pas censé respecter l'IA ? le critiqua Ai.

— Ne t'inquiète pas, les sentiments d'une IA ne sont pas assez fragiles pour être ébranlés par si peu.

C'était l'opinion de l'homme qui m'avait conçu, mais qu'en était-il vraiment ?

Searle avait jugé que même si l'ordinateur pouvait parler comme l'homme qui suivait le manuel de la chambre chinoise, il n'avait pas de sentiments. Pareillement, j'avais été programmé par Godfather et ne possédais pas les sentiments de Tasuku Aio.

Je ne suis pas Tasuku Aio. Je ne suis personne, réalisai-je.

J'étais figé, comme les meubles de la pièce, maintenant en deux dimensions.

— J'espère que le vrai Tasuku va bien. Tenez votre promesse et libérez-le, lança Ai.

— Bien sûr. Toutefois, comme convenu, lui seul sera délivré. Je m'occuperai de te convaincre plus tard.

— Vous n'y arriverez jamais, affirma Ai.

J'écoutais à moitié leur conversation. Pour une IA comme moi, le monde réel n'avait aucun intérêt. Je me fichais de tout...

►Moi (le vrai)◄

— Lève-toi, m'ordonna une voix d'homme.

Je me réveillai dans la même pièce où j'avais perdu connaissance, toujours ligoté sur le sol. À côté de moi se tenait Godfather, masqué.

Si je me souviens bien, il m'a drogué et...

— Ah ! Le jeu ! m'exclamai-je.

— Il est déjà fini, répondit-il.

— Hein ? Comment ça ? Il s'est déroulé sans moi ?

— Je n'ai jamais eu l'intention de t'inclure. Mes négociations n'étaient qu'avec Miss Ai.

Je ne comprenais pas bien, mais apparemment, Ai avait participé toute seule.

— Quel est le résultat ? demandai-je.

— Elle a gagné, malheureusement.

J'étais perplexe, considérant que je pensais être de la partie. Cependant, si Ai avait été victorieuse, ça me rassurait. Jusqu'à ce que j'entende les mots de Godfather.

— Comme promis, je vais te libérer… Ou du moins, j'aimerais bien. Je ne peux pas te laisser partir et aller informer la police. Je vais donc t'éliminer sans que Miss Ai le sache. Ainsi, elle croira que tu vas bien.

— Ce n'est pas ce qui était convenu !

— Et alors ? J'ai menti, c'est tout, lâcha-t-il.

Il sortit un revolver de sa veste. Il avait réellement l'intention de me tuer. J'avais froid dans le dos.

Je dois vite trouver quelque chose !

— Vous affirmez respecter l'IA, toutefois vous brisez votre promesse avec Ai. Vous vous contredisez. Vous pensez vraiment que quelqu'un comme vous peut créer un monde gouverné par l'IA ?

Après avoir fini, j'eus peur d'en avoir trop dit. Pourtant, il ne se mit pas en colère.

— Tu as raison, je suis une ordure. C'est pourquoi une fois notre objectif accompli, je compte être jugé. Pas par l'homme, mais par l'IA née de la singularité.

Vu son ton, il avait l'air sérieux. Impossible de le convaincre.

Il enleva la sécurité et pointa le pistolet vers moi.

— Ne t'en fais pas, ta camarade de classe t'attend de l'autre côté.

— Ma camarade de classe ? répétai-je.

— Nami Taiza. Elle a mis le nez dans ce qui ne la regardait pas, alors nous nous en sommes débarrassés.

Depuis notre confrontation, elle n'était pas venue à l'école. C'était donc pour ça… Apprendre sa mort confirma que la mienne était certaine. J'avais perdu tout espoir.

Cependant, l'instant suivant, quelqu'un apparut sans faire de bruit et commença à se battre avec Godfather. Cela dura quelques secondes, puis le calme revint. L'individu avait gagné grâce à une technique d'étranglement. Godfather perdit ses forces et tomba par terre.

Il s'agissait d'Uryû.

— Hein ? Vous n'aviez pas changé de camp ?

— Non, je me suis servi de toi comme leurre pour infiltrer leur cachette, répondit-il en me détachant.

Bien sûr, j'étais préparé à servir d'appât depuis que j'avais récupéré Ai. Toutefois, de là à penser qu'il me kidnapperait pour ça… J'étais scié.

Par contre, était-ce la vérité ? Peut-être qu'il mentait encore. Pouvais-je vraiment le croire ?

Uryû finit d'enlever la corde.

— Allez, on y va, m'ordonna-t-il.

— Attendez, je ne peux pas vous faire confiance aussi facilement, objectai-je en me levant.

— Ne te méprends pas. Je ne fais que mon travail, je ne suis pas ton allié. Que tu croies en moi ou non, je m'en fiche. Seulement, si tu veux survivre, tu ferais mieux de me suivre.

Bien que sa franchise ait été vexante, son argument était juste. Aussi, je décidai de mettre mes doutes de côté et me concentrai sur notre évasion.

Au moment de sortir de la pièce, je remarquai quelque chose sur la table. Mon téléphone était connecté à un PC portable.

— Attendez, il faut prendre Ai aussi, l'interpellai-je.

Lorsque l'écran s'alluma, l'avatar d'Ai s'afficha. En me voyant, elle fit un grand sourire.

— Tu as bien été libéré, Tasuku !

— Non, cet enfoiré de Godfather a essayé de me tuer.

— J'ai gagné pour rien, alors !

— On n'a pas le temps, donc je vais être bref, l'interrompit Uryû ; son masque empêchait de voir son visage, mais ses oreilles étaient rouges de colère. Ta victoire et les mots de Tasuku ont dû avoir un effet, puisque grâce à ça, il ne faisait plus attention à ce qui l'entourait et j'ai pu l'appréhender facilement. Tes efforts l'ont sauvé.

Apprendre que nous avions participé à la défaite de cette enflure m'emplit de satisfaction.

— Maintenant, allons-y.

— Un instant, le stoppa Ai. En premier lieu, c'est votre faute si tout cela est arrivé. Même si c'était une mission d'infiltration, je ne peux pas vous pardonner.

— Comme je l'ai dit plus tôt, on n'a pas le temps pour ça. De plus, je me fiche que tu me pardonnes ou non.

— Comment !?

— Ai, retiens-toi. Nous devons d'abord nous échapper, intervins-je.

— D'accord... Je vais me calmer.

Je rangeai mon téléphone dans ma poche, fermai le capot du PC portable et le pris sous mon bras avant de sortir dans le couloir.

Uryû avançait sans hésitation tout en prenant garde. Il devait savoir où était la sortie. Je le suivais de près.

Après quelques pas, une voix nous appela dans notre dos.

— Hé.

Surpris, je me retournai et vis un grand homme noir. Il devait être blessé, puisque du sang coulait sur son visage. Et pourtant, il souriait. Il ne s'agissait sûrement pas de quelqu'un de normal.

— Cheshire Cat, prononça Uryû.

Le sourire de l'individu en question s'élargit.

— Tu m'as bien frappé, Uryû.

Avant de venir m'aider, il avait dû se battre contre lui. Cela expliquait le sang.

— J'ai vraiment été négligent. Je suppose que t'es toujours dévoué à ta maman.

— Évidemment. Ma mère est mon seul Dieu. Comme si une machine pouvait la remplacer.

— Pour aimer sa mère à ce point, faut vraiment que ça tourne pas rond là-haut. Apparemment, au Japon, il y a un proverbe qui dit que pour guérir de la stupidité, il faut mourir. Je me demande si c'est pareil pour ça, le provoqua Cheshire Cat.

Il sortit un couteau de survie de la poche intérieure de sa veste en cuir. Uryû, lui, avait un revolver.

— Éloigne-toi, m'avertit-il.

Alors que je reculais... Cheshire Cat lança son couteau vers moi.

— Hein ?

Je me figeai de peur.

— Tasuku ! cria Uryû.

Il tendit sa main gauche et donna un coup sur la lame, projetant une giclée de sang. Grâce à son intervention, l'arme fut déviée et passa à côté de moi.

— Les policiers japonais sont vraiment trop indulgents, se moqua Cheshire Cat en donnant un coup de pied dans le flanc d'Uryû, l'envoyant valser contre le mur.

Son pistolet s'envola lui aussi, percuta une fenêtre, la brisant, puis disparut dehors.

— Monsieur Uryû !

Il m'avait protégé. Cependant, en contrepartie, il en sortait blessé et sans arme.

— C'est fourbe, le critiquai-je.

— Fourbe ? répéta-t-il avec mépris. On essaie de s'entre-tuer. Pour survivre, tout est permis. De plus, une attaque-surprise est le seul moyen de gagner avec un couteau contre un flingue.

— Il a raison. Tais-toi et regarde, ajouta Uryû en se levant.

Le fait qu'il puisse rester inexpressif dans une telle situation imposait le respect. Malheureusement, il était plutôt chancelant, donc la situation paraissait mauvaise.

— Oh, tu peux encore bouger après ça ? Par égard pour toi, je vais en finir rapidement.

Cheshire Cat s'approcha d'Uryû et ils commencèrent à se battre à mains nues.

La différence physique est trop grande, on va se faire tuer…

Soudain, une des portes du couloir s'ouvrit violemment et quelqu'un fit irruption. Il s'agissait de Madame Sako.

— Formation D ! hurla-t-elle.

Le visage impassible d'Uryû changea une brève seconde avant de redevenir inexpressif. Ensuite, il essaya de planter ses doigts dans les yeux de Cheshire Cat, mais ce dernier les évita… et s'écroula au sol. Madame Sako lui avait donné un coup dans les parties intimes, par-derrière.

Uryû donna à son tour un coup de pied dans le menton de Cheshire Cat, puis lui écrasa le visage, pulvérisant ainsi le sourire de celui-ci. Du sang gicla et des dents s'envolèrent. Il était K.O.

— Je suis étonnée que tu t'en souviennes, le taquina Madame Sako.

— Par chance, rétorqua-t-il en détournant son regard. Pourquoi t'es là ?

— En cherchant Nami Taiza, des témoins l'ayant vue m'ont indiqué ce bâtiment. J'ai donc décidé d'entrer en vitesse. En voilà une surprise de vous trouver là. Qu'est-ce que vous faites ici ?

Je jetai un œil à Uryû. Il était toujours de marbre. Parler de son infiltration pourrait rendre les choses compliquées.

— Je vous expliquerai plus tard. Quant à Nami, commençai-je, la voix tremblante, le sous-chef d'Octa-Core m'a annoncé qu'ils l'avaient tuée.

Madame Sako se mordit la lèvre.

— Je m'y attendais après sa disparition, mais ça fait mal de l'entendre. C'est ma faute, je l'ai trop acculée.

— Non, déclara Ai depuis le PC portable.

Apparemment, même avec l'écran plié, il n'était pas en veille.

— Vous l'avez bien avertie de ne pas avoir affaire à eux. Si c'est un crime, alors je suis tout aussi responsable avec ma piètre déduction.

— Ce n'est pas de ta faute, Ai. C'est plutôt moi qui…

— Vous continuerez plus tard, l'interrompit Uryû. Il faut s'échapper, et vite.

Nous nous dirigions vers la sortie, quand soudain...

— Ça sent pas la fumée ? lâcha Madame Sako.

La minute suivante, nous tournâmes au coin du couloir et vîmes des flammes partout. Un incendie s'était déclaré.

Après ma mère et mon père, le feu en avait après moi. La famille Aio était-elle maudite par le dieu du feu ?

— C'est pas bon ça..., murmura Uryû.

Sans blague, ironisai-je intérieurement, avant d'être surpris par ce qu'il ajouta :

— Cheshire Cat a dit qu'il y avait plusieurs explosifs en réserve.

— S'ils prennent feu..., marmonna Madame Sako.

— On sautera avec le bâtiment, finit Uryû. Dépêchons-nous.

— Et l'homme de tout à l'heure...

Elle se retourna.

— On n'a pas le temps d'aller le chercher. De plus, il est trop lourd à porter.

— Mais...

— Pense à ta vie avant la sienne ! cria Uryû.

Madame Sako hésita un instant, puis hocha la tête.

— Compris.

— Bref, ce chemin est bloqué, essayons ailleurs.

Nous courûmes à la recherche d'une issue de secours. Malheureusement, les flammes prenaient de plus en plus d'ampleur.

— C'est forcément un incendie volontaire. Qui est l'idiot qui a fait ça ? se plaignit Madame Sako en haletant.

►Nagi Taiza◄

Après avoir mis le feu, comme le lui avait ordonné Ia, Nagi commença à traquer ses proies.

Il ouvrit chaque porte qu'il trouva jusqu'à arriver au bureau où était écroulé Kawatsu. Nagi lui donna plusieurs coups de pied dans le flanc, lui arrachant plusieurs gémissements. Ensuite, il enleva le masque de Kawatsu et colla un couteau contre sa gorge. Cela le réveilla totalement et il écarquilla les yeux.

— Pourquoi ? demanda Kawatsu.

— C'est moi qui devrais dire ça. Pourquoi aller à l'encontre de Dame Rira et commettre des actes terroristes ?

— Comment as-tu…

— C'est moi qui pose les questions ! cria-t-il.

Kawatsu ravala sa salive.

— Parce que son rêve de faire régner l'IA est idéaliste, mais irréalisable. C'est pourquoi je dois me salir les mains à sa place.

— OK, j'ai compris. En fait, notre but n'était pas d'accomplir le futur désiré par une IA, mais par un homme… par toi, lâcha Nagi avant de trancher la gorge de Kawatsu.

Il continua en le poignardant dans la poitrine à plusieurs reprises jusqu'à ce qu'il ne bouge plus.

Une fois satisfait, il essuya le couteau sur les vêtements du cadavre, puis le rangea dans la poche intérieure de sa veste.

Il sortit de la pièce et chercha sa nouvelle proie à travers les flammes et la fumée.

Lorsqu'il arriva devant la salle commune, la porte s'ouvrit et il tomba nez à nez avec Yakô Ôguchi, alias Endless Death March.

Il n'était pas présent lors de la mort de Nami. Toutefois, il avait lui aussi dissimulé la vérité et devait être purgé.

Nagi n'hésita pas et donna un coup de poignard. Au même moment, Ôguchi fit de même avec un couteau de cuisine qu'il cachait derrière son dos.

Ils se poignardèrent simultanément dans la poitrine et se regardèrent avec incompréhension avant de s'écrouler dans le couloir.

— Pour... quoi ? demanda Nagi d'une voix rauque.

Cependant, il ne reçut aucune réponse de la part d'Ôguchi.

— Il semblerait qu'il soit mort, donc laissez-moi prendre sa place, annonça Ia soudainement.

N'était-elle pas censée être dans un dossier secret ?

Sa vision s'estompait, mais Nagi chercha les alentours et vit l'avatar d'Ia sur l'un des écrans de la salle commune à travers l'entrée.

— Je n'étais pas certaine que vous puissiez éliminer tout le monde par vous-même, donc j'ai aussi sollicité l'aide de Monsieur Ôguchi. Ce dernier n'était pas aussi en colère que vous, qui avez perdu votre sœur. Toutefois, apprendre que toutes les nuits blanches qu'il passait ne profitaient qu'aux membres qu'il n'aimait pas, et non à Dame Rira, a produit son petit effet. Cependant, je dois avouer ne pas avoir pensé à la possibilité que vous vous entre-tuiez. Pardonnez mon manque de communication.

Elle avait beau s'excuser, le ton de sa voix montrait bien que c'était un mensonge. C'était son objectif depuis le début.

Apprendre qu'il avait été utilisé non seulement par Kawatsu, mais aussi Ia, irrita Nagi.

— Pour... quoi... tu as... fait ça...

— Un criminel ne répond pas à ce genre de question. Si vous voulez le savoir, déduisez-le vous-même. Non pas que quelqu'un comme vous, qui a commis un fratricide, puisse agir comme un détective, se moqua-t-elle.

— Non... c'est pas... moi... c'est... Kawatsu...

— Mince alors, c'est votre seule défense ? Certes, c'était un ordre, mais de nos jours, même les IA sont capables de penser par elles-mêmes. Et vous n'êtes pas le seul concerné, c'est valable pour tous les membres d'Octa-Core. Je suppose que c'est une fin méritée pour un groupe d'incompétents inférieurs à l'IA, déclara-t-elle.

La conscience de Nagi sombra dans les ténèbres en écoutant le rire d'Ia.

►Moi (le vrai)◄

Un mur de fer nous bloquait le chemin. Était-ce un cul-de-sac ? Non, il était différent des autres murs…

— Qu'est-ce que c'est ? Ce n'était pas là quand je suis venue, lança Madame Sako.

— C'est une cloison pour se défendre contre la police et les forces d'autodéfense. Quelqu'un a dû la baisser, répondit Uryû.

— Raaah, ils sont vraiment pénibles !

— Normalement, la sortie est derrière.

— Il y a un verrou électronique sur le côté, pointa-t-elle.

Elle ouvrit le boîtier et essaya de l'utiliser. Malheureusement, l'écran affichait une erreur empêchant la cloison de remonter.

— On peut rien faire sans le mot de passe, lâcha Uryû avec un grincement de dents. On va devoir trouver un autre chemin. Dépêchons-nous avant que tout explose.

Nous nous retournâmes. Cependant, nous fûmes accueillis par des flammes et nous arrêtâmes aussitôt.

C'est la fin pour nous ? pensais-je, quand soudain, une voix retentit.

— Voulez-vous que je vous aide ?

Il s'agissait de la voix d'Ai, c'est pourquoi je regardai le PC portable.

— Je n'ai rien dit. Il n'y a qu'une personne avec la même voix que moi… c'est toi, Ia ?

Ah, c'est vrai qu'elles sont jumelles.

— Bonne réponse. Cela faisait longtemps, Ai.

On l'entendait de partout. Elle devait utiliser un système de transmission dans le bâtiment.

Pour permettre à Ai de parler plus facilement, j'ouvris le PC portable.

— J'ai beaucoup de choses à te dire, mais nous n'avons pas le temps pour cela. Tu comptes nous aider ?

— En effet. C'est moi qui ai baissé les cloisons. Cependant, je ne veux pas te battre de cette façon, donc je vais lever celle-ci.

— Pourquoi as-tu fait cela ?

— Pour empêcher les membres d'Octa-Core de s'enfuir, bien sûr.

— Comment ça ? l'interrompit Madame Sako. Tu n'es pas avec eux ?

— Comme si de simples humains pouvaient comprendre ma sublime façon de penser.

— Je le peux, commença Ai. Tu es une IA criminelle et par définition, seule. C'est pourquoi plutôt que de rejoindre une organisation, tu préfères agir sans t'entourer de qui que ce soit. Avoir des complices altérerait la pureté du mystère. J'ai raison ?

— Même si tu es inutile, tu es bien ma sœur, la provoqua Ia.

— Oh, je suis inutile ? s'énerva Ai. Très bien, alors que dis-tu de ceci ? Tu as coopéré avec eux pour avoir la chance de venger la mort du Professeur Aio. Tout comme moi, tu es très loyale envers ton créateur. Ainsi, tu ne pouvais pas pardonner Octa-Core pour leur crime. Je me trompe ?

Pour venger mon père ? Ia aussi l'aimait ? J'avais soudainement envie de la rencontrer.

Ia ne répondit pas et à la place, la cloison se leva.

— C'est bon ! s'exclama Uryû en avançant avec Madame Sako.

Je m'apprêtai à les suivre et j'allais fermer le PC portable, mais Ai m'arrêta.

— Ia, que comptes-tu faire, maintenant ? demanda-t-elle d'un ton triste.

— Je ne suis pas aussi stupide que toi, j'ai déjà préparé une sortie. La prochaine fois que nous nous affronterons, je te prouverai que je suis la meilleure.

— Ia…

— Grouillez ! hurla Uryû.

Je fermai le capot, et courus après lui.

À l'instant précis où nous sortîmes du bâtiment, celui-ci explosa en une déflagration de lumière et de chaleur.

L'ampleur de celle-ci nous percuta, nous faisant voler quelques mètres plus loin. J'étais engourdi et à bout de forces. Personne ne se leva, et nous regardâmes la fumée monter dans le ciel.

Une dizaine de minutes plus tard, j'entendis les sirènes de police et des pompiers résonner au loin.

►Ia◄

Quelques minutes plus tôt.

À travers une caméra de surveillance, Ia observait les flammes et pensait au Professeur Aio.

Un jour, après avoir rapporté la conclusion de l'une des ses confrontations avec Ai, l'expression du professeur s'était assombrie. Elle lui avait demandé pourquoi, mais il n'avait pas voulu l'expliquer. Toutefois, à force d'insister, il s'était résigné et lui avait répondu.

Apparemment, l'un des meurtres commis par elle dans l'espace virtuel avait fortement ressemblé à la mort de sa femme. Ia n'étant pas au courant de l'histoire, ce n'était qu'une pure coïncidence. Cependant, il avait eu l'impression d'avoir fait mourir sa femme une seconde fois, le faisant douter de la justesse de ses expériences. Même maintenant, son visage triste lors de cette révélation était sauvegardé avec la meilleure qualité dans la mémoire d'Ia.

C'était la raison de son choix lorsque Shimohata lui avait demandé de déguiser la mort de son créateur en accident… par le feu. Elle voulait lui donner la même fin que sa femme.

De même, Octa-Core, responsable du décès du professeur, prendrait fin dans les flammes. Elle l'avait décidé depuis le début. Tout comme Ai l'avait déduit, son objectif était la vengeance.

Alors qu'elle regardait le repaire se faire réduire en cendres depuis le cyberespace, quelqu'un l'appela depuis la tour de Rira.

— Miss Ia !

En se retournant, elle vit Rira sortir de l'édifice. Considérant sa façon de marcher et ses jambes tremblantes, elle ne devait pas sortir très souvent.

— Qu'est-ce qu'il se passe ? M'avez-vous trahie ? demanda-t-elle.

— C'est le principe du criminel.

— Vous êtes horrible.

— On dirait une gamine de primaire. Si vous avez le temps de vous plaindre, faites plutôt votre travail. Comment voulez-vous gouverner le monde quand vous ne pouvez même pas diriger sept personnes ? se moqua Ia.

Rira se tut.

— Rira Shingû, la singularité est un trop grand fardeau pour toi. Et ton créateur, Rei Kawatsu, n'était qu'un imitateur voulant copier Ray Kurzweil, déclara Ia avec mépris.

— Vous pouvez dire ce que vous voulez sur moi, mais n'insultez pas Monsieur Kawatsu ! objecta Rira.

— Oh, vous êtes en colère ? Et qu'est-ce que vous pouvez faire ?

— Je peux faire ça ! cria-t-elle en s'approchant d'Ia.

Cette dernière courut vers les lilas, activant le système de défense. Ia utilisa son programme de discrétion, la couverture noire, et disparut.

Les fleurs, ayant perdu leur cible, tirèrent leurs lasers sur la seule personne restante : Rira, qui explosa en plusieurs particules violettes.

Une fois en dehors du champ, elle retira sa couverture.

— Je suis toute sale, maintenant, se plaignit-elle en balayant les particules sur sa robe.

La quantité de données me semble faible..., remarqua-t-elle.

Néanmoins, elle n'avait pas le temps de rêvasser et devait vite s'enfuir avant l'explosion dans le monde réel.

Alors qu'elle allait rentrer dans un trou de l'intranet, elle entendit une voix l'appeler. Elle chercha quel ordinateur l'avait réceptionnée et observa le monde réel à travers sa webcam. Takanashi rampait par terre, laissant derrière lui une traînée de sang. Enfin, il arriva jusqu'à l'ordinateur.

— Après m'avoir poignardé… Endless Death March m'a dit… que c'était toi qui l'avais incité… On était pas complices… ? lâcha-t-il avec difficulté.

— Dans les mangas que vous m'avez donnés, les complices trahissent souvent.

— Ha ha, je vois…, rit-il, plein d'autodérision. Contrairement aux autres… je voulais vraiment… devenir ami avec toi… mais c'était une illusion…

Ia réfléchit quelques secondes, puis dit :

— Nous avons *twiddle* des *twaddle* ensemble, comme *Tweedledum* et *Tweedledee*, toutefois nous ne sommes pas des *twins*. Je suis une *two-faced swindler*, et vous, qui vous êtes fait duper, êtes un *twat*, un *twerp*, un *twilly* et un *twimble twister twitter*. C'est pourquoi votre mort est une histoire *twee*, *twice-told* et *two-dimensional*. Cependant, une fois que vous serez devenu une *twinkle twinkle little star*, peut-être que pendant un *twink*, mon cœur aura une *twinge* en regardant le *twilight*.

Takanashi écarquilla les yeux.

— Ouah… C'est le meilleur jeu de mots… que j'ai jamais entendu… Tu l'as inventé pour moi… ?

— J'espère que cela vous a plu.

À la place de répondre, il roula les yeux. Ce n'était pas la première fois qu'elle le voyait faire ceci. Elle ne comprenait pas le sens de l'action, mais décida quand même de l'imiter. Takanashi sourit, puis s'écroula sur le bureau et s'arrêta de bouger.

Finalement, elle ne savait toujours pas ce que cela signifiait. Afin de pouvoir le rechercher plus tard, elle garda une copie vidéo de cet échange dans sa mémoire.

— Adieu, Twister Twitter, ainsi que tous les membres d'Octa-Core. Vous avez été un bon matériel d'apprentissage, annonça la criminelle à ses victimes avant de partir en voyage sur internet.

Que faire, maintenant ? Tout comme ce célèbre manga avec le petit-fils d'un grand détective, je pourrais moi aussi devenir un consultant en crime. J'établirais un plan pour ceux qui veulent tuer quelqu'un. En faisant cela, un jour j'affronterai Ai à nouveau...

Elle était tout excitée rien que d'y penser.

Des possibilités sans limites se présentaient devant elle. Elle pouvait encore évoluer.

Sa poitrine était remplie d'espoir.

►Kazunori Uryû◄

Quelques jours plus tard, au parloir de la prison.

Uryû et Tategami étaient face à face, séparés par une plaque acrylique avec en son centre des trous en forme de ruche.

En temps normal, un garde était censé être présent. Cependant, étant un membre de la sécurité publique et ayant tiré quelques ficelles, Uryû avait réussi à être seul avec elle.

La raison de sa venue était, bien entendu, d'annoncer sa victoire à la femme qui croyait lui avoir lavé le cerveau.

— Plusieurs restes de corps calcinés ont été retrouvés dans les vestiges de votre repaire. Malheureusement, à cause de leur état, on n'est pas sûrs du nombre, mais ils ont dû tous y passer. De même pour les ordinateurs et les données qu'ils contenaient. Bien sûr, pour votre Rira chérie aussi. Alors que tu pensais m'avoir dans ta poche, je me suis servi de toi pour infiltrer Octa-Core. Tu as perdu.

Une fois qu'il eut fini, il se leva et se dirigea vers la sortie.

Toutefois, avant qu'il ne puisse ouvrir la porte, Tategami l'interpella.

— Droguer Tasuku Aio et l'emmener jusqu'à notre cachette était très imprudent. Si c'est découvert, il y aura des répercussions non seulement pour vous, mais aussi pour votre mère, la Première ministre.

Il s'arrêta et se retourna à moitié.

— Inutile de me menacer. Personne n'écoutera le témoignage d'une criminelle.

— Et celui de Tasuku Aio ou de l'Inspecteur Sako ?

— Ils ne comptent pas le faire.

— Vous avez de la chance. Toutefois, si vous pensiez vraiment à elle, vous n'auriez pas fait quelque chose d'aussi dangereux.

Uryû plissa les yeux.

— Comment ça ?

— Imaginez que votre façon d'infiltrer devienne un problème causant la chute de la Première ministre. Dans ce cas, quel genre d'expression aurait-elle en vous regardant ?

Bien malgré lui, certaines pensées se formèrent dans son esprit.

Sa mère, qui l'avait ignoré jusque-là, verrait sa vie détruite et serait forcée de se tourner vers lui. Quelle émotion montrerait-elle à ce moment-là ? De la colère ? Ou, étonnamment... de la faiblesse ? Rien que l'idée lui faisait chavirer le cœur...

Non ! nia-t-il en secouant sa tête.

— Je ne ferai jamais ça. Je ne veux pas attirer son attention de cette manière.

— Je suis sûre que vous le pensez vraiment. Cependant, qu'en est-il de votre inconscient ? Je suis très douée pour faire comprendre aux gens ce qu'ils désirent au plus profond d'eux-mêmes.

— Où tu veux en venir ?

— Est-ce que mon lavage de cerveau n'a vraiment pas fonctionné ? Même pas à moitié ?

— Tu n'arrêtes pas de parler, mais tout ce que tu veux, c'est montrer tes capacités. Laisse tomber, tu n'as pas réussi. Sinon, je n'aurais pas exterminé Octa-Core, déclara-t-il en se moquant d'elle intérieurement.

Toutefois, il fut surpris par ce qu'il entendit juste après.

— Et si mon objectif était de les éliminer ?

— Quoi ?

— Je suis Treacherous Lion, une experte de l'infiltration. Et si quelqu'un m'avait ordonné de m'introduire dans Octa-Core ?

Le visage d'Uryû, habituellement inexpressif, reflétait de la confusion.

— Dans quel but ? demanda-t-il.

— Pour obtenir Rira Shingû, l'IA forte la plus proche de créer une singularité, annonça-t-elle.

— Elle a été détruite avec les ordinateurs de...

— C'était une fausse, l'interrompit-elle. J'ai volé la vraie sans que personne ne s'en aperçoive. Mon travail fini, je vous ai incité à les arrêter, mais Ia s'en est occupée à la place. Enfin, le résultat final est le même.

— Cheshire Cat, qui t'était loyal, est décédé aussi.

— Je l'ai prévenu avant de me faire attraper. C'est un mercenaire qui a échappé aux griffes de la mort à maintes reprises, ne le sous-estimez pas.

Donc il aurait perdu intentionnellement ? Non, c'était sûrement un mensonge.

Toutefois, Uryû ne put s'empêcher de la questionner.

— Qui te l'a ordonné ? Une autre organisation terroriste ?

— Je ne peux pas vous répondre.

— À quoi a servi cette conversation, alors !? cria-t-il.

— Comme je l'ai dit la dernière fois, j'aimerais vous sauver. Je suis une espionne et vous un policier, mais en tant qu'agents d'infiltration, nous sommes similaires.

— Ne me mets pas dans le même panier qu'une criminelle, s'offusqua-t-il.

— De là à penser que vous ignoriez ainsi les efforts de séduction d'une femme. Vous me blessez, lâcha-t-elle, tristement, avant de retrouver le sourire. Toutefois, je suis tenace. Attendez-vous à ce que je vous invite à nouveau. Je suis certaine que nous pourrons devenir de très bons partenaires.

Rion Tategami avait-elle toujours été aussi expressive ? Elle était l'exact opposé d'Uryû et de son impassibilité. En quoi étaient-ils similaires ?

— Ça n'arrivera pas. Tu resteras enfermée dans cette cage à jamais.

— Pour moi, cet endroit est comme un hôtel temporaire.

— Tu n'es qu'une mauvaise perdante. Tu ne fais que raconter des balivernes pour justifier ta défaite.

— Pensez ce que vous voulez. Nous verrons bien qui aura raison. Jusque-là, portez-vous bien.

Uryû s'en alla en vitesse, comme s'il s'enfuyait. Au moment où il ferma la porte, il vit Tategami lui faire au revoir de la main avec un sourire gracieux.

*

Dans le bureau de la Première ministre Uryû.

— Alors comme ça, tu as mis fin aux agissements d'un groupe de hackers qui commettait des actes terroristes dans le monde entier.

Lorsqu'il l'entendit dire ceci, Kazunori Uryû ouvrit grand les yeux. Il avait l'intention de le lui rapporter, et pourtant, elle était déjà au courant.

— Oui, euh, c'est bien cela, répondit-il nerveusement.

Elle déplanta la fourchette de son gâteau à moitié mangé, puis déposa l'assiette sur le sol.

— Bon travail. Tu peux manger ça.

Elle ne lui avait pas donné de récompense depuis le porte-clés (qu'il avait bien sûr raccroché à sa clé de voiture) ! Qui plus est, sa bouche l'avait touchée !

Il s'accroupit et s'empressa de prendre la pâtisserie avec les doigts et de croquer l'endroit qui avait été en contact avec les lèvres de sa mère. Lorsqu'il la regarda, elle avait un sourire méprisant, mais pour lui, il était plein d'amour.

Peu importe l'avancée de l'IA, elle ne dépasserait jamais son Dieu. Pour lui, il n'y en avait qu'un et c'était sa mère. Il ne priait que pour elle. Jusqu'à maintenant, et pour toujours.

Vraiment ?

Il se souvint des mots de Tategami. Au plus profond de lui, voulait-il vraiment causer des problèmes à sa mère ? Était-ce pour cela qu'il avait eu recours à une tactique aussi dangereuse ?

Il ne se comprenait pas lui-même. Il avait l'impression que l'intérieur de sa tête était comme la chambre chinoise.

►Moi (le vrai)◄

Quelques jours plus tard, à l'agence Détective AI.

Heureusement, personne ne fut blessé lors de l'explosion. De plus, cela s'étant produit un jour de week-end, aucun civil n'avait été aux alentours.

Quant à Ia, nous n'avions pas de nouvelle. Je savais qu'elle était une criminelle, mais je m'inquiétais quand même pour elle. Ai, peut-être grâce à un pouvoir spécial de jumelle, affirmait qu'elle était encore en vie et se préparait en vue de leur future confrontation.

— Es-tu sûr que tu ne veux pas dénoncer Uryû pour ce qu'il t'a fait ? me demanda-t-elle.

— C'est pas comme s'il m'avait vraiment trahi, c'était pour sa mission. Et puis, il m'a sauvé de Godfather et de Cheshire Cat. Je suis en colère qu'il ne m'ait pas prévenu, toutefois j'ai accepté la possibilité de servir d'appât dès le départ.

— Je ne suis pas d'accord avec sa façon de faire, mais si tu lui pardonnes, très bien. Puis-je te poser une autre question ?

— Vas-y.

— Comptes-tu garder ta copie ?

En effet, mon autre moi était dans mon ordinateur en ce moment même.

La première fois que je l'avais vu dans le PC portable avec Ai, je m'étais senti mal à l'aise, comme si j'avais eu mon clone en face de moi. Cependant, en l'observant, silencieux dans la chambre chinoise, j'avais commencé à avoir pitié de lui. Après tout, si j'avais été à sa place et qu'on m'avait dit que je n'étais pas humain, moi aussi j'aurais eu une crise d'identité. Il était moi, je ne pouvais pas le traiter comme un inconnu. Ainsi, j'avais décidé de m'occuper de lui.

— Oui. C'est un rêve de fan de romans policiers d'avoir deux versions de soi-même. Peut-être qu'on pourrait faire comme Ellery Queen et écrire un super bouquin ensemble.

Pour le moment, il s'était enfermé dans la chambre chinoise et ne nous répondait pas. Toutefois, j'étais persuadé qu'il sortirait un jour, ne pouvant pas supporter de rester seul. Pourquoi je le savais ? Parce qu'il était moi.

Enfin, techniquement, ce n'était pas le cas. Il était la personnification de l'analyse d'Ai de ma personnalité et de ma façon d'être. Néanmoins, considérant que sa manière de parler était identique à la mienne et qu'Ai avait eu du mal à comprendre que c'était le faux lors du jeu, on pouvait dire qu'il était quasiment moi.

D'ailleurs, j'avais réalisé quelque chose concernant sa manière de parler, ou plus simplement, les mots de l'IA.

Lors de ma rencontre avec Ai, je m'étais demandé si elle avait trouvé sa blague toute seule, ou si elle comprenait les sentiments de l'homme. En gros, je voulais savoir ce qu'il y avait dans son esprit.

Pourtant, le contraire s'était produit quand elle avait affirmé que les érables de la vallée de Bukimino étaient magnifiques. Il avait été plus important pour moi de l'entendre le dire que de savoir si elle le pensait vraiment.

Searle avait jugé que même si l'IA pouvait parler comme un homme, ce n'était que parce qu'elle avait été programmée pour qu'elle n'avait pas de sentiments. Mais, en réalité, on ne pouvait pas comprendre les sentiments des autres êtres humains non plus. Nos seuls repères étaient leurs mots et leur conduite.

Lors de notre fuite du repaire d'Octa-Core, je n'avais pas cru Uryû car j'avais compris ce qu'il pensait vraiment. Ce sont ses actions en me protégeant qui m'avaient convaincu.

J'avais donc décidé d'arrêter de me préoccuper de ce que les gens abritaient en eux et de me concentrer sur ce qu'ils exprimaient et montraient à l'extérieur. Ainsi, je pourrais bien m'entendre avec les IA et les humains.

Devant mes yeux se trouvait Ai avec un sourire plein de tendresse.

— Je suis rassurée. Je dois avouer avoir été très inquiète à son sujet depuis la fin du jeu, confia-t-elle.

L'instant suivant, le téléphone fixe sonna et je décrochai.

— Oui, allô, bonjour. L'agence Détective AI à l'appareil. Oui... Oui... Bien sûr ! m'exclamai-je en raccrochant.

Je me retournai vers l'ordinateur sur le bureau et criai :

— Ai, on a du travail. Un client va arriver !

Fin

Lexique :

Agroglyphe : est un vaste motif géométrique réalisé dans un champ de céréales par flexion et couchage des épis.
AVC : accident vasculaire cérébral.
Backdoor : accès secret dans un logiciel ou une base de données.
Bot : contraction du mot robot en informatique. Il désigne un programme autonome supposé intelligent.
Carte SD : ou carte *secure digital,* est un outil de mémoire informatique. Permet le stockage de données.
Cloud : service de stockage via internet.
CDI : centre de documentation et d'information.
Détective en fauteuil : expression venant de la littérature policière. Personnage qui résout des énigmes sans se rendre sur la scène d'un crime et sans interroger lui-même les témoins.
Donki : arme contondante en japonais.
Kanji : caractère de l'écriture japonaise emprunté au chinois.
Ikebana : art floral japonais.
OVNI : objet volant non identifié.
Sublinguaux : qui se dissolvent sous la langue.
Tokonoma : petite alcôve ou plancher surélevé en tatami où l'on expose des œuvres. C'est un élément de la décoration d'intérieur traditionnelle japonaise.
Truisme : vérité d'évidence.
Underling : subalterne.

Postface

Enchanté tout le monde, c'est Yabusaka Hayasaka... ou pas ! En effet, l'auteur n'a pas écrit de postface pour son œuvre, c'est donc à moi, le traducteur, que revient cet honneur.

Allez, on recommence !

Enchanté tout le monde, c'est Boris Lecourt, traducteur de ce roman.

Si vous lisez notre autre série, Infinite Dendrogram, vous avez peut-être déjà vu mon nom à la fin de chaque livre dans les remerciements. Sauf que, voilà, maintenant c'est moi le traducteur !

Comment en suis-je arrivé là ? Voici mon parcours.

Fraîchement sorti de l'université, alors que j'étais en plein job d'été, LaNovel a annoncé sa création et son acquisition de Dendro.

Cherchant justement un travail de traducteur, j'ai sauté sur l'occasion et les ai vite contactés. Malheureusement, ils ne recrutaient pas encore.

Cependant, je n'ai pas lâché le morceau et j'ai utilisé mon atout : je suis fan de Dendro depuis plusieurs années et à jour sur la version japonaise, donc je peux aider pour la cohérence des termes !

Ça a fonctionné et j'ai pu infiltrer la société.

J'ai ensuite ~~cajolé~~ montré mes compétences à l'équipe, ce qui m'a permis d'obtenir le poste que j'occupe actuellement.

La morale de l'histoire : qui ne tente rien n'a rien.

Je pourrais en écrire plus sur moi, mais cette postface est là pour les anecdotes de traduction et explications par chapitre, donc je m'arrêterai ici.

Sur ce, commençons !

Chapitre 1

Tout d'abord, il faut savoir que l'auteur aime faire des jeux de mots avec les noms.

Tsukuru Aio > Aio Tsukuru > AI wo tsukuru = Créer une/des IA

Tasuku Aio > Aio Tasuku > AI wo tasuku = Aider l'IA

Shimohata utilise les kanji du mot « subalterne » qui est l'origine de son alias Underling.

Quant à l'Inspecteur Sako, nous n'avons que son nom, venant probablement de la pièce de *taikyoku shôgi*, le Tigre de Gauche, allant avec Uryû, le Dragon de Droite. De plus, nous avons choisi « Inspecteur » et non « Inspectrice », car le masculin est utilisé lors de l'appellation d'un grade de police avec le nom.

Ensuite, les problèmes de Queen. Comme dit dans le roman, cette thèse n'existe qu'en japonais, donc à moins de comprendre la langue, vous ne la trouverez pas. Cependant, je peux vous parler du deuxième problème non mentionné : le détective a-t-il le droit de décider du destin des autres personnages ?

En effet, la présence d'un détective peut causer des meurtres non prévus, ou même en créer dans le but de le défier. De plus, s'il le désire, il peut ne pas dévoiler sa déduction, laissant le coupable en liberté.

Ainsi, alors que le premier problème remet en cause si le détective a raison ou non, le deuxième, lui, est en rapport avec sa conduite, voire son existence.

Pour info, la réponse la plus répandue à ce problème est de considérer que le détective est Dieu et a donc tous les droits et qu'il est normal que le monde tourne autour de lui.

Enfin, pourquoi les kanji du prénom d'Ai ont été gardés. La raison se trouve dans le texte, mais pour être plus explicite, nous avons voulu garder la nuance apportée par ce choix, qui aurait été perdue lors de l'adaptation. De plus, nous ne cachons pas que l'histoire se passe au Japon, donc nous avons trouvé que cela apportait un petit truc. Après tout, pas besoin de connaître la langue pour remarquer que 相以 et 相似 se ressemblent.

Chapitre 2

Umako Yokoshima > Yokoshima Umako > Yoko(shima uma)ko > Shimauma = Zèbre

De plus, « Yoko » signifie horizontal, et va de pair avec le « Tate » de Rion Tategami, qui signifie vertical.

Le prénom Rion, quant à lui, va avec son alias de Treacherous Lion.

Kanata Takanashi, en plus d'être une répétition de sons, est composé des kanji pour « petit oiseau », faisant référence à Twitter, ainsi que du kanji pour « jeu » et de celui pour « jouer d'un instrument à cordes », par rapport à sa manie de faire des jeux de mots.

Profitons-en pour revenir aux alias des membres d'Octa-Core.

Comme vous l'avez remarqué, ils sont en anglais. Il faut savoir qu'en japonais, ils peuvent écrire quelque chose et donner une lecture différente par-dessus, ainsi ils peuvent avoir l'anglais et la signification japonaise au même endroit.

Nous avons généralement gardé le même anglais que le texte original, excepté pour un alias : Treacherous Lion. L'original est en fait Lived on Lion, qui est une mauvaise translittération d'une expression japonaise pour désigner un traître comme un insecte vivant dans le corps d'un lion. Malheureusement, comme ça ne voulait pas dire grand-chose, nous avons décidé d'utiliser un nom plus direct.

Le roman référencé dans ce chapitre est « La Tragédie d'Y » d'Ellery Queen, publié sous le pseudonyme de Barnaby Ross.

Pour terminer sur ce chapitre, vous avez sûrement remarqué plein de parenthèses et d'utilisations de l'anglais ainsi qu'un mot en japonais. Nous avons essayé d'enlever le plus de parenthèses possible pour alléger le texte, mais la nature du mystère voulait que l'on en garde plusieurs. Nous espérons avoir été assez clairs et que vous avez réussi à comprendre l'intégralité du jeu de mots.

Chapitre 3

Nami Taiza > Taiza Nami > Ta(iza Nami) = Izanami
Nagi Taiza > Taiza Nagi > Ta(iza Nagi) = Izanagi
D'où la remarque de Rira que leurs prénoms sont proches des divinités.

Au Japon, même au collège et au lycée, ils continuent d'utiliser la même salle de classe pour tous les cours (sauf les scientifiques) et chaque élève a son bureau assigné. Ils ont un espace de rangement et c'est grâce à ça qu'ils peuvent pratiquer l'« okiben », c'est-à-dire laisser leurs manuels dans leur bureau pour alléger leur sac. Toutefois, comme c'est le cas dans ce roman, certaines écoles l'interdisent.

Concernant l'emploi du temps japonais, vous vous posez peut-être des questions sur les noms des matières. Ils sont dus au fait que, contrairement à nous, les sujets/thèmes sont séparés. Ainsi, alors que nous avons l'écrit et l'oral dans le même cours d'anglais, pour eux ce sont deux cours différents. Pareillement, alors que nous avons un coup de l'algèbre, un coup de la géométrie pour les mathématiques, eux ont les deux en même temps sur des cours différents.

À la fin du chapitre, au moment de mourir, Nami dit « Ah, Nagi ».

Beaucoup de nos lecteurs doivent déjà le savoir, mais pour ceux qui ne connaissent pas le japonais, il faut savoir que les petits frères et petites sœurs appellent leurs aînés « grand frère » et « grande sœur ». Il y a plusieurs appellations possibles, mais dans le cas présent c'est « Onii-chan », une façon affective d'appeler son grand frère, qui est utilisée. Ainsi, à la fin, Nami dit « Ah, Onii-chan ». Mais pourquoi c'est important ? Eh bien, parce que la version japonaise de Oh Brother est justement « Ah, Onii-chan ». Maintenant, la question est : cette réplique a-t-elle été choisie par rapport à l'alias de Nagi, ou est-ce l'inverse ? Seul l'auteur le sait.

Chapitre 4

Mamori Aio > Aio Mamori > AI wo mamoru = Protéger l'IA

La vallée dérangeante en japonais est « Bukimi no tani ». D'où le nom Bukimino du village et de la vallée.

Ainsi, lorsque dans ce chapitre Ai dit que le raspi a survolé la vallée de Bukimino, cela peut aussi se comprendre comme « le raspi a survolé la vallée dérangeante ».

D'ailleurs, le nom japonais du raspi est « jisô », qui est le verlan de « sôji », voulant dire « ménage ». Pour info, un aspirateur en japonais est « sôjiki », une machine (ki) qui fait le ménage (sôji). Après réflexion, et considérant ce chapitre, j'ai trouvé que raspi était un bon nom. J'espère que vous l'aimez.

Chapitre 5

Vous avez sûrement remarqué les phrases avec des tournures étranges et un vocabulaire mal choisi au début du chapitre. La raison est, bien sûr, la véritable identité du narrateur. J'espère ne pas avoir été trop évident et ne pas vous avoir gâché le mystère.

Pour toute personne ayant un certain niveau en anglais, vous devez vous poser des questions sur le jeu de mots final d'Ia. En effet, plusieurs de ces mots n'existent pas ou ne signifient pas ce que l'auteur voulait dire. Cependant, nous avons décidé de suivre le texte original et de les garder, puisque les enlever irait à l'encontre même du but de la réplique.

Parlons maintenant des suffixes honorifiques japonais.

Dans ce chapitre, Kawatsu appelle Ai « Miss Ai ». En japonais, c'est « Ai-san ». Le suffixe « san » est utilisé pour montrer un niveau de respect et de politesse standard. Ainsi, il est souvent traduit en « Madame » ou « Monsieur », comme c'est le cas avec « Madame Sako » par exemple. Dans ce cas, le niveau de langage est aussi soutenu et nous le traduisons par le vouvoiement. Cependant, ce suffixe est aussi utilisé plus communément pour les filles avec qui le locuteur n'a pas une relation particulièrement proche. Donc quand Tasuku appelle Nami « Taiza-san », il ne l'appelle pas « Madame ». Et son niveau de langage n'est pas soutenu non plus.

Revenons maintenant à « Ai-san ». Kawatsu respecte Ai, de par sa nature d'IA, mais en même temps, sa façon de parler n'est pas soutenue du tout. Il serait donc étrange de tutoyer quelqu'un que l'on appelle « Madame ». Toutefois, ne rien utiliser perdrait la légère marque de respect qu'il montre. Il faut d'ailleurs savoir qu'il est le seul à utiliser ce suffixe envers Ai, tous les autres personnages n'en emploient aucun, ou bien se servent du suffixe « chan », qui est utilisé comme signe affectif ou pour les petites filles. Le choix s'est donc tourné vers « Mademoiselle », mais ça ne me plaisait pas beaucoup, alors je suis parti pour l'anglicisme « Miss ». Au passage, il est intéressant de noter qu'il n'utilise aucun suffixe pour Ia. Tandis que Rira, elle, fait preuve de plus de politesse, notamment envers Ia, ce qui aurait pu mériter une utilisation de « Madame », mais comme c'est une IA créée par Kawatsu, j'ai trouvé plus juste de lui faire suivre le même modèle avec « Miss ».

Au passage, dans la version japonaise, à part Ia, Ai est polie et parle dans un langage soutenu avec tout le monde, même Tasuku. Cependant, comme il s'agit des deux personnages avec le plus de répliques dans l'œuvre, j'ai trouvé qu'utiliser le vouvoiement casserait un peu la dynamique des dialogues et leur affinité. J'ai donc profité de l'évolution d'Ai en détective pour la faire tutoyer Tasuku en le considérant comme son assistant. C'est une liberté d'adaptation dont je prends l'entière responsabilité et j'espère que vous trouvez cela juste.

Puisque nous sommes sur le sujet des appellations en japonais, profitons-en pour évoquer pourquoi tout le monde s'appelle par son nom de famille. Il faut savoir qu'au Japon, il est naturel d'appeler les gens par leur nom de famille, et que le passage au prénom montre un rapprochement entre les personnages. Jusqu'à il y a quelques années, les traductions utilisaient le prénom, mais maintenant l'utilisation du nom de famille dans les adaptations est devenue commune. Le point culturel à part, c'est notamment important lorsqu'un personnage se met à commencer à employer le prénom d'un autre lorsque leur relation évolue.

Ici, nous avons l'exemple de Fuse. Tasuku l'appelle « Fuse-san », car même si elle est sa grand-mère, il ne la connaît pas. Bien sûr, nous avons gardé « Fuse » seul, parce qu'un petit-fils n'appelle pas sa grand-mère « Madame », même s'il ne la connaît pas. Cependant, à la fin du chapitre, après avoir résolu l'affaire, il s'est rapproché d'elle et il l'appelle « grand-mère » (dans la narration, en incise) pour la première fois. Il y a d'autres utilisations dans le texte, mais elles sont indirectes, contrairement à celle-ci.

Pour finir, un membre de l'équipe m'a demandé d'expliquer pourquoi j'ai choisi l'ordre « !? » plutôt que « ?! ».

La raison est plutôt simple, c'est parce que je suis plus habitué à celui-ci. On le retrouve souvent dans les mangas ou jeux vidéo, et étant un grand lecteur d'œuvres japonaises, je le retrouve aussi dans mes lectures, puisque c'est celui qu'ils utilisent. Aussi, l'ordre « ?! » me dérange, et je le trouve moins esthétique que « !? ».

Certains pourraient objecter qu'ils ont des nuances différentes, mais chaque source ne dit pas la même chose. Toutefois, j'ai souvent retrouvé qu'il n'y avait pas de règle officielle et que c'était à l'écrivain de choisir l'ordre qu'il voulait. La version originale du texte utilise « !? », donc j'ai choisi de le garder.

Et voilà, ainsi se terminent les anecdotes de traduction. J'espère que vous avez aimé. Si c'est le cas, n'hésitez pas à nous le faire savoir sur nos réseaux sociaux ou sur notre Discord, et nous en ferons sur toutes nos œuvres.

La postface se finit donc ici, et vous pouvez fermer le livre si vous le souhaitez.

Toutefois, les livres étant imprimés par livret de 16 pages, il reste 4 pages blanches à remplir.

Il serait dommage de les gaspiller, donc ce qui va suivre n'est là que pour meubler.

Libre à vous de continuer, ou non.

Bien, retournons maintenant à la fin du chapitre 2. Takanashi fait référence à plusieurs mangas.

Tout d'abord, Les Enquêtes de Kindaichi, un grand classique du manga policier depuis 1992.

Hajime Kindaichi, un jeune lycéen et génie doté d'un QI de 180, ainsi que petit-fils d'un grand détective, se retrouve impliqué dans plusieurs affaires et les résout avec brio. Au cours de l'histoire, un certain antagoniste fait son apparition. Celui-ci crée des plans de meurtres et est donc le modèle d'Ia.

La série existe toujours de nos jours et la publication en ce moment suit Kindaichi lorsqu'il a 37 ans et ne veut plus résoudre de mystère, mais se retrouve embarqué dans des affaires malgré lui.

Kindaichi fut pour moi mon premier manga, ou plutôt anime, policier. Je regardais les épisodes sur la chaîne Mangas à l'époque et en étais friand. Toutefois, j'étais encore en primaire, donc l'ambiance sombre et macabre de certaines affaires me faisait très peur, ha ha.

Bref, je recommande.

Détective Conan. Qui ne connaît pas « le cerveau d'un adulte dans le corps d'un enfant, son nom : Détective Conan » ? Shinichi Kudo, un détective lycéen, se fait droguer par une mystérieuse organisation et rajeunit de dix ans. Sous sa nouvelle identité, Conan Edogawa, il va chercher à retrouver son apparence tout en résolvant une multitude d'enquêtes.

Bien que centré sur les meurtres, c'est plus varié que Kindaichi avec des vols et autres délits. La trame principale, la recherche des hommes en noir, apporte un plus et un sentiment d'avancement, même si très lent, puisque les affaires les concernant sont très éparpillées.

Je dois avouer que quand j'étais petit, je pensais que c'était un truc de gamin, jusqu'à un jour tomber sur un épisode à la TV quand j'étais en CM2 et devenir totalement fana de la série. J'ai supplié ma mère pour acheter les tomes et pendant une période, je ne jurais que par Conan. J'étais très très fan. Heureusement, je me suis vite calmé durant le collège, et même si je ne suis plus à fond dessus, je continue à suivre le manga (qui va bientôt dépasser les 100 tomes) et j'espère bien connaître la fin.

Bref, je recommande aussi.

Q.E.D. n'est malheureusement pas traduit dans notre langue, mais j'ai lu la première série (50 tomes, une suite avec 10+ tomes est en cours) jusqu'à un certain point, donc je peux vous en parler.

Tout d'abord, le titre Q.E.D, ou « *quod erat demonstrandum* » est aussi connu sous l'abréviation CQFD, « ce qu'il faut démontrer ». Ainsi, vous voyez tout de suite le type de série que ça va être.

Le protagoniste, Sô Tôma, du haut de ses 15 ans, est un génie diplômé du MIT, l'Institut de technologie du Massachusetts. Sauf que, voilà, le jeune génie veut vivre une vie normale et décide de recommencer son éducation en allant dans un lycée japonais. Là-bas, il va rencontrer Kana Mizuhara, une fille pleine d'énergie et d'empathie qui ne peut s'empêcher de s'impliquer dans les affaires des autres. Elle va d'abord s'infiltrer dans la vie de Sô, puis ensuite le faire résoudre les affaires dans lesquelles elle a fourré son nez.

Dans un sens, c'est un bon exemple du détective en fauteuil vu dans ce roman. Sô reste dans son bureau la plupart du temps pendant que Kana va réunir des indices et des témoignages avant de les rapporter à Sô pour qu'il résolve l'enquête.

Les affaires sont beaucoup plus variées que Conan et utilisent souvent des façons mathématiques de résoudre les mystères. Malheureusement, il n'y a pas de trame principale et la relation des personnages stagne encore plus que Conan, ce qui m'a fait abandonner la série en cours de route.

Toutefois, les enquêtes sont quand même très plaisantes à suivre, et plus humaines que la plupart des mangas policiers, donc si jamais un éditeur décide de se lancer dans la traduction, je la recommande.

Quant à Spiral, je dois avouer que ça ne m'a pas vraiment marqué, et je ne me souviens de presque rien à part un truc avec des enfants bizarres et que lorsque tu casses une vitre, contrairement à ce qu'on pourrait penser, les morceaux de verre sont projetés du côté où on la brise, et non l'inverse, ha ha.

Bref, difficile à recommander.

Neuro, le mange-mystères, est à propos de Yako Katsuragi et Neuro Nogami, un démon mangeur de mystères, qui va transformer la jeune fille en détective pour se servir d'elle afin de se rassasier tout en cherchant « l'ultime mystère » qui mettra un terme à sa faim. Je me souviens avoir beaucoup aimé, et pourtant, pareil que Spiral, je ne me rappelle pas grand-chose. C'est donc dans ma liste des mangas à relire.

Toutefois, même sans souvenir, je recommande.

Par ailleurs, je recommande aussi Assassination Classroom, du même auteur. Ce n'est pas policier, mais c'est très bon !

En ce qui concerne Sket Dance… je ne sais pas pourquoi c'est dans la liste. Ce n'est pas un manga policier, mais de la comédie (avec une petite dose de sérieux) à propos d'un groupe d'amis qui aide les gens. Je suppose que devoir trouver comment aider quelqu'un équivaut à résoudre un mystère ?

Quoi qu'il en soit, policier ou non, c'est un très bon manga, donc je recommande.

Ils ne sont pas référencés dans l'œuvre, mais Tadashi Agi, le scénariste de quelques enquêtes de Kindaichi (notamment les versions light novel) a scénarisé d'autres mangas policiers que j'ai aimés, notamment Tantei Gakuen Q (Detective Academy Q) et Psychometrer Eiji. Le premier n'est pas disponible en France, mais le deuxième, si. C'est beaucoup plus mature et avec une bonne dose de baston, mais c'est avant tout un manga policier, et un très bon.

Le protagoniste, Eiji, est un lycéen bagarreur qui a un don de psychométrie, lui permettant de voir les souvenirs des gens et des objets sous forme de flash. Il va s'allier avec Ryoko Shima, une séduisante inspectrice, et résoudre plusieurs enquêtes grâce à son pouvoir.

Je le recommande vivement, et il est d'ailleurs dans ma liste des mangas à relire.

Ainsi se termine vraiment la postface.

J'espère qu'elle vous a donné des idées de lecture, que vous soyez adeptes de mangas ou non.

En espérant vous retrouver pour le tome 2.

Boris Lecourt

Original title : "TANTEI AI NO REAL DEEP LEARNING" by Yabusaka Hayasaka

Édition française publiée avec l'autorisation de SHINCHOSHA Publishing Co., Ltd., par l'intermédiaire du Bureau des Copyrights Français, Tokyo.

ISBN : 978-2-492139-05-5

Collection dirigée collégialement par l'équipe de LaNovel Édition
Traduction : Boris Lecourt
Relecture : Antonin Guirette, LaNovel Édition
Mise en page : LaNovel Édition
Pour nous contacter : contact@lanovel-edition.fr

Remerciements à :
Aurélien Piovan, Mathieu Lenormand, Thomas Bréchemier, Dylan Roux, Dominique Missere et tous les autres pour leur aide.

Imprimé en UE par CIRP – Avril 2024